小李飞刀 1

多情剑客无情剑 上

古 龙 著

河南文艺出版社
·郑州·

古 龙

1938—1985

作为华语小说界一代宗师，“古龙”二字本身已成为一个文化符号。

古龙以惊人的才华，创作出《小李飞刀》《陆小凤》《楚留香》等七十多部精彩绝伦的经典。这些作品中涌动着永恒的热血、自由和生命力，不仅征服了一代代读者，更引发了巨大的文化浪潮，被无数次改编为影视、游戏、动漫，风靡整个中文世界，半个世纪风行不衰。

古龙为人，像他笔下的英雄们一样，豪气干云、放浪形骸、嗜酒如命、风流倜傥。其传奇一生的尽头，在医生下达严禁饮酒的告诫之后，豪饮三天三夜，大醉归西。

古龙是孤独的，一颗滚烫狂放的自由灵魂，与冷漠的现实世界显得那么格格不入；古龙又是幸运的，无数读者通过他的作品与他成为了知己。

中文世界如果没有古龙，将多么寂寞！没有读过古龙的人生，将多么寂寞！

关于“小李飞刀”（代序）

小说不是用机器制作出来的，写小说通常都没有什么一定的规格和程序。有时候是先有故事才有人物，因为要编织一个故事的情节而制造出一些人物来；有时候却是先有人物才有故事，先想到了一个性格突出的人物，因为这个人物的性格思想行为，而产生故事。

《多情剑客无情剑》是属于后者的，“小李飞刀”在我心里已经构思了很久，开始时只有一个模糊的影子，慢慢才形成一个“人”。

等到我开始写他时，这个“人”已经有他自己独立的思想，他的行为几乎已不受我的控制——每一个写小说的人大概都有过这种经验，当书中的人物不受自己控制时，那种经验是非常奇妙的。

“小李飞刀”是个世家子，是位探花。

他有肺病，终日不停地咳嗽，他不能喝酒，却偏偏要终日不停地喝。

因为他的情绪总是很抑郁。

他的名字叫李寻欢，可是他所能寻找到的总是烦恼。

他时常委屈自己、牺牲自己去成全别人，可是他自己心里还是会因此而觉得很痛苦，因为他毕竟是个人，不是神。

只要是人，就难免有矛盾痛苦。

他做的事也许并不是他真心乐意做出来的，要一个人完全牺牲自己去成全别人绝不是件愉快的事，但他却毕竟还是去做了。

我认为这一点才是最重要的。

如果一个人只“想”而不“做”，无论他的想法多善良伟大，也没有用。

我写“小李飞刀”并不想把他写成一个完美无瑕的神。

我写的本来就是一个人，有血有肉有泪的人，有他的优点，也有他的缺点，人性中本来就有一些无法避免的弱点，谁也没法子否认。

没有人知道“小李飞刀”用的飞刀有多长多重，是什么样子，也没有人知道他用的是什么手法。

因为连我自己也不知道。

大多数事物在神秘朦胧中都会显得更完美，何况“小李飞刀”不仅是一种神秘武器而已，也是一种象征——一种精神力量的象征，一种正义之力的象征。

世界上有很多美好的事物，都因为这种力量才能存在至今。

我自己也不知道我写的这个人物是成功还是失败，虽然有很多人对他都很喜爱，可是自谦“读”我的小说已有十年的欧阳莹之先生却在一篇论文中说“小李飞刀”是个有点“矫情做作”的人，关于这一点，以后我将为文和欧阳先生讨论。

不管怎么样，这个“人”至少还是有一点值得讨论的价值。

古　龙

一九七八年五月十六日晨

目　录

第一章

飞刀与快剑

冷风如刀，以大地为砧板，视众生为鱼肉。万里飞雪，将穹苍作洪炉，熔万物为白银。

雪将住，风未定，一辆马车自北而来，滚动的车轮辗碎了地上的冰雪，却辗不碎天地间的寂寞。

李寻欢打了个呵欠，将两条长腿在柔软的貂皮上尽量伸直，车厢里虽然很温暖、很舒服，但这段旅途实在太长、太寂寞，他不但已觉得疲倦，而且觉得厌恶，他平生最厌恶的就是寂寞，但他却偏偏时常与寂寞为伍。

“人生本就充满了矛盾，任何人都无可奈何。”

李寻欢叹了口气，自角落中摸出了个酒瓶，他大口地喝着酒时，也大声地咳嗽起来，不停地咳嗽使得他苍白的脸上，泛起一种病态的嫣红，就仿佛地狱中的火焰，正在焚烧着他的肉体与灵魂。

酒瓶空了，他就拿起把小刀，开始雕刻一个人像，刀锋薄而锋锐，他的手指修长而有力。

这是个女人的人像，在他纯熟的手法下，这人像的轮廓和线条看来是那么柔和而优美，看来就像是活的。

他不但给了“她”动人的线条，也给了她生命和灵魂，只因他的生命和灵魂已悄悄地自刀锋下溜走。

他已不再年轻。

他眼角布满了皱纹，每一条皱纹里都蓄满了他生命中的忧患和不幸，只有他的眼睛，却是年轻的。

这是双奇异的眼睛，竟仿佛是碧绿色的，仿佛春风吹动的柳枝，温柔而灵活，又仿佛夏日阳光下的海水，充满了令人愉快的活力。

也许就因为这双眼睛，才使他能活到如今。

现在人像终于完成了，他痴痴地瞧着这人像，也不知瞧了多少时候，然后他突然推开车门，跳了下去。

赶车的大汉立刻吆喝一声，勒住车马。

这大汉满面虬髯，目光就如鸷鹰般锐利，但等到他目光移向李寻欢时，立刻就变得柔和起来，而且充满了忠诚的同情，就好像一条恶犬在望着它的主人。

李寻欢竟在雪地上挖了个坑，将那刚雕好的人像深深地埋了下去，然后，他就痴痴地站在雪堆前。

他的手指已被冻僵，脸已被冻得发红，身上也落满了雪花，但他却一点也不觉得冷。这雪堆里埋着的，就像是一个他最亲近的人，当他将“她”埋下去时，他自己的生命也就变得毫无意义。

若是换了别人，见到他这种举动，一定会觉得很惊奇，但那赶车的大汉却似已见惯了，只是柔声道：“天已快黑了，前面的路还很远，少爷你快上车吧！”

李寻欢缓缓转回身，就发现车辙旁居然还有一行足印，自遥远的北方孤独地走到这里来，又孤独地走向前方。

脚印很深，显然这人已不知走过多少路了，已走得精疲力竭，但他却还是绝不肯停下来休息。

李寻欢长长叹了口气，喃喃道：“这种天气，想不到竟还有人在冰天雪地里奔波受苦，我想他一定是很孤独、很可怜的人。”

那虬髯大汉没有说什么，心里却在暗暗叹息：“你难道不也是个很孤独、很可怜的人么？你为何总是只知道同情别人，却忘了自己……”

车座下有很多块坚实的松木，李寻欢又开始雕刻，他的手法精练而纯熟，因为他所雕刻的永远是同一个人。

这个人不但已占据了他的心，也占据了他的躯壳。

雪，终于停了，天地间的寒气却更重，寂寞也更浓，幸好这里风中已传来一阵人的脚步声。

这声音虽然比马蹄声轻得多，但却是李寻欢正在期待着的声音，所以这声音无论多么轻微，他也绝不会错过。

于是他就掀起那用貂皮做成的帘子，推开窗户。

他立刻就见到了走在前面的那孤独的人影。

这人走得很慢，但却绝不停顿，虽然听到了车辚马嘶声，但却绝不回头！他既没有带伞，也没有戴帽子，融化了的冰雪，沿着他的脸流到他脖子里，他身上只穿件很单薄的衣服。

但他的背脊仍然挺得笔直，他的人就像是铁打的，冰雪、严寒、疲倦、劳累、饥饿，都不能令他屈服。

没有任何事能令他屈服！

马车赶到前面时，李寻欢才瞧见他的脸。

他的眉很浓，眼睛很大，薄薄的嘴唇紧紧抿成了一条线，挺直的鼻子使他的脸看来更瘦削。

这张脸使人很容易就会联想到花岗石，倔强、坚定、冷漠，对任何事都漠不关心，甚至对他自己。

但这却也是李寻欢平生所见到的最英俊的一张脸，虽然还太年轻了些，还不够成熟，但却已有种足够吸引人的魅力。

李寻欢目光中似乎有了笑意，他推开车门，道："上车来，我载你一段路。"

他的话一向说得很简单，很有力，在这一望无际的冰天雪地中，他这提议实在是任何人都无法拒绝的。

谁知这少年连看都没有看他一眼，脚步更没有停下来，像是根本没有听到有人在说话。

李寻欢道："你是聋子？"

少年的手忽然握起了腰畔的剑柄，他的手已冻得比鱼的肉还白，但动作却仍然很灵活。

李寻欢笑了，道："原来你不是聋子，那么就上来喝口酒吧，一口酒对任何人都不会有害处的！"

少年忽然道："我喝不起。"

他居然会说这么样一句话来，李寻欢连眼角的皱纹里都有了笑意，但他并没有笑出来，却柔声道："我请你喝酒，用不着你花钱买。"

少年道："不是我自己买来的东西，我绝不要；不是我自己买来的酒，我也绝不喝……我的话已经说得够清楚了么？”

李寻欢道：“够清楚了。”

少年道：“好，你走吧。”

李寻欢沉默了很久，忽然一笑，道：“好，我走，但等你买得起酒的时候，你肯请我喝一杯么？”

少年瞪了他一眼，道：“好，我请你。”

李寻欢大笑着，马车已急驰而去，渐渐又瞧不见那少年的人影了，李寻欢还在笑着道：“你可曾见过如此奇怪的少年么？我本来以为他必定已饱经沧桑，谁知他说的话却那么天真，那么老实。”

赶车的那虬髯大汉淡淡道：“他只不过是个倔强的孩子而已。”

李寻欢道：“你可瞧见他腰带上插着的那柄剑么？”

虬髯大汉目中也有了笑意，道：“那也能算是一柄剑么？”

严格说来，那实在不能算是一柄剑，那只是一条三尺多长的铁片，既没有剑锋，也没有剑锷，甚至连剑柄都没有，只用两片软木钉在上面，就算是剑柄了。

虬髯大汉含笑接着道：“依我看来，那也只不过是个小孩子的玩具而已。”

这次李寻欢非但没有笑，反而叹了口气，喃喃道：“依我看来，这玩具却危险得很，还是莫要去玩它的好。”

小镇上的客栈本就不大，这时住满了被风雪所阻的旅客，就显得分外拥挤，分外热闹。

院子里堆着十几辆用草席盖着的空镖车，草席上也积满了雪。东面的屋檐下，斜插着一面酱色镶金边的镖旗，被风吹得猎猎作响，使人几乎分辨不出用金线绣在上面的是老虎，还是狮子。

客栈前面的饭铺里，不时有穿着羊皮袄的大汉进进出出，有的喝了几杯酒，就故意敞开衣襟，表示他们不怕冷。

李寻欢到这里的时候，客栈里连一张空铺都没有了，但他一点也不着急，因为他知道这世上用金钱买不到的东西毕竟不多，所以他就先在饭铺里找了张角落里的桌子，要了壶酒，慢慢地喝着。

他酒喝得并不快，但却可以不停地喝几天几夜。他不停地喝酒，不停地咳嗽，天已渐渐黑了。

那虬髯大汉已走了进来，站在他身后，道："南面的上房已空出来了，也已打扫干净，少爷随时都可以休息。"

李寻欢像是早已知道他一定会将这件事办好似的，只点了点头，过了半晌，那虬髯大汉忽然又道："金狮镖局也有人住在这客栈里，像是刚从口外押镖回来。"

李寻欢道："哦！押镖的是谁？"

虬髯大汉道："就是那'急风剑'诸葛雷。"

李寻欢皱眉，又笑道："这狂徒，居然能活到现在，倒也不容易。"

他嘴里虽在和后面的人说话，眼睛却一直盯着前面那掩着棉布帘子的门，仿佛在等着什么人似的。

虬髯大汉道："那孩子的脚程不快，只怕要等到起更时才能赶到这里。"

李寻欢笑了笑，道："我看他也不是走不快，只不过是不肯浪费体力而已，你看见过一匹狼在雪地上走路么？假如前面没有它的猎物，后面又没有追兵，它一定不肯走快的，因为它觉得光将力气用在走路上，未免太可惜了。"

虬髯大汉也笑了，道："但那孩子却并不是一匹狼。"

李寻欢不再说什么，因为这时他又咳嗽了起来。

然后，他就看到三个人从后面的一道门走进了这饭铺，三个人说话的声音都很大，正在谈论着那些刀头舐血的江湖勾当，像是生怕别人不知道他们就是"金狮镖局"的大镖头。

李寻欢认得其中那紫红脸的胖子就是"急风剑"，但却似不愿被对方认出他，于是他就又低下头雕他的人像。

幸好诸葛雷到了这小镇之后，根本就没有正眼瞧过人，他们很快地要来了酒菜，开始大吃大喝起来。

可是酒菜并不能塞住他们的嘴，喝了几杯酒之后，诸葛雷更是豪气干云，大声地笑着："老二，你还记得那天咱们在太行山下遇见'太行四虎'的事么？"

另一人笑道："俺怎么不记得，那天太行四虎竟敢来动大哥保的那批红货，四个人耀武扬威，还说什么：'只要你诸葛雷在地上爬一圈，咱们兄弟立刻放你过山，否则咱们非但要留下你的红货，还要留下你的脑袋。'"

第三人也大笑道："谁知他们的刀还未砍下，大哥的剑已刺穿了他们的喉咙。"

第二人道："不是俺赵老二吹牛，若论掌力之雄厚，自然得数咱们的总镖头'金狮掌'，但若论剑法之快，当今天下只怕再也没有人比得上咱们大哥了！"

诸葛雷举杯大笑，但是他的笑声忽然停顿了，他只见那厚厚的棉布帘子忽然被风卷起。

两条人影，像是雪片般被风吹了进来。

这两人身上都披着鲜红的披风，头上戴着宽边的雪笠，两人几乎长得同样形状，同样高矮。

大家虽然看不到他们的面目，但见到他们这身出众的轻功，夺目的打扮，已不觉瞧得眼睛发直了。

只有李寻欢的眼睛，却一直在瞪着门外，因为方才门帘被吹起的时候，他已瞧见了那孤独的少年。

那少年就站在门外，而且像是已站了很久，就正如一匹孤独的野狼似的，虽然留恋着门里的温暖，却又畏惧那耀眼的火光，所以他既舍不得走开，却又不敢闯入这人的世界来。

李寻欢轻轻叹了口气，目光这才转到两人的身上。

只见这两人已缓缓摘下雪笠，露出了两张枯黄瘦削而又丑陋的脸，看来就像是两个蜡黄的人头。

他们的耳朵都很小，鼻子却很大，几乎占据了一张脸的三分之一，将眼睛都挤到耳朵旁边去了。

但他们的目光却毒恶而锐利，就像是响尾蛇的眼睛。

然后，他们又开始将披风脱了下来，露出了里面一身漆黑的紧身衣服，原来他们的身子也像是毒蛇，细长、坚韧，随时随地都在蠕动着，而且还黏而潮湿，叫人看了既不免害怕，又觉得恶心。

这两人长得几乎完全一模一样，只不过左面的人脸色苍白，右面的人脸色却黑如锅底。他们的动作都十分缓慢，缓缓脱下了披风，缓缓叠了起来，缓缓走过柜台，然后，两人一起缓缓走到诸葛雷面前！

饭铺里静得连李寻欢削木头的声音都听得见，诸葛雷虽想装作没有看到这两人，却实在办不到。

那两人只是瞬也不瞬地盯着他，那眼色就像是两把蘸着油的湿刷子，在诸葛雷身上刷来刷去。

诸葛雷只有站起来，勉强笑道："两位高姓大名？恕在下眼拙……"

那脸色苍白的人蛇忽然道："你就是'急风剑'诸葛雷？"

他的声音尖锐、急促，而且还在不停地颤抖着，也就像是响尾蛇发出的声音。诸葛雷听得全身汗毛都悚栗起来，道："不……不敢。"

那脸色黝黑的人蛇冷笑道："就凭你，也配称急风剑？"

他的手一抖，掌中忽然多了柄漆黑细长的软剑，迎面又一抖这柄腰带般的软剑，已抖得笔直。

他用这柄剑指着诸葛雷，一字字道："留下你从口外带回来的那包东西，就饶你的命！"

那赵老二忽然长身而起，赔笑道："两位只怕是弄错了，咱们这趟镖是在口外交的货，现在镖车已空了，什么东西都没有，两位……"

他的话还未说完，那人掌中黑蛇般的剑已缠住了他的脖子，剑柄轻轻一带，赵老二的人头就忽然凭空跳了起来。

接着，一股鲜血自他脖子里冲出，冲得这人头在半空中又翻了两个身，然后，鲜血才雨点般落下，一点点洒在诸葛雷身上。

每个人的眼睛都瞧直了，两条腿却在不停地弹琵琶。

但诸葛雷能活到现在还没有死，毕竟是有两手的，他忽然自怀中掏出了个黄布包袱，抛在桌上，道："两位的招子果然亮，咱们这次的确从口外带了包东西回来，但两位就想这样带走，只怕还办不到。"

那黑蛇阴恻恻一笑，道："你想怎样？"

诸葛雷道："两位好歹总得留两手真功夫下来，叫在下回去也好有个交代。"

他嘴里说着话，人已退后七步，忽然"锵"的一声拔出了剑，别人只道他是要和对方拼命了。

谁知他却一反手，将旁边桌上的一碟菜挑了起来，碟子里装的是炸虾球，虾球也立刻飞了起来。

只听剑风嘶嘶，剑光如匹练一转，十多个炸虾球竟都被他斩为两半，纷纷落在地上。

诸葛雷面露得色，道："只要两位能照样玩一手，我立刻就将这包东西奉上，否则就请两位走吧。"

他这手剑法实在不弱，话也说得很漂亮，但李寻欢却在暗暗好笑，他这么样一做，别人也就只能斩虾球，不能斩他的脑袋了，他无论是胜是负，至少已先将自己的性命保住了。

黑蛇咯咯笑道："这只能算是厨子的手艺，也能算武功么？"

说到这里，他长长吸了口气，刚落到地上的虾球，竟又飘飘地飞了起来，然后，只见乌黑的光芒一闪，满天的虾球忽然全都不见了，原来竟已全都被他穿在剑上。就算不懂武功的人，也知道剑劈虾球虽也不容易，但若想将虾球用剑穿起来，那手劲，那眼力，更不知要困难多少倍。

诸葛雷面色如土，因为他见到这手剑法，已忽然想起两人来，他脚下又悄悄退了几步，才嗄声道："两位莫非就是……就是碧血双蛇么？"

听到"碧血双蛇"这四个字，另一个已被吓得面无人色的镖师，忽然就溜到桌子下面去了。

就连李寻欢身后那虬髯大汉，也不禁皱了皱眉，因为他也知道近年黄河一带的黑道朋友，若论心之黑、手之辣，实在很少有人能在这"碧血双蛇"之上，听说他们身上披的那件红披风，就是用鲜血染成的。

可是他听到的还是不多，因为真正知道"碧血双蛇"做过什么事的人，十人中倒有九人的脑袋已搬家了。

只听那黑蛇嘿嘿一笑，道："你还是认出了我们，总算眼睛还没有瞎。"

诸葛雷咬了咬牙，道："既然是两位看上了这包东西，在下还有什么话好说的，两位就请……就请拿去吧。"

白蛇忽然道："你若肯在地上爬一圈，咱们兄弟立刻就放你走，否则咱们非但要留下你的包袱，还要留下你的脑袋。"

这句话正是诸葛雷他们方才在自吹自擂时说出来的，此刻自这白蛇口中说出，每个字都变得像是一把刀。

诸葛雷面上一阵青、一阵白，怔了半晌，忽然趴在地上，居然真的围着桌子爬了一圈。

李寻欢到这时才忍不住叹了口气，喃喃道："原来这人脾气已变了，难怪他能活到现在。"

他说话的声音极小，但黑白双蛇的眼睛已一起向他瞪了过来，他却似乎没有看见，还是在雕他的人像。

白蛇阴恻恻一笑，道："原来此地竟还有高人，我兄弟倒险些看走眼了。"

黑蛇狞笑道："这包袱是人家情愿送给咱们的，只要有人的剑法比我兄弟更快，我兄弟也情愿将这包袱双手奉上。"

白蛇的手一抖，掌中也多了柄毒蛇般的软剑，剑光却如白虹般炫人眼目，他迎风亮剑，傲然道："只要有比我兄弟更快的剑，我兄弟非但将这包袱送给他，连脑袋也送给他！"

他们的眼睛毒蛇般盯在李寻欢脸上，李寻欢却在专心刻他的木头，仿佛根本听不懂他们在说什么。

但门外却忽然有人大声道："你的脑袋能值几两银子？"

听到了这句话，李寻欢似乎觉得很惊讶，但也很欢喜，他抬起头，那少年终于走进了这屋子。

他身上的衣服还没有干透，有的甚至已结成冰屑，但他的身子还是挺得笔直，直得就像标枪。

他的脸看来仍是那么孤独，那么倔强。

他的眼里永远带着种不可屈服的野性，像是随时都在准备争斗、反叛，令人不敢去亲近他。

但最令人注意的，还是他腰带上插着的那柄剑。

瞧见这柄剑，白蛇目中的惊怒已变为讪笑，咯咯笑道："方才那句话是你说的么？"

少年道："是。"

白蛇道："你想买我的脑袋？"

少年道："我只想知道它能值几两银子，因为我要将它卖给你自己。"

白蛇怔了怔，道："卖给我自己？"

少年道："不错，因为我既不想要这包袱，也不想要这脑袋。"

白蛇道："如此说来，你是想来找我比剑了。"

少年道："是。"

白蛇上上下下望了他几眼，又瞧了瞧他腰畔的剑，忽然纵声狂笑起来，他这一生中实在从未见过这么好笑的事。

少年只是静静地站在那里，完全不懂得这人在笑什么。他自觉说的话并没有值得别人如此好笑的。

那虬髯大汉暗中叹了口气，似乎觉得这孩子实在穷疯了，诸葛雷也觉得他的脑袋很有毛病。

只听白蛇大笑道："我这颗头颅千金难买……"

少年道："千金太多了，我只要五十两。"

白蛇骤然顿住了笑声，因为他已发觉这少年既非疯子，亦非呆子，更不是在开玩笑的，说的话竟似很认真。

但他再一看那柄剑，又不禁大笑起来，道："好，只要你能照这样做一遍，我就给五十两。"

笑声中，他的剑光一闪，似乎要划到柜台上那根蜡烛，但剑光过处，那根蜡烛却还是一动不动。

大家都觉得有些奇怪，可是白蛇这时已吹了口气，一口气吹出，蜡烛突然分成七段，剑光又一闪，七段蜡烛就都被穿在剑上，最后一段光焰闪动，烛火竟仍未熄灭——原来他方才一剑已将蜡烛削成七截。

白蛇傲然道："你看我这一剑还算快么？"

少年的脸上丝毫表情都没有，道："很快。"

白蛇狞笑道："你怎样？"

少年道："我的剑不是用来削蜡烛的。"

白蛇道："那么你这把破铜烂铁是用来干什么的？"

少年的手握上剑柄，一字字道："我的剑是用来杀人的！"

白蛇咯咯笑道："杀人？你能杀得了谁？"

少年道："你！"

这"你"字说出口，他的剑已刺了出去！

剑本来还插在这少年腰带上，每个人都瞧见了这柄剑。

忽然间，这柄剑已插入了白蛇的咽喉，每个人也都瞧见三尺长的剑锋自白蛇的咽喉穿过。

但却没有一个人看清他这柄剑是如何刺入白蛇咽喉的!

没有血流下，因为血还未及流下来。

少年瞪着白蛇，道:“是你的剑快?还是我的剑快!”

白蛇喉咙里“咯咯”地响，脸上每一根肌肉都在跳动，鼻孔渐渐扩张，张大了嘴，伸出了舌头。

鲜血，已自他舌尖滴了下来。

黑蛇的剑已扬起，但却不敢刺出，他脸上的汗不停地在往下流，掌中的剑也在不停地颤抖。

只见少年忽然拔出了剑，鲜血就箭一般自白蛇的咽喉里飙出，他闷着的一口气也吐了出来，狂吼道:“你……”

这一声狂吼发出后，他的人就扑面跌倒。

少年却已转问黑蛇，道:“他已承认输了，五十两银子呢?”

他说得仍是那么认真，认真得就像个傻孩子。

但这次却再也没有一个人笑他了。

黑蛇连嘴唇都在发抖，道:“你……你……你真是为了五十两银子杀他的么?”

少年淡淡笑道:“不错。”

黑蛇的一张脸全都扭曲起来，也不知是哭还是笑，忽然甩却了掌中的剑，用力扯着自己的头发，将身上的衣服也全撕碎了，怀中的银子一锭锭掉了下来，他用力将银子掷到少年的面前，哭嚎着道:“给你，全给你……”

他就像个疯子似的狂奔了出去。

那少年既不追赶，也不生气，却弯腰拾了两锭银子起来，送到柜台后那掌柜的面前，道:“你看这够不够五十两?”

那掌柜的早已矮了半截，缩在柜台下，牙齿咯咯打战，也说不出话来，只是拼命地点头。

到了这时，李寻欢才回头向那虬髯大汉一笑，道:“我没有说错吧?”

虬髯大汉叹了口气，苦笑道:“一点也不错，那玩具实在太危险了。”

他瞧见那少年已向他们走了过来，但却未瞧见诸葛雷的动作，诸葛雷一直就没有从桌子下爬起来。

此刻他竟忽然掠起，一剑向少年的后心刺出！

他的剑本不慢，少年更绝未想到他会出手暗算——他杀了白蛇，诸葛雷本该感激他才是，为何要杀他呢！

眼看这一剑已将刺穿他的心窝，谁知就在这时，诸葛雷忽然狂吼一声，跳起来有六尺高，掌中的剑也脱手飞出，插在屋梁上。

剑柄的丝穗还在不停地颤动，诸葛雷双手掩住了自己的咽喉，眼睛瞪着李寻欢，眼珠都快凸了出来。

李寻欢此刻并没有在刻木头，因为他手里那把刻木头的小刀已不见了。

鲜血一丝丝自诸葛雷的指缝里流了出来。

他瞪着李寻欢，咽喉里也在“咯咯”地响，这时才有人发现李寻欢刻木头的小刀已到了他的咽喉上。

但也没有一个人瞧见这小刀是怎么到他咽喉上的。

只见诸葛雷满头大汗如雨，脸已痛得变形，忽然咬了咬牙，将那柄小刀拔了出来，瞪着李寻欢狂吼道：“原来是你……我早该认出你了！”

李寻欢长叹道：“可惜你直到现在才认出我，否则你也许就不会做出如此丢人的事了！”

他这句话诸葛雷并没有听到，他已永远听不到了。

少年也曾回头瞧了一眼，面上也曾露出些惊奇之色，似乎再也想不到这人为什么要杀他。

但他只不过瞧了一眼，就走到李寻欢面前，他充满了野性的眸子里，竟似露出了一丝温暖的笑意。

他也只不过说了一句话，他说：“我请你喝酒。”

第二章

海内存知己

马车里堆着好几坛酒，这酒是那少年买的，所以他一碗又一碗地喝着，而且喝得很快。

李寻欢瞧着他，目中充满了愉快的神色，他很少遇见能令他觉得有趣的人，这少年却实在很有趣。

道上的积雪已化为坚冰，车行冰上，纵是良驹也难驾驭，那虬髯大汉已在车轮捆起几条铁链子，使车轮不致太滑。

铁链拖在冰雪上，“咯唧咯唧”地直响。

少年忽然放下酒碗，瞪着李寻欢道：“你为什么定要我到你马车上来喝酒。”

李寻欢笑了笑，道：“只因为那客栈已非久留之地。”

少年道：“为什么？”

李寻欢道：“无论谁杀了人后，多多少少都会有些麻烦的，我虽不怕杀人，但平生最怕的就是麻烦。”

少年默然半晌，这才又从坛子里勺了一碗酒，仰着脖子喝了下去。李寻欢含笑望着，很欣赏他喝酒的样子。

过了半晌，少年竟也叹了口气，道：“杀人的确不是件愉快的事，但有些人却实在该杀，我非杀人不可！”

李寻欢微笑道：“你真是为了五十两银子才杀那白蛇的么？”

少年道：“没有五十两银子，我也要杀他，有了五十两银子更好。”

李寻欢道：“为什么你只要五十两？”

少年道：“因为他只值五十两。”

李寻欢笑了，道：“江湖中该杀的人很多，也有些不只值五十两的，所以你以后说不定会成为一个大富翁，我也常常会有酒喝了。”

少年道：“只可惜我太穷，否则我也该送你五十两的。”

李寻欢道：“为什么？”

少年道：“因为你替我杀了那个人。”

李寻欢大笑道：“你错了，那人非但不值五十两，简直连一文都不值。”

他忽又问道：“你可知道他为何要杀你么？”

少年道：“不知道。”

李寻欢道：“白蛇虽然没有杀他，但却已令他无法在江湖中立足，你又杀了白蛇，他只有杀了你，以后才可以重新扬眉吐气，自吹自擂，所以他就非杀你不可，江湖中人心之险恶，只怕你难以想象的。”

少年沉默了很久，喃喃道：“有时人心的确比虎狼还恶毒得多。虎狼要吃你的时候，最少先让你知道。”

他喝下一碗酒后，忽又接道：“但我只听到过人说虎狼恶毒，却从未听过虎狼说人恶毒。其实虎狼只为了生存才杀人，人却可以不为什么就杀人，而且据我所知，人杀死的人，要比虎狼杀死的人多得多了。”

李寻欢凝注着他，缓缓道：“所以你就宁可和虎狼交朋友？”

少年又沉默了半晌，忽然笑了，笑着道：“只可惜它们不会喝酒。”

这是李寻欢第一次见到少年的笑，他从未想到笑容竟会在一个人的脸上造成这么大的变化。

少年的脸本来是那么孤独，那么倔强，使得李寻欢时常会联想到一匹在雪地上流浪的狼。

但等到他嘴角泛起笑容的时候，他这人竟忽然变了，变得那么温柔，那么亲切，那么可爱。

李寻欢从未见过任何人的笑容能使人如此动心的。

少年也在凝注着，他忽又问道：“你是不是个很有名的人？”

李寻欢也笑了，道：“有名并不是件好事。”

少年道：“但我却希望变得很有名，我希望能成为天下最有名的人。”

他说这句话的时候，忽又变得孩子般认真。

李寻欢笑道："每个人都希望成名，你至少比别人都诚实得多。"

少年道："我和别人不同，我非成名不可，不成名我只有死！"

李寻欢开始有些吃惊了，忍不住说道："为什么？"

少年没有回答他这句话，目中却流露出一种悲伤愤怒之色，李寻欢这才发觉他有时虽然天真坦白得像个孩子，但有时却又似藏着许多秘密，他的身世，如谜却又显然充满了悲痛与不幸。

李寻欢柔声道："你若想成名，至少应该先说出自己的名字。"

少年这次沉默得更久，然后才缓缓道："认得我的人，都叫我阿飞。"

阿飞？

李寻欢笑道："你难道姓'阿'么？世上并没有这个姓呀。"

少年道："我没有姓！"

他目光中竟似忽然有火焰燃烧起来，李寻欢知道这种火焰连眼泪都无法熄灭，他实在不忍再问下去。

谁知那少年忽又接道："等到我成名的时候，也许我会说出姓名，但现在……"

李寻欢柔声道："现在我就叫你阿飞。"

少年道："很好，现在你就叫我阿飞——其实你无论叫我什么名字都无所谓。"

李寻欢道："阿飞，我敬你一杯。"

刚喝完了半碗酒，又不停地咳嗽起来，苍白的脸上又泛起那种病态的嫣红色，但他还是将剩下的半碗酒一口倒进脖子里。

阿飞吃惊地瞧着他，似乎想不到这位江湖的名侠身体竟是如此虚弱，但他并没有说什么，只是很快喝完了他自己的一碗酒。

李寻欢忽然笑道："你可知道我为什么喜欢你这朋友？"

阿飞沉默着，李寻欢笑道："只因你是我朋友中，看到我咳嗽，却没有劝我戒酒的第一个人。"

阿飞道："咳嗽是不是不能喝酒？"

李寻欢道："本来连碰都不能碰的。"

阿飞道："那么你为什么要喝呢？你是不是有很多伤心事？"

李寻欢明亮的眼睛黯淡了，瞪着阿飞道："我有没有问过你不愿回答的话？有没有问过你的父母是谁？武功是谁传授的？从哪里来？到哪里去？”

阿飞道：“没有。”

李寻欢道：“那么你为什么要问我呢？”

阿飞静静凝注他半晌，展颜一笑，道：“我不问你。”

李寻欢也笑了，他似乎想再敬阿飞一杯，但刚端起酒，已咳得弯下腰去，连气都喘不过来。

阿飞刚替他推开窗子，马车忽然停下。

李寻欢探首窗外，道：“什么事？”

虬髯大汉道：“有人挡路。”

李寻欢皱眉道：“什么人？”

虬髯大汉似乎笑了笑，道：“雪人。”

道路的中央，不知被哪家顽童堆起个人，大大的肚子，圆圆的脸，脸上还嵌着两粒煤球算作眼睛。

他们都下了车，李寻欢在长长地呼吸着，阿飞却在出神地瞧着那雪人，像是从来也没有见过雪人似的。

李寻欢望向他，微笑道：“你没有堆过雪人？”

阿飞道：“我只知道雪是可恨的，它不但令人寒冷，而且令草木果实全都枯萎，令鸟兽绝迹，令人寂寞、饥饿。”

他捏个雪球，抛了出去，雪球呼啸着飞到远方，散开，不见，他目光也在望着远方，缓缓道：“对那些吃得饱、穿得暖的人说来，雪也许很可爱，因为他们不但可以堆雪人，还可以赏雪景，但对我们这些人……”

他忽然瞪着李寻欢，道：“你可知道我是在荒野中长大的，风、雪、霜、雨，都是我最大的敌人。”

李寻欢神情也有些黯然，忽也捏起团雪球，道：“我不讨厌雪，但我却最讨厌别人挡我的路。”

他也将雪球抛出去，“砰”地击在那雪人上。

雪花四溅，那雪人竟没有被他击倒。

只见一片片冰雪自那雪人身上散开，煤球也被击落，圆圆的脸也散开，却又有张死灰色的脸露了出来。

雪人中竟藏着一个真正的人。

死人！

死人的脸绝不会有好看的，这张脸尤其狰狞丑恶，一双恶毒的眼睛，死鱼般凸了出来。

阿飞失声道："这是黑蛇！"

黑蛇怎会死在这里？

杀他的人，为什么要将他堆成雪人，挡住道路？

虬髯大汉将他的尸体自雪堆中提了起来，蹲下去仔仔细细地瞧着，似乎想找出他致命的伤痕。

李寻欢沉思着，忽然道："你可知道是谁杀死他的么？"

阿飞道："不知道。"

李寻欢道："就是那包袱！"

阿飞皱眉道："包袱？"

李寻欢道："那包袱一直在桌上，我一直没有太留意，但等到黑蛇走了后，那包袱也不见了，所以我想，他故意作出那种发疯的样子来，就为的是要引开别人的注意力，他才好趁机将那包袱攫走。"

阿飞道："嗯。"

李寻欢道："但他却未想到那包袱竟为他招来了杀身之祸，杀他的人，想必就是为了那个包袱。"

他不知何时已将那小刀拿在手上，轻轻地抚摸着，喃喃道："那包袱里究竟是什么呢？为何有这么多人对它发生兴趣？也许我昨天晚上本该拿过来瞧瞧的。"

阿飞一直在静静地听着，忽然道："杀他的人，既是为了那包袱，那么他将包袱夺走之后，为什么要将黑蛇堆成雪人，挡住路呢？"

李寻欢神情看来很惊讶。

他发觉这少年虽然对人情世故很不了解，有时甚至天真得像个孩子，但智慧之高，思虑之密，反应之快，他这种老江湖也赶不上。

阿飞道："那人是不是已算准这条路不会有别人走，只有你的马车必定会经过这里，所以要在这里将你拦住。"

李寻欢没有回答这句话，却沉声道："你找出他的致命伤没有？"

虬髯大汉还未说话，李寻欢忽又道：“你不必找了。”

阿飞道：“不错，人都已来了，还找什么？”

李寻欢耳力之敏，目力之强，可说冠绝天下，他实未想到这少年的耳目居然也和他同样灵敏。

这少年似乎天生有种野兽般的本能，能觉察到别人觉察不出的事，李寻欢向他赞许地一笑，然后就朗声道：“各位既已到了，为何不过来喝杯酒呢？”

道旁林木枯枝上的积雪，忽然簌簌地落了下来。

一人大笑着道：“十年不见，想不到探花郎的宝刀依然未老，可贺可喜。”

笑声中，一个颧骨高耸、面如淡金、目光如睥睨鹰的独臂老人，已大步自左面的雪林中走了出来。

右面的雪林中，也忽然出现了个人，这人干枯瘦小，脸上没有四两肉，像是一阵风就能将他吹倒。

阿飞一眼便已瞥见，这人走出来之后，雪地上竟全无脚印，此地雪虽已结冰，但冰上又有积雪。

这人居然踏雪无痕，虽说多少占了些身材的便宜，但他的轻功之高，也够吓人的了。

李寻欢笑道：“在下入关还不到半个月，想不到‘金狮镖局’的查总镖头，和‘神行无影’虞二先生就全都来看我了，在下的面子实在不小。”

那矮小老人阴沉沉地一笑，道：“小李探花果然是名不虚传，过目不忘，咱们只在十三年前见过一次面，想不到探花郎竟还记得我虞二拐子这老废物。”

阿飞这才发现他竟有条腿是跛的，他实在想不到一个轻功如此高明的人，竟是个跛子。

却不知这虞二拐子就因为右腿天生畸形残废，是以从小就苦练轻功，他要以超人的轻功，来弥补天生的缺陷。

阿飞倒不禁对这老人很是佩服。

李寻欢微微一笑，道：“两位既然还请来几位朋友，为何不一起为在下引见引见呢？”

虞二拐子冷冷道："不错，他们也久闻小李探花的大名，早就想见见阁下。"

他说着话，树林里已走出四个人来，此刻虽然是白天，但李寻欢见了这四人，还是不觉倒抽了口冷气。

这四人年纪虽然全已不小，但却打扮得像是小孩子，身上穿的衣服五颜六色，花花绿绿，脚上穿的也是绣着老虎的童鞋，腰上还扎着围裙，四人虽都是浓眉大眼，长相狞恶，但却偏偏要作出顽童的模样，嘻嘻哈哈，挤眉弄眼，叫人见了，连隔夜饭都要吐了出来。

最妙的是，他们手腕上、脚踝上，竟还戴满了发亮的银镯，走起路来"叮叮当当"直响。

虬髯大汉一见这四人，脸色立刻变得铁青，忽然嗄声道："那黑蛇不是被人杀死的。"

李寻欢道："哦？"

虬髯大汉道："他是被蝎子和蜈蚣螯死的。"

李寻欢脸色也变了变，沉声道："如此说来，这四位莫非是苗疆'极乐峒'五毒童子的门下？"

四人中的黄衣童子咯咯一笑，道："我们辛辛苦苦堆成的雪人被你弄坏了，我要你赔。"

"赔"字出口，他身子忽然飞掠而起，向李寻欢扑了过来，手足上的镯子如摄魂之铃，响声不绝。

李寻欢只是含笑瞧着他，动也不动。

但虞二拐子却也忽然飞起，半空中迎上了那黄衣童子，拉住他的手斜斜飞到一边。

"金狮"查猛也立刻大笑道："探花郎家财万贯，莫说一个雪人，就算金人他也赔得起的，但四位却不可着急，先待我引见引见。"

一个红衣童子笑嘻嘻道："我知道他姓李，叫李寻欢。"

另一黑衣童子道："我还知道他吃喝嫖赌，样样精通，所以我们早就想找他带我们去寻寻欢、找找乐子了。"

剩下的一个绿衣童子道："我还知道他学问不错，中过皇帝老儿点的探花，听说他老子，和他老子的老子也都是探花。"

红衣童子笑嘻嘻道："只可惜这小李探花却不喜欢做官，反而喜欢做强盗。”

他们在这里说，别人还未觉得怎样，阿飞却听得出了神，他实在想不到他这新交的朋友，竟有如此多姿多彩的一生。

他却不知道这些人只不过仅将李寻欢多彩的一生，说出了一鳞半爪而已。李寻欢这一生的故事，他们就算不停地说三天三夜，也说不完的。

阿飞也未发现李寻欢面上虽还带着微笑，目中却露出痛苦之色，像是别人只要一提及他的往事，就令他心碎。

突听虞二拐子沉着脸道：“你们对李探花的故事实在知道不少，但你们可听过——小李神刀，冠绝天下，出手一刀，例不虚发！”

那黄衣童子吃吃笑道：“出手一刀，例不虚发……原来你是怕我被他手上那把小刀弄死，回去无法向我师傅交代，所以才拉住我的。”

李寻欢微笑着道：“但各位只管放心，在下的第二刀就不怎么样高明了，而一刀是万万杀不死六个人的！”

他忽也沉下脸，瞪着查猛道：“所以各位若是想来为诸葛雷复仇，还是不妨动手！”

“金狮”查猛干笑了两声，道：“诸葛雷自己该死，怎么能怪李兄？”

李寻欢道：“各位既非为了复仇而来，难道真的是找我来喝酒的么？”

查猛沉吟着，像是不知该如何措词。

虞二拐子已冷冷道：“我们只要你将那包袱拿出来！”

李寻欢皱了皱眉，道：“包袱？”

查猛道：“不错，那包袱乃是别人重托给‘金狮镖局’的，若有闪失，敝镖局数十年的声名就从此毁于一旦。”

李寻欢瞧了黑蛇的尸身一眼，道：“包袱难道不在他身上？”

查猛大笑道：“李兄这是说笑，有李兄在场，区区的黑蛇怎么能将那包袱拿得走。”

李寻欢皱了皱眉，叹息着喃喃道：“我平生最怕麻烦，麻烦为什么总要找上我？”

查猛也听不清他在说什么，接着又道：“只要李兄肯将那包袱发还，在下非但立刻就走，而且多少总有一点心意，给李兄饮酒压惊。”

李寻欢轻轻抚摸着手里的刀，忽然笑道：“不错，那包袱的确在我这里，但我却还未决定是否将它还给你们，你们最好让我考虑考虑。”

查猛面上已变了颜色，虞二拐子却抢着道：“却不知阁下要考虑多久？”

李寻欢道：“有一个时辰就已足够了，一个时辰后，还是在此地相见。”

虞二拐子想也不想，立刻道：“好，一言为定！”

他再也不说一句话，挥手就走。

黄衣童子忽然咯咯一笑，道：“有半个时辰，就可以逃得很远了，何必要一个时辰。”

虞二拐子沉着脸道：“小李探花自出道以后，退隐之前，七年中身经大小三百余战，从来也未曾逃过一次。”

他们来得虽快，退得更快，转眼间已全部失去踪影，再听那清悦的手镯声，已远在十余丈外。

阿飞忽然道：“包袱并不在你手上。”

李寻欢道：“嗯。”

阿飞道：“既然不在，你为何要承认？”

李寻欢笑了笑，道：“我纵然说没有拿，他们也绝不会相信的，迟早还是难免出手一战，所以我倒不如索性承认了，也免得跟他们啰唆麻烦。”

阿飞道：“既然迟早难免一战，你还考虑什么？”

李寻欢道：“在这一个时辰中，我要先找到一个人。”

阿飞道：“什么人？”

李寻欢道：“偷那包袱的人。”

阿飞道：“你知道他是谁？”

李寻欢道：“昨天那酒店中有三个金狮镖局的镖头，除了诸葛雷和那赵老二外，还有一个人，我要找的就是他！”

阿飞沉默了半晌，道：“你说的可是那穿着件紫缎团花皮袄，腰上似乎缠着软鞭，耳朵还有撮黑毛的矮子么？”

李寻欢微笑道：“你只瞧了他两眼，想不到已将他瞧得如此仔细。”

阿飞道：“我只瞧了一眼，一眼就已足够了。”

李寻欢道：“不错，我说的就是他，昨天在酒店中的人，只有他知道那包袱的价值，他一直躲旁边，没有人注意他，所以也只有他有机会拿那包袱。”

阿飞沉思着，道：“嗯。”

李寻欢说道：“就因为他知道那包袱的价值，所以存心要将之吞没，但他却怕查猛怀疑于他，所以就将责任推到我身上。”

他淡淡一笑，接着道：“好在我替别人背黑锅，这已不是第一次了。”

阿飞道：“查猛他们知道你的行踪，自然就是他去通风报信的。”

李寻欢道：“不错。”

阿飞道：“他为了怕查猛怀疑到他，暂时绝不敢逃走！”

李寻欢道：“不错。”

阿飞道：“所以他现在必定和查猛他们在一起，只要找到查猛，就可以找得到他！”

李寻欢拍了拍他肩头，笑道：“你只要在江湖中混三五年，就没有别人可混的了，以后我们若是还有机会见面，希望还是朋友。”

他大笑着接道：“因为我实在不愿意有你这样的仇敌。”

阿飞静静地望着他，道：“你现在要我走？”

李寻欢道：“这是我的事，和你并没有关系，别人也没有找你……你为何还不走？”

阿飞道：“你是怕连累了我，还是已不愿和我同行？”

李寻欢目中露出一丝痛苦之色，却还是微笑着道：“天下无不散的筵席。我们反正迟早总是要分手的，早几天迟几天，又有什么分别？”

阿飞沉默着，忽然自车厢中倒了两碗酒，道：“我再敬你一杯……”

李寻欢接过来一饮而尽，慢声道：“劝君更尽一杯酒，与尔同销万古愁……”

他想笑一笑，却又弯下腰去，不停地咳嗽起来。

阿飞又静静地望了他很久，忽然转过身，大步而去。

这时天边又纷纷落下雪来，天地间静得甚至可以听到雪花飘落在地上的声音。

李寻欢望着这少年坚挺的身子在风雪中渐渐消失，望着雪地上那漫长的、孤独的脚印……

他立刻又倒了碗酒，高举着酒杯，喃喃道："来，少年人，我再敬你一杯。你可知道我并不是真的要你走，只不过你前程远大，跟着我走，永远没好处的，我这人好像已和倒霉、麻烦、危险、不幸的事交成了好朋友，我已不能再交别的朋友了！"

阿飞自然已听不到他的话了。

那虬髯大汉始终就像石像般站在一边，既没有说话，满身虽已积满了冰雪，他也绝不动一动。

李寻欢又饮尽了杯中的酒，才转身望着他，道："你在这里等着，最好将这条蛇的尸体也埋起来……我一个时辰，就会回来的。"

虬髯大汉垂下了头，忽道："我知道金狮查猛虽以掌力雄浑成名，但却只不过是徒有虚名而已，少爷你在四十招内就可取他首级。"

李寻欢淡淡笑道："也许还用不着十招！"

虬髯大汉道："虞二拐子呢？"

李寻欢道："他轻功不错，据说暗器也很毒辣，但我还是足可对付他的。"

虬髯大汉道："据说'极乐峒'门下每人都有几手很邪气的外门功夫，方才看他们的出手，果然和中原的武功路数不同……"

李寻欢微笑着打断了他的话，道："你放心，就凭这些人，我还未放在心上。"

虬髯大汉的面色却很沉重，缓缓道："少爷也用不着瞒我，我知道此行若非极凶险，少爷就绝不会让那位……那位飞少爷走的。"

李寻欢板起了脸，道："你什么时候也变得多嘴起来了？"

虬髯大汉果然不敢再说什么，头垂得更低，等他抬起头来时，李寻欢已走入树林，似乎又在咳嗽着。

这断续的咳嗽声在风雪中听来，实在令人心碎。

但风雪终于连他的咳嗽声也一起吞没。

虬髯大汉目中已泛起泪光，黯然道："少爷，咱们在关外过得好好的，你为什么又要入关来受苦呢？十年之后，你难道还忘不了她？还想见她一面？可是你见着她之后，还是不会和她说话的，少爷你……你这又何苦呢……”

一进了树林，李寻欢那种懒散、落寞的神情就完全改变了，他忽然变得就像条猎犬那么轻捷、矫健。

他的耳朵、鼻子、眼睛，他全身的每一根肌肉，都已有效地运用，雪地上、枯枝间，甚至空气里，只要有一丝敌人留下的痕迹，一丝异样的气息，他都绝不会错过，二十年来，世上从没有一个人能逃得过他的追踪。

他行动虽快如脱兔，但看来并不急躁匆忙，就像是个绝顶的舞蹈者，无论在多么急骤的节奏下，都还是能保持他优美柔和的动作。

十年前，他放弃了他所有的一切，黯然出关去的时候，也曾路过这里，那时正是春暖花开的时候。

他记得这附近有个小小的酒家，远远就可以看到那高悬的青帘，所以他也曾停下车来，去喝了几斤酒。

酒虽不佳，但那地方面对青山，襟带绿水，春日里的游人很多，他望着那些欢笑着的红男绿女，一杯杯喝着自己的苦酒，准备从此向这十丈软红告别，这印象令他永远也不能忘记。

现在，他想不到自己又回到这里，经过了十年的岁月，人面想必已全非，昔日的垂髫幼女，如今也许已嫁作人妇；昔日的恩爱夫妻，如今也许已归于黄土；就连昔日的桃花，如今已被掩埋在冰雪里。

可是他希望那小小的酒家仍在。

他这么想，倒并不是为了要捕捉往日的回忆，而是他认为金狮查猛他们说不定就落脚在那酒家里。

冰雪中的世界，虽然和春风中大不相同，但他经过这条路时，心里仍不禁隐隐感觉到一阵阵刺痛。

财富、权势、名誉和地位，都比较容易舍弃，只是那些回忆，那些辛酸多于甜蜜的回忆，却像是沉重的枷锁，是永远也抛不开、甩不脱的。

李寻欢自怀中摸出个扁扁的酒瓶，将瓶中的酒全灌进喉咙，等咳嗽停止之后，才再往前走。

他果然看到了那小小的酒家。

那是建筑在山脚下的几间敞轩，屋外四面都有宽阔的走廊，朱红的栏杆，配上碧绿的纱窗。

他记得春日里这里四面都开遍了一种不知名的山花，缤纷馥郁，倚着朱红的栏杆赏花饮酒，淡酒也变成了佳酿。

如今栏杆上的红漆已剥落，红花也被白雪代替，白雪上车辙马蹄纵横，还可以听到屋后有马嘶声随风传出。

李寻欢知道自己没有猜错，查猛他们果然落脚在这里！因为在这种天气，这种地方绝不会有其他游客的。

他的行动更快，更小心，静静地听了半晌，酒店里并没有人声，他皱了皱眉，箭一般蹿了过去。

到了近前，就可以发觉这酒店实在静得出奇，除了偶尔有低低的马嘶外，别的声音一丝也没有。

走廊上的地板已腐旧，李寻欢的脚刚踏上去，就发出“吱”的一声，他立刻后退了十几尺。

但酒店里仍然一点动静也没有。

李寻欢微一沉吟，轻快地绕到屋子后面，他心里在猜测，也许“金狮”查猛并没有回到这里。

可是他却立刻就见到了查猛！

查猛竟正在直着眼睛，瞪着他！

查猛的眼睛几乎完全凸了出来，淡金色的脸看来竟已变得说不出的狰狞可怕，他就站在马厩前那根柱子旁。

厩中的马在低嘶着，踢着脚，查猛却只是站在那里，既不出声，也不动，就像是个泥塑的、还未着色的人像。

李寻欢暗中叹了口气，道：“想不到……”

他只说了三个字，就立刻停住了嘴。

因为他已发觉查猛是再也听不到任何人说话的声音了。

第三章

宝物动人心

李寻欢再一注视，那查猛的咽喉，竟已被洞穿！杀他的人显然不愿他的鲜血溅上自己的衣裳，所以一剑刺穿他的咽喉后，就立刻塞了团冰雪在创口里，等到冰雪被热血融化的时候，血却也已被冰凝结住了。

他的尸体仍笔直地站着，倚着木柱并没有倒下来，由此可见，杀他的那人，身法是多么轻，多么快！他一剑刺穿查猛的咽喉后，就立刻拔出了剑，连一丝多余的力量都没有，所以才没有碰倒查猛的尸体。

查猛自然是准备抵抗的，但等到这一剑刺穿咽喉后，他的招式还没有使出来，所以他的尸体仍在保持着平衡。

这一剑好快！

李寻欢面上露出了惊奇之色，他知道“金狮”查猛成名已有二十多年，并没有吃过多大的亏。

金狮镖局的招牌也很硬，由此可见，查猛并非弱者，但他却连反抗之力都没有，一剑就被人洞穿了咽喉！

他就算是个木头人，要想一剑将这木头人的咽喉刺穿，而不将它撞倒，也绝不是件容易事。

李寻欢一转身，蹿入那酒店里，门上并没有挂帘子，里面也没有摆上桌椅，显见这酒店也并不想在这种天气做生意。

很宽敞的屋子里，只有靠窗旁摆着一桌菜，但菜大多都没有动过，甚至连杯里的酒都没有喝。

来自极乐峒的那四个“童子”，也已变成了四个死尸！

死尸的头向外，足向里，像是在地上摆着个“十”字。黄衣童子的足底和绿衣童相对，黑衣童和红衣童相对，右手腕上的金镯已褪下，落在手边，四人的脸上还带着狞笑，咽喉竟也是被一剑刺穿的！

再看虞二拐子，也已倒在角落里的一个柱子旁，他的双手紧握，似乎还握着满把暗器。

但暗器还未发出，他也已被一剑刺穿咽喉！

李寻欢也不知是惊奇，还是欢喜，只是不住喃喃道：“好快的剑……好快的剑……”

若在两天以前，他实在猜不出普天之下，是谁有这么快的剑法，昔年被称为当代第一剑客的天山“雪鹰子”，剑法虽也以轻捷飘忽见长，但出手绝不会有如此狠辣，何况自从鹰愁涧一役之后，这位不可一世的名剑客已封剑归隐，到如今只怕也埋骨在天山绝顶亘古不化的冰雪下了。

至于昔日纵横天下的名侠，沈浪、熊猫儿、王怜花，据说早已买舟入海，去寻海外的仙山，久已不在人间了。

何况他们用的都不是剑！

除了这些人之外，李寻欢实在想不出世上还有谁的剑如此快，直到现在，他已知道是还有这么一个人的。

就是那神秘、孤独而忧郁的少年阿飞！

李寻欢闭起眼睛，仿佛就可以看到他落寞地走入这屋子里，极乐峒的护法童子们立刻迎了上去，将他包围。

但他们的金镯褪下，面上的狞笑还未消失，阿飞的剑已如闪电、如毒蛇般将他们的咽喉刺穿。

虞二拐子在一旁想发暗器，他以轻功和暗器成名，手脚自然极快，但他的手刚抓起暗器，还未发出，剑已飞来，一剑穿喉！

李寻欢叹了口气，喃喃道：“玩具，居然还有人说他的剑像玩具……”

他忽然发现柱子上有用剑尖划出来的字：“你替我杀了诸葛雷，我就替你杀这些人，我不再欠你的债了，我知道一个人绝不能欠债！”

看到这里，李寻欢不禁苦笑着道：“我只替你杀了一个人，你却替我杀了六个，你知道一个人不能欠债，为何要我欠你的债呢？”他又接着看下去。

“我替你杀的人虽多些，但情况不同，你杀的一个足可抵得上这六个，所以你也不欠我，我也不愿别人欠我的债！”

李寻欢失笑道：“你这账算得太不精明，看来以后做不得生意。”

柱子上只有这几句话，却还有个箭头。

李寻欢自然立刻顺着这箭头所指的方向走过去，刚走进一扇门，他就听到了一声惊呼。

有柄很亮的剑，剑尖正指着他！

剑尖，在微微地颤抖着！

握剑的是个很发福的老人，胡子虽还没有白，但脸上的皱纹已很多，可见年纪已不小了。

这老人双手握剑，对着李寻欢大声道：“你……你是什么人？”

他虽然尽量想说得大声些，可是声音偏偏有些发抖。

李寻欢忽然认出他是谁了，微笑道：“你不认得我了？”

老人只是在摇头。

李寻欢道：“我却认得你就是这里的老板，十年前，你还陪过我喝了几杯酒哩。”

老人目中的警戒之色已少了些，双手却还是紧握着剑柄，道：“客官贵姓？”

李寻欢道：“李，木子李。”

老人这才长长吐出口气，手里的剑也“当”地落在地上，展颜道：“原来是李……李探花，老朽已在这里等了半天了。”

李寻欢道：“等我？”

老人道：“方才有位公子……英雄，杀了很多人……恶人，却留下个活的，交给老朽看守，说是有位李探花就会来的，要老朽将这人交给李探花，若是此间出了什么差错，他就会来……来要老朽的命。”

李寻欢道：“人呢？”

老人道：“在厨房里。”

厨房并不小，而且居然很干净，果然有个人被反绑在椅子上，长得很瘦小，耳边还有撮黑毛。

李寻欢早已想到阿飞就是要将这人留给他拷问的，但这人却显然未想到还会见到李寻欢，目中的惊惧之色更浓，嘴角的肌肉也在不停地抽搐着，却说不出话来——阿飞非但紧紧绑住了他，还用布塞住了他的嘴。

他显然是怕这人用威胁利诱的话来打动这老人，所以连嘴也塞住，李寻欢这才发觉他居然还很细心。

但他为什么不索性点住这人的穴道呢？

李寻欢手里的刀光忽然一闪，只不过是挑去了这人嘴里塞住的布而已，这人却已几乎被吓晕了。

他想求饶，但嘴里干得发麻，一个字也说不出来。

李寻欢也没有催他，却在他对面坐下，又请那老人将外面的酒等全都搬了进来，他倒了杯酒喝下去，才微笑着道："贵姓？"

那人脸已发黄，用发干的舌头舔着嘴唇，嗄声道："在下洪汉民。"

李寻欢道："我知道你喝酒的，喝一杯吧。"

他居然又挑断了这人身上绑着的绳子，倒了杯酒递过去，这人吃惊地睁大了眼睛，用力捏着自己被捆得发麻的手臂，既不敢伸手来接这杯酒，又不敢不接。

李寻欢笑着道："有人若请我喝酒，我从来不会拒绝的。"

洪汉民只有接过酒杯，他的手直抖，虽然总算喝下去半杯酒，还有半杯却都洒到身上了。

李寻欢叹了口气，喃喃道："可惜可惜……你若也像我一样，找把刀来刻刻木头，以后手就不会发抖，雕刻可以使手稳定，这是我的秘诀。"

他又倒了两杯酒，笑道："佳人不可唐突，好酒不可糟蹋，这两件事你以后一定要牢记在心。"

洪汉民用两只手端着酒杯，还生怕酒泼了出来，赶紧用嘴凑上去，将一杯酒全喝了个干净。

李寻欢道："很好，我一生别的都没有学会，只学会了这两件事，现在已全都告诉了你，你应该怎么样来感谢我？"

洪汉民道："在下……在下……"

李寻欢道："你也用不着做别的事，只要将那包袱拿出来，我就很满意了。"

洪汉民的手又一抖，幸好杯子里已没有酒了。

他长长吸进了一口气，道："什么包袱？"

李寻欢道：“你不知道？”

洪汉民脸上很尽力地挤出了一丝微笑，道：“在下真的不知道。”

李寻欢摇着头叹道：“我总以为喜欢喝酒的人都比较直爽，可是你……你实在令我失望。”

洪汉民赔笑道：“李……李大侠只怕是误会了，在下的确……”

李寻欢忽然沉下脸，道：“你喝了我的酒，还要骗我，把酒还给我吧。”

洪汉民道：“是，是……在下这就去买。”

李寻欢道：“我只要你方才喝下去的两杯，买别的酒我不要。”

洪汉民怔了怔，用袖子直擦汗，吃吃道：“但……但酒已喝在肚子里，怎么还呢？”

李寻欢道：“这倒容易。”

刀光一闪，小刀已抵住了洪汉民的胸膛。

李寻欢冷冷道：“酒既然在你肚子里，我只要将你的肚子剖开就行了。”

洪汉民脸色发白，勉强笑道：“李大侠何必开小人的玩笑。”

李寻欢道：“你看我这像是在开玩笑？”

他的手微微用了些力，将小刀轻轻在洪汉民的胸膛上一刺，想将他的胸膛刺破一点，让他流一点血。

因为只有懦夫才会说谎，而懦夫一看到自己的血，就会被骇出实话了，这道理谁也不会比李寻欢更清楚。

谁知道刀尖刺下，竟好像刺在一个石面上，洪汉民还是满面假笑，似乎连一点感觉都没有。

李寻欢目光闪了闪，手已停了下来，这懦夫居然刀枪不入，李寻欢居然也并没有吃惊。

他反而微笑着道：“你在江湖中混了已有不少时候了吧。”

洪汉民想不到他忽然会问出这句话来，怔了怔，赔笑道：“已有二十年了。”

李寻欢道：“那么你总该知道江湖中有几件很神奇的宝物，这些宝物虽很少有人能真的见到，但却已传说多年，其中有一件就是……”

他眼睛盯着洪汉民，一字字接着道：“就是金丝甲，据说此物刀枪不入，水火不伤，你既已在江湖中混了二十年，总该听说过。”

洪汉民的脸已经变得好像一块抹桌布，跳起来就想逃。

他的身法并不慢，纵身一掠到了门口，但他正要蹿出门的时候，李寻欢也已站在门口了。

洪汉民咬了咬牙，一转身就解下了条亮银链子枪，银光洒开，链子枪毒蛇般向李寻欢刺了过去。

看来他在这柄枪上的训练至少已有二三十年的工夫，这一招刺出，软软的链子枪竟被抖得笔直，带着劲风直刺李寻欢的咽喉。

只听“当”的一声，李寻欢只抬了抬手，他手里还拿着酒杯，就用这酒杯套住了枪尖。

也不知怎地，枪尖竟没有将酒杯击碎。

李寻欢笑道：“以后若再有人劝我戒酒，我一定要告诉他喝酒也有好处的，而且酒杯还救过我一次命。”

洪汉民就像石头人般怔在那里，满头汗落如雨。

李寻欢道：“你若不想打架了，就将身上的金丝甲脱下来做酒资吧，那勉强也可抵得过我的两杯酒了。”

洪汉民颤声道：“你……你真要……”

李寻欢道：“我倒并不是真的想要这东西，你能趁我不备，将包袱偷走，也算你的本事，但你却不该对别人说包袱是我拿的，我这人最不喜被人冤枉。”

洪汉民道：“不错，包袱是……是小人拿的，包袱里也的确就是金丝甲，可是……可是……”

他非但已急得说不出话，连眼泪都快被急了出来。

李寻欢道：“金丝甲虽然是防身至宝，但你得了有什么用呢？你就算穿着十件金丝甲，我一刀还是可以要你的命，你何必为了它拼命？”

他叹息着接道：“世间的宝物，唯有德者居之。这种东西更不是你们这种人应该有的，你将它送给我，也许还可以多活几年。”

洪汉民嗄声道：“小人也知道不配有这种东西，但小人也并不想将之据为己有……”

李寻欢道：“难道你本来就想将它送给别人么？送给谁？”

洪汉民咬着牙，连嘴唇都被咬出血来。

李寻欢悠然道：“我有很多法子能要人说实话，可是我并不喜欢用，所以我希望你莫要也逼我用出来。”

洪汉民终于长长叹了口气，道：“好，我说。”

李寻欢道：“你最好从头说起。”

洪汉民沉吟着道：“李大侠可知道有个‘神偷’戴五么？这种下五门的小贼，李大侠也许不会知道的。”

李寻欢笑道：“我非但知道这人，而且还认得他，他的轻功和手上功夫都算不弱，而且酒量也很不错。”

洪汉民道：“这‘金丝甲’，就是他不知从哪里偷来的。”

李寻欢道：“哦？那么，又怎会到了你们手上呢？”

洪汉民道：“他和诸葛雷本来也是老朋友，我们在张家口遇见了他，就在一起喝酒，他大醉之下，把金丝甲拿出来吹嘘，诸葛雷瞧着眼红，就……就……”

李寻欢板着脸道：“你们既然做得出这种不要脸的事，难道还不好意思说出来吗？”

洪汉民垂下头叹道：“戴五明知这金丝甲现在是江湖中每个人都想得到的宝物，他既然身怀此物，本不该喝醉的。”

李寻欢冷冷道：“他并不是不该喝酒，而是不该交错了朋友。”

洪汉民苍白的脸，居然也有些发红。

李寻欢道：“这金丝甲虽然号称是‘武林三宝’之一，其实并没有太大用处，因为除了两个势均力敌的高手相争时用得着它之外，一般人得到它还是难免送命，我倒不懂它为什么会忽然变得如此抢眼了，这其中是否另有原因？”

洪汉民道：“不错，这其中的确有个秘密……其实这秘密现在已不能算是秘密了，只因……”

他刚说到这里，这酒店的主人已端着两壶酒进来，赔笑道：“刚温好的酒，探花大人先喝一杯再说话吧。”

李寻欢苦笑道：“你若想我下次再来照顾你的生意，最好再也莫要叫我这名字，我一听这四个字，连酒都喝不下去了。”

酒杯还在他手上，他满满倒了一杯，只觉一阵酒香扑鼻而来，他脸色立刻又开朗了，展颜道：“好酒。”

他将这杯酒喝了下去，又弯下腰咳嗽起来。

老人叹息着，揣了张椅子过来扶着李寻欢坐下，道：“咳嗽最伤身子，要小心些，要小心些……”

他苍老的面上忽然露出了一丝微笑，接着道：“但这酒专治咳嗽，客官你喝了，以后包管不会再咳嗽了。”

李寻欢笑道：“酒若能治咳嗽，就真的十全十美了，你也喝一杯吧。”

老人道：“我不喝。”

李寻欢道：“为什么？卖饺子的人宁可吃馒头也不愿吃饺子，卖酒的人难道也宁可喝水，却不喝酒么？”

老人道：“我平常也喝两杯的，可是……这壶酒却不能喝。”

他呆滞的目光竟也变得锐利狡黠起来。

李寻欢却似未曾留意，还是微笑着问道：“为什么？”

老人盯着他手里的小刀，缓缓道：“因为喝下我这杯酒后，只要稍微一用真力，酒里的毒立刻就要发作，七窍流血而死！”

李寻欢张嘴结舌，似已呆了。

洪汉民又惊又喜，道：“想不到你居然会来帮我的忙，日后我必定重重酬谢。”

老人冷冷道：“你不必谢我。”

洪汉民面色微变，赔笑道：“前辈真人不露相，莫非也想要……”

他嘴里说着话，掌中的链子枪又已飞舞而出。

老人怒叱一声，佝偻的身子，竟似忽然暴长了一尺，左手一反，已抄着了枪头，厉声道：“就凭你也敢跟我老人家动手？”

这胆小怕事的糟老头子，在瞬间仿佛变了个人似的，连一张脸都变得红中透紫，隐隐有光。

洪汉民看到他这种奇异的面色，忽然想起一个人来，失声惊呼道：“前辈饶命，小人不知道前辈就是……”

他求饶已迟了，呼声中，老人的右拳已击出，只听“砰”的一声，洪汉民的身子竟被打得飞了出来，缠在手上的链子也断成两截，鲜血一路溅了出来，他身体撞在墙上，恰巧落在灶上的大铁锅里。

这一拳的力道实在惊人。

李寻欢叹了口气，摇着头道：“我早就说过，你有了这件金丝甲，反而会死得快些。”

老人将半截链子枪甩在地上，出神地望着洪汉民的尸身，脸上的皱纹又一根根现了出来。

李寻欢喃喃道：“你已有二十年没有杀人了，是吗？”

老人转身望着他，道：“但我并没有忘记如何杀人，是吗？”

李寻欢道：“你为了这种事杀人值得吗？”

老人道：“二十年前，我不为什么也会杀人的。”

李寻欢道：“但现在已过了二十年，你能躲过这二十年，并不容易。若为了这种事将自己身份暴露，岂非划不来。”

老人动容道：“你已知道我是谁了？”

李寻欢笑了笑，道：“你莫忘记，‘紫面二郎’孙逵在二十年前是多么出风头的人物，居然敢和江南七十二道水陆码头总瓢把子的妻子私奔，这种勇气我实在佩服。”

老人怒道：“此时此刻，你还敢出言不逊？”

李寻欢道：“你莫以为我这是在讽刺你，一个男人肯为了自己心爱的女子冒生命之险，负天下之谤，甚至不惜牺牲一切，这种男人至少已不愧是个男人，我本来的确对你很佩服的，可是现在……”

他摇了摇头，长叹道：“现在我却失望得很，因为我想不到紫面二郎居然也是个鬼鬼祟祟的小人，只敢在暗中下毒，却不敢以真功夫和人一决胜负。”

孙逵怒目望着他，还未说话，突听一人笑道：“这你倒莫要冤枉了他，下毒也要有学问的，就凭他，还没有这么大的本事。”

这是个女子的声音，而且很动听。

李寻欢微笑道：“不错，我早该想到这是蔷薇夫人的手段了，李寻欢能死在二十年前名满江湖的美人手上倒也不虚此生。”

那声音吃吃笑道：“好会说话的一张嘴，我若在二十年前遇到了你，只怕就不会跟他私奔了。”

笑声中，她的人已扭动着腰肢走了出来。

过了二十年之后，她还并不显得太老，眼睛还是很有风情，牙齿也还很白，可是她的腰——

她实在已没有腰了，整个人就像是一个并不太大的水缸，装的水最多也只不过能灌两亩田而已。

李寻欢的表情就像是刚吞下一整个鸡蛋。

这就是蔷薇夫人？他简直无法相信。

美人年华老去，本是件很令人惋惜、令人伤感的事，但她若不知道自己再也不是双十年华，还拼命想用束腰扎紧身上的肥肉，用脂粉掩盖着脸上的皱纹，那就非但不再令人伤感，反而令人恶心可笑。

这道理本来再也明显不过，奇怪的是，世上大多数女人，对这道理都不知道——也许是故意拒绝知道。

蔷薇夫人穿着的是件红缎的小皮袄，梳着万字髻，远远就可以嗅到一阵阵刨花油的香气。

她望着李寻欢笑道："好一位风流探花郎，果然是名不虚传，我已经有二十年没有瞧见过这么神气的男人了，可是二十年前……"

她叹了口气，接着道："二十年前我们家里却总是高朋满座，那时候江湖道上的少年英雄，风流剑客，有哪一个不想来拜访拜访我？只要能陪我说两句话，看我一眼，他们就好像吃了人参果似的，开心得要命，你不信问他好了。"

孙逵沉着脸，抱定主意不开口。

李寻欢望着蔷薇夫人脖子上就像风中蔷薇般在抖动着的肥肉，再看看孙逵，暗中不禁叹息。

他已看出这老人这二十年的日子并不好过。

蔷薇夫人又叹了口气，道："可是这二十年来，实在把我憋苦了，每天躲在屋子里，连人都不敢见，我真后悔当初怎么会跟着这个没出息的男人逃走。"

孙逵忍不住也长长叹息了一声，喃喃道："谁不后悔，谁是王八蛋。"

蔷薇夫人叫了起来，跳着脚道："你在说什么？你说！老娘放着好日子不过，跟着你到这个鬼地方来受苦，一个如花似玉的大美人，被你糟蹋成这个样子，你还有什么好后悔的？你说，说呀！"

孙逵鼻子里直抽气，嘴又紧紧闭了起来。

蔷薇夫人道："探花郎，你说，这种男人是不是没有良心，早知道他会变成这样子，那时我还不如……不如死了好些。”

她拼命用手揉着眼睛，只可惜连一滴眼泪也没有揉出来。

李寻欢笑道：“幸好夫人没有死，否则在下就真的要遗憾终生了。”

蔷薇夫人娇笑道：“真的么？你真的这么想见我？”

李寻欢道：“自然是真的，像夫人这么胖的美人，到那里才能找到第二个？”

蔷薇夫人脸都气白了，孙逵却忍不住笑了起来。

李寻欢道：“其实夫人得到这件金丝甲也没有用的，因为就算将夫人从中间分成两半，也穿不上它。”

蔷薇夫人咬着牙，道：“你……我若让你死得痛快了，我就对不起你。”

她自头上拔下了一根很细很尖的金簪，咬着牙走向李寻欢，李寻欢居然还是安坐不动，稳如泰山。

孙逵皱眉道：“金丝甲既已到手，我们还是赶快办正事去吧，何必跟他过不去？”

蔷薇夫人吼道：“老娘的事，用不着你管！”

李寻欢竟真的已不能动，眼睁睁地望着她。

谁知她刚冲到李寻欢面前，刚想将那根金簪刺入他的眼睛，孙逵忽然从后面飞起一脚，将她踢上屋顶。

她百把斤重的身子撞在屋顶上，整个屋子都快被她震垮了，等她跌下来的时候，已只剩下半口气。

李寻欢也有些惊讶，忍不住问道：“你难道是为了救我而杀她的？”

孙逵恨恨道：“这二十年来，我已受够了她的气，已经快被她缠疯了，我若不杀了她，不出半年就要被她活活逼死。”

李寻欢道：“但这是你自己心甘情愿的，你莫忘记，二十年前……”

孙逵道：“你以为是我勾引她的，你以为我想带着她私奔？”

李寻欢道：“难道不是？”

孙逵叹道：“我遇见她的时候，根本不知道她是杨大胡子的老婆，所以才会跟她……”

他干咳了两声，才接着道：“谁知她竟吃定了我，非跟我走不可，那时杨大胡子已带着二三十个高手来了！我不走也不行了。”

李寻欢道：“至少她是真的喜欢你，否则她为什么要这样做？”

孙逵道：“喜欢我？嘿嘿……”

他咬着牙冷笑道：“后来我才知道，我只不过是她拉到的替死鬼。原来她早就趁杨大胡子出关的时候，姘上了一个小白脸，而且有了孩子，她怕杨大胡子回来后无法交账，就卷带着些细软和那小白脸私奔了。”

李寻欢道：“哦？原来其中还有这么段曲折。”

孙逵道：“谁知那小白脸却又将她从杨大胡子那里偷来的珠宝偷走了一大半，她人财两空，正不知该怎么好，恰巧遇上了我这倒霉鬼。”

李寻欢道：“你既然知道这件事，为何不向别人解释？”

孙逵苦笑道：“这是她后来酒醉时才无心泄露的，那时生米早已煮成熟饭，我再想解释已来不及了。”

李寻欢道：“她那孩子呢？”

孙逵闭着嘴不说话。

李寻欢叹息了一声，道：“既然如此，你早就该杀她了，为什么要等到现在？”

孙逵还是不说话。

李寻欢道：“我反正已离死不远，你告诉我又有什么关系？”

孙逵沉吟了很久，才缓缓道：“开酒店有个好处，就是常常可以听到一些有趣的事……你可知道近来江湖中最有趣的事是什么？”

李寻欢道：“我又没有开酒店。”

孙逵四下望了一眼，就好像生怕有人偷听似的。

然后他才压低声音道：“你可知道，三十年前横行天下的‘梅花盗’又出现了！”

“梅花盗”这三个字说出来，李寻欢也不禁为之动容。

孙逵道：“梅花盗横行江湖的时候，你还小，也许还不知道他的厉害，但我却可以告诉你，当时江湖中没有一个人不知道他的，连点苍的掌门，当时号称江湖第一剑客的吴问天，也都死在他手上。”

他歇了口气，又道："而且此人行踪飘忽，神鬼莫测，吴问天刚扬言要找他，第二天就死在自己的院子里，全身一无伤痕，只有……"

说到这里，他忽然停了下来，又四下望了一眼，像是生怕那神鬼难测的"梅花盗"会在他身后忽然出现。

但四下却是一片死寂，甚至连雪花飘在屋顶上的声音都听得到，孙逵这才吐出口气，接着道："只有胸前多了五个像梅花般排列的血痕，血痕小如针眼，人人都知道那就是梅花盗的标志，但却没有人知道他用的究竟是件极毒辣的暗器，还是件极厉害的外门兵刃。因为和他交过手的人，没有一个还能活着的，所以也没有人知道他的本来面目。"

他语声刚停下来，忽又接着道："大家只知道他必定是个男的。"

李寻欢道："哦？"

孙逵道："因为他不但劫财，还要劫色，江湖中无论黑白两道，都恨他入骨，却拿他一点法子也没有，但只要有人说出要和他作对的话，不出三天，必死无疑，胸前必定带着他那独门的标志。"

李寻欢道："凡是死在他手上的人，致命的伤痕必在前胸，是么？"

孙逵道："不错，前胸要害，本是练家子防卫最严密之处，但那梅花盗却偏偏要在此处下手，从无例外，好像若不如此，就不足以显出他的厉害。"

李寻欢笑了笑，道："所以你认为只要穿上这件金丝甲，就能将梅花盗制住，只要你能将梅花盗制住，就可以扬眉吐气，扬名天下，黑白两道的人都会因此而感激你，再也没有人会找你算那笔老账了。"

孙逵目光闪动，道："江湖中人人都知道，只要能躲得过他前胸致命之一击，就已先立于不败之地，就有机会将他制住！"

他面上神采飞扬，接着道："因为他这一击从未失手，所以他作此一击时，就不必留什么退路，对自己的防卫必定疏忽。"

李寻欢道："听来倒像是蛮有道理……"

孙逵大笑道："若是没有道理，江湖中也不会那么多人一心想将这金丝甲弄到手了。"

李寻欢道："可是你在这里种种花，喝喝酒，你的对头早已渐渐将你忘怀了，你的日子难道过得还不够舒服么？为什么还要找这些麻烦呢？"

第四章

美色惑人意

孙逵笑道："你懂得什么？我若能将梅花盗置之于死地，非但从此扬眉吐气，而且……而且那好处也不知有多少。"

李寻欢道："还有什么好处？"

孙逵道："梅花盗自从在三十年前销声匿迹之后，江湖中人本都以为他已恶贯满盈死了，谁知半年多以前他竟忽又出现，就在这短短七八个月里，他已又做了七八十件巨案，连华山派掌门人的女儿，都被他糟蹋了。"

李寻欢道："此人算来已该有七十左右，想不到兴趣居然还如此浓厚。"

孙逵道："自从他再次出现后，江湖中稍有资产的人，都已人人自危，稍有姿色的女子，更是寝食难安……"他顿了顿接道，"所以已有九十余家人在暗中约定，无论谁杀了梅花盗，他们就将自己的家财分出一成来送给他，这数目自然极为可观。"

李寻欢道："这就是那已不成为秘密的秘密么？"

孙逵点了点头，又道："除此之外，江湖中公认的第一美人也曾扬言天下，无论僧俗老少，只要他能除去梅花盗，她就嫁给他。"

李寻欢叹了口气，苦笑道："财色动人心，这就难怪你放着好好的日子不过，要来蹚这趟浑水了，也就难怪你要杀了自己的老婆，现在，看来只怕要轮到我了。"

孙逵道："凭良心讲，我也觉得你死得很冤枉，可是又非杀了你不可。"

李寻欢忽然笑了，悠然道："凭良心讲，你觉得杀我是件很容易的事么？"

孙逵的铁拳已将举起，此刻又不禁放下，瞪着李寻欢望了半晌，嘴角渐渐露出了一丝微笑，道："像你这样的人居然能活到现在，可见要杀你实在不容易，但是现在……"

忽然间，门外传来一阵响亮的笑声。

一人大笑道："凭良心讲，你看他现在像是已中了毒的样子么？"

孙逵一惊，转身，厨房的小门前，不知何时已站着个青衣人，他身材并不矮，也不太高，神情悠闲而潇洒，一张脸却是青惨惨、阴森森的，仿佛戴着面具，又仿佛这就是他本来的面目。

他背负着双手，悠然踱了进来，喃喃叹着道："一个人若想在酒徒的酒中下毒，那么无论多么愚蠢的事他只怕都能做得出来了……你说是么？"

最后一句话他是问李寻欢的，李寻欢忽然发现这人竟有双动人的眼睛，和他的脸实在太不相衬。那就像是嵌在死猪肉上的两粒珍珠似的。

李寻欢望着这双眼睛，微笑着道："和赌鬼赌钱时弄鬼，在酒鬼杯中下毒，当着自己的老婆说别的女人漂亮——无论谁做了这三件事，都一定会后悔的。"

青衣人冷冷道："只可惜他们后悔时大多已来不及了！"

孙逵呆呆地望着他们，忽然冲过去攫起了那只酒壶。

李寻欢微笑道："你用不着再看，酒中的确有毒，一点也不假。"

孙逵嗄声道："那么你……"

李寻欢道："酒中是否有毒，别的人也许看不出，但像我这样的酒鬼，用鼻子一嗅就知道酒味是否变了。"

他笑着接道："这也是喝酒的好处，不喝酒的人都应该知道。"

孙逵道："但……但我明明看到你将那杯酒喝下去的。"

李寻欢淡淡笑道："我虽然喝了下去，但咳嗽时又全都吐出来了。"

孙逵身子一震，手里的酒壶"当"地掉在地上。

青衣人道："看来他现在已觉得很后悔，但是已来不及了。"

孙逵怒吼一声，吼声中已向这青衣人攻出三拳。

这二十年来，他非但未将武功搁下，反而更有精进，这一拳招沉力猛，拳风虎虎，先声已夺人。

任何人都可以看出，他这三拳虽然未必能击石如粉，但要将一个人的脑袋打碎，却是绰绰有余。

那青衣人全身都似已在拳风笼罩之下，看来非但无法招架，简直连闪避都未必能闪避得开。

谁知他既未招架，也未闪避，只是轻轻一挥手。

他出手明明在孙逵之后，但也不知怎地，孙逵的拳头还未沾着他衣裳，他这一掌已掴在孙逵脸上。

他只不过像拍苍蝇似的轻轻掴了一掌，但孙逵却杀猪般狂吼了起来，一个筋斗跌倒在地上。

等他挣扎着想爬起来，左边的半边脸已肿起了半尺高，红里发紫，紫中透明，连眼睛都已被挤到旁边去了。

青衣人淡淡道："凭良心讲，你死得也实在有些冤枉，我本来并不想杀你的，可是我这只手……"

孙逵没有肿的半边脸上连一丝血色都没有，每一根肌肉在扭紧着，衬着另半边脸上一堆死肉，那模样真是说不出的狰狞可怕。

他剩下的一只眼睛里更充满了惊惧之色，望着青衣人的一只手，嘶声道："你的手……你的手……"

青衣人手上，戴着双暗青色的铁手套，形状看来丑恶而笨拙，但它的颜色却令人一看就不禁毛骨悚然。

孙逵目中的惊惧已变为绝望，声音也愈来愈微弱，喃喃道："我究竟作了什么孽？竟叫我今日还见着青魔手？……李……李探花，你是个好心人，求求你杀了我吧，快杀了我吧。"

李寻欢仍坐在那里没有动，眼睛也盯在青衣人的那双手上，只不过用脚尖将那半截链子枪头拨到孙逵的手边。

孙逵挣扎着拾起了它，颤声道："谢谢你，谢谢你，我死也忘不了你的好处。"

他用尽全身力气，将那链子枪头插入了自己的咽喉，自喉头溅出来的鲜血，已变为紫黑色的，就像是从阴沟里流出来的臭水。

李寻欢阖起眼睛，叹了口气，黯然道："武林有七毒，最毒青魔手……这话看来倒没有夸张。"

青衣人也在望着自己的一双手，居然也叹了口气道：“别人都说挨了青魔手的人生不如死，只想愈快死愈好，的确没有夸张。”

李寻欢目光移到他脸上，沉声道：“但阁下却并非‘青魔’伊哭。”

青衣人道：“你怎知道我不是，你认得他？”

李寻欢道：“嗯。”

青衣人似乎笑了笑，道：“我倒也并不是想冒充他，只不过是他的……”

李寻欢道：“伊哭没有徒弟。”

青衣人道：“谁说我是他的徒弟，就凭他，做我的徒弟都不配。”

李寻欢道：“哦？”

青衣人道：“你以为我在吹牛？”

李寻欢淡淡道：“我对阁下的来历身份并没有兴趣。”

青衣人动人的眼睛忽然发出了锐利的光，瞪着李寻欢道：“你对什么有兴趣？金丝甲？”

李寻欢没有回答，只是缓缓抚摸着手里的小刀。

青衣人目光也落在这柄小刀上，道：“别人都说你‘出手一刀，例不虚发’，这话不知有没有夸张？”

李寻欢道：“以前也有很多人对这句话表示怀疑。”

青衣人道：“现在呢？”

李寻欢目中闪过一丝萧索之意，缓缓道：“现在人都已死了！”

青衣人默然半晌，忽然笑了起来。

他笑的声音很奇特，就像是硬逼出来的，笑声虽很大，他面上却仍死鱼般全无表情，道：“老实说，我的确想试试。”

李寻欢道：“我劝你最好不要试。”

青衣人顿住笑声，又瞪了李寻欢几眼，道：“金丝甲就在锅里那死人身上，是吗？”

李寻欢道：“嗯。”

青衣人道：“现在我若去动那死人，那么……”

李寻欢打断了他的话，道：“那么你只怕也要变成死人了！”

青衣人又笑了，道：“我并不是怕你，只不过我这人天生不喜欢赌博，也不喜欢冒险。”

李寻欢道：“这是种好习惯，只要你能保持，一定会长命的。”

青衣人目光闪动着，道：“但我总有法子能令你将这金丝甲让给我的。”

李寻欢道：“哦？”

青衣人道：“你总该知道，这‘青魔手’乃是伊哭采金铁之英，淬以百毒，锻冶了七年才制成的，可说是武林中最霸道的兵刃之一。”

李寻欢道：“百晓生作‘兵器谱’，青魔手排名第九，可算珍品。”

青衣人道：“那么，我若将这青魔手送给你，你肯不肯将金丝甲让给我？”

李寻欢沉默了半晌，望着手里的小刀，缓缓道：“我这把小刀只不过是大冶的铁匠，花了三个时辰打好的，但百晓生品评天下兵器，小李飞刀却排名第三！”

青衣人长长叹了口气，道：“你的意思是说，兵器的好坏并没有关系，主要的是要看用兵器的是什么人？”

李寻欢微笑道：“阁下是聪明人。”

青衣人道：“所以你不肯。”

李寻欢道：“我若想要它，现在它就不会在你的手上了！”

青衣人沉吟了半晌，忽然自怀中取出个长而扁的匣子。

他将这匣子慎重地放在桌上，用两只戴着铁手套的手，笨拙地将匣子打开，立刻便有一阵剑气砭人肌肤。

这黝黑的铁匣子里，竟是柄寒光照人的短剑。

青衣人道：“宝剑赠英雄，这柄‘鱼肠剑’，天下无双，总该能配得过你了吧。”

李寻欢动容道：“阁下莫非是‘藏剑山庄’藏龙老人的子弟？”

青衣人道：“不是。”

李寻欢道：“那么，阁下这柄剑是那里来的？”

青衣人道：“老龙已死了，这是他儿子游龙生送给我的。”

李寻欢道：“鱼肠剑乃上古神兵、武林重宝，‘藏剑山庄’也以剑而名，若非因为藏龙老人与少林、武当、昆仑三大派的掌门人俱是生死之交，此剑早已被人夺去，虽是如此，藏剑山庄为了此剑还是不知经过多少次浴血战，那游少庄主又怎会将这传家之宝轻易送人呢？”

青衣人冷冷一笑，道：“莫说是柄剑，我就算要他将头颅送给我，他也绝不会拒绝的，你信不信？”

李寻欢沉默了半晌，道：“此剑价值只怕还在金丝甲之上，阁下为何要以贵易贱？”

青衣人道：“我这人天生有个脾气，愈不容易到手的东西，我愈想要。”

李寻欢笑了笑，道：“恰巧我也有这种脾气。”

青衣人道：“你还是不肯？”

李寻欢道：“不肯。”

青衣人怒道：“你为何一定非要那金丝甲不可？”

李寻欢道：“那是我的事，与阁下无关。”

青衣人仰天打了个哈哈，道：“久闻‘小李探花’一向淡泊名利，视富贵如浮云，二十年前弃功名如粪土，十年前又散尽了万贯家财，隐姓埋名，萧然出关……这样的人，为什么会对区区一件金丝甲看得那么重呢？”

李寻欢淡淡道：“我的原因，只怕和阁下一样。”

青衣人瞪着他，道：“你莫非是为了那天下第一的美人。”

李寻欢笑了笑，道：“也许。”

青衣人也笑了，道：“不错，我也早就听说过，你对佳人和美酒，是从来不肯拒绝的。”

李寻欢道：“只可惜阁下并非绝代之佳人。”

青衣人笑道：“你怎知我不是？”

“他”的笑声忽然变了，变得银铃般娇美。

笑声中，她缓缓脱下了那双暗青色的手套，露出了她的手来……

李寻欢从来也没有见过如此美丽的手。

“小李风流”，他这一生中，也不知和多少位绝色美人有过幽期密会，他掌中没有拿着飞刀和酒杯的时候，也不知握过多少双春葱般的柔荑。

美人的手，大多都是美丽的。

可是他却发现无论多么美的手，多多少少总有一些缺陷，有的是肤色稍黑，有的是指甲稍大，有的是指尖稍粗，有的是毛孔稍大……就连那使他魂牵梦萦、永生难忘的女人，那双手也并非全无瑕疵的。

因为她的个性太强，所以她的手也未免稍觉大了些。

但现在展示在他眼前的这双手，却是十全十美，毫无缺陷，就像是一块精心琢磨成的羊脂美玉，没有丝毫杂色，又那么柔软，增之一分则太肥，减之一分则太瘦，既不太长，也不太短。

就算最会挑剔的人，也绝对挑不出丝毫毛病来。

青衣人柔声道："你看我这双手是不是比青魔手好看些呢？"

她的声音也忽然变得那么娇美，就算用"出谷黄莺"这四个字来形容，也嫌太侮辱了她。

李寻欢叹了口气，道："你用这双手杀人，也没有人能抵抗的，又何必再用青魔手？"

青衣人娇笑着，道："现在我再和你谈判交换，条件是不是已好了些？"

李寻欢道："还不够好。"

青衣人用她那双毫无瑕疵的手一拉袖子，她的衣袖就断落了下来，露出了一双丰盈而不见肉、纤美而不见骨的手臂。

手，本来已绝美，再衬上这双手臂，更令人目眩。

青衣人道："现在呢？"

李寻欢道："还不够。"

青衣人哈哈笑道："男人都贪心得很，尤其是有本事的男人，愈有本事，贪心愈大……"

她身子轻轻地扭动，说完了这句话，她身上已只剩下一缕轻纱制成的内衣，雾里看花，最是销魂。

李寻欢已将没有毒的酒倒了一杯，举杯笑道："赏花不可无酒，请。"

青衣人道："我知道你还是觉得不够，是吗？"

李寻欢笑道："男人都贪心得很。"

青衣人银铃般笑着，褪下了鞋袜。

任何人脱鞋子的姿态都不会好看的，但她却是例外，任何人的脚都难免有些粗糙，她也是例外。

她的脚踝是那么纤美，她的脚更令人销魂，若说世上有很多男人情愿被这双脚踩死也一定不会有人怀疑的。

接着，她又露出了她那双修长的、笔直的腿。

在这一霎间，李寻欢连呼吸都似乎已停止。

青衣人柔声道："现在还不够么？"

李寻欢将杯中酒一饮而尽，笑道："我现在若说够，我就是呆子了。"

没有人能想象世上竟有如此完美的躯体，现在，她已将躯体毫无保留地展示在李寻欢眼前。

她的胸膛坚挺，双腿紧并……

在这诱人的躯体后，却有三具死尸，但这非但没有减低她的诱惑，反而更平添了几分残酷的煽动力。

那实在可以令任何男人犯罪。

唯一的遗憾是，她还没有将那青惨惨的面具除下来。

她只是用那双诱人的眼睛望着李寻欢，轻轻喘息着道："现在总该够了吧。"

李寻欢望着她脸上的面具，微笑道："已差不多了，只差一点。"

青衣人道："你……你已经应该知足了。"

李寻欢道："容易知足的男人，时常都会错过很多好东西。"

青衣人的胸膛起伏着，那一双嫣红的蓓蕾骄傲地挺立在李寻欢眼前，似乎已在渐渐胀大……

她轻轻颤抖着道："你何必一定要看我的脸，这么样，岂非反而能增加几分幻想、几分情趣？"

李寻欢道："我知道有许多身材很好的女人，一张脸却是丑八怪。"

青衣人道："你看我像丑八怪么？"

李寻欢道："那倒说不定。"

青衣人叹了口气，道："你真是个死心眼的人，但我劝你最好还是莫要看到我的脸。"

李寻欢道："为什么？"

青衣人道："我和你交换了那金丝甲后，立刻就会走的，以后只怕永远再也不会相见，你给我金丝甲，我给你世上最大的快乐，这本是很公道的交易，谁也不吃亏，所以以后谁也不必记着谁。"

李寻欢道："有理。"

青衣人道："但你只要看到我的脸后，就永远再也不能忘记我了，而我，却是一定不会再跟你……跟你要好的，那么你难免就要终日相思，岂非自寻烦恼。"

李寻欢笑了，道："你倒对自己很有自信。"

青衣人的纤手自胸膛上缓缓滑下去，带着诱人的媚笑道："我难道不该有自信？"

李寻欢悠然道："也许我不肯和你做这交易呢？"

青衣人似乎怔了怔，道："你不肯？"

她终于伸起手，将那面具褪了下来。

然后，她就静静地望着李寻欢，像是在说："现在你还不肯么？"

这张脸实在美丽得令人窒息，令人不敢逼视，再配上这样的躯体，世上实在很少有人能抗拒。

就算是瞎子，也可以闻得到她身上散发出的那一缕缕甜香，也可以听得到她那销魂荡魄的柔语。

那已是男人无法抗拒的了。

李寻欢不禁又叹了口气，道："难怪伊哭那样的人会将'青魔手'送给你，难怪游少庄主肯心甘情愿地将他传家之宝奉献在你足下，我现在实已无法不信。"

这赤裸着的绝代美人只是微笑着，没有说话。

因为她知道自己用不着说话了。

她的眼睛会说话，她的媚笑会说话，她的手、她的胸膛、她的腿……她身上每分每寸都会说话。

她知道这已经足够了，若有男人还不明白她的意思，那人一定是白痴。

她在等待着，也在邀请。

但李寻欢偏偏还没有站起来，反而倒了杯酒，缓缓喝了下去，又倒了杯酒，才举杯笑道："我已经很久没有这样的眼福了，谢谢你。"

她咬着嘴唇，垂着头道："想不到像你这样的男人，还要喝酒来壮胆。"

李寻欢笑道："因为我知道漂亮的女人也都很不容易满足的。"

她"嘤咛"一声，蛇一般滑入了李寻欢的怀抱。

酒杯"当"地跌在地上，碎了。

李寻欢的手沿着她光滑的背滑了下去，但另一只手上却仍握着那柄刀，短而锋利的小刀！

少女的躯体扭动着，柔声道："男人在做这种事的时候，手里不该还拿着刀的。"

李寻欢的声音也很温柔，道："男人手里拿着刀时，你就不该坐在他怀里。"

少女媚笑道："你……你难道还忍心杀我？"

李寻欢也笑了，道："一个女孩子不可以如此自信，更不可以脱光了来勾引男人，她应该将衣服穿得紧紧的，等着男人去勾引她才是，否则男人就会觉得无趣的。"

他的手已抬起，刀锋自她脖子上轻轻划了过去，鲜血一点点溅在她白玉般的胸膛上，就像是雪地上一朵朵鲜艳的梅花。

她已完全吓呆了，柔软的躯体已僵硬。

李寻欢微笑道："你现在还有那么大的自信，还认为我不忍杀你吗？"

刀锋，仍然停留在她的脖子上。

她的嘴唇颤抖着，哪里还说得出话。

李寻欢叹了口气，道："我希望你以后记住几件事：第一，男人都不喜欢被动的；第二，你并没有自己想象中那么漂亮。"

少女紧咬着嘴唇，颤声道："我……我已经服了你了，求求你将刀拿开吧。"

李寻欢道："我还想问你一件事。"

少女道："你……你说……"

李寻欢道："你想要的东西，有很多男人都会送给你，所以你绝不会贪图钱财；你自己是个女人，自然也不会是为了贪图美色。那么你究竟是为了什么，才不惜牺牲一切，一心想要得到这金丝甲呢？”

少女道：“我早已说过了，愈得不到的东西，我愈想要……”

李寻欢沉默了半晌，淡淡笑道：“我不将刀从你的脖子上拿开，你难道就不能将你的脖子从我的刀上拿开吗？”

少女立刻从他怀中蹿了出去，就像是一只被主人弄疼了的猫。

李寻欢道：“天气冷得很，不穿上衣服会着凉的。”

少女瞪着他，美丽的眼睛里似已将冒出火来。

但过了半晌，她忽又笑了，嫣然道：“我早就知道，你还是不忍杀我的。”

李寻欢道：“哦？真的么？”

他轻抚着手里的刀锋，悠然道：“我说完了这句话你若还不走，这柄刀就会插在你脖子里，你信不信？”

少女没有再说话了。

她咬着牙，攫起了衣服，猫一般蹿了出去。

只听她恶毒的骂声远远传来，道：“李寻欢你不是男人，根本就不是个人！根本就不中用，难怪你未过门的妻子会跟你最好的朋友跑了，我现在才知道是为了什么！”

大地积雪，雪光映照下，外面明亮得很，但这厨房却幽暗得如同坟墓，令人再也不愿停留片刻。

可是李寻欢却仍然静静地坐在那里，连姿势都没有变。

他目光中充满了悲哀和痛苦，那少女所说的话，就像是一根根针，深深地刺入了他的心。

未来的妻子……最好的朋友……

第五章

风雪夜追人

李寻欢抓起酒壶，将剩下来的酒全都灌了下去，然后就不停地咳嗽，苍白的脸上又现出凄艳的血红色。他手抚着胸膛，凄然自语道：“啸云、诗音，我绝不怪你们，无论别人怎么说，我都不会怪你们，因为我知道你们并没有错，所有的错，都是我一个人造成的。”

忽然间，木板门砰的一响！

一个人自门外爬了起来，他看来就像是个肉球似的，腹大如鼓，全身都挤着肥肉，全身都沾染着泥垢，头发和胡子更乱得一塌糊涂，就像是已有许多年没有洗过澡，远远就可以嗅到一阵阵酸臭气。

他爬着滚了进来，因为他两条腿已被齐根斩断。

李寻欢皱了皱眉，道：“朋友若是来要饭的，可真是选错时候了。”

这人像是根本没听见，他虽然臃肿而残废，行动却并不呆笨，双手一按，身子一滚，已到了炉灶前。

李寻欢讶然道：“阁下难道也是为了这金丝甲来的么？”

这人两只手又一按，蛤蟆般跳上了炉灶，尸体还在这大铁锅里，金丝甲也还在这尸体上。

李寻欢冷冷道：“在下手里的刀并非杀不死人的，阁下若还不住手，这里只怕就又多一个死人了。”

这人竟还是不理他，七手八脚，就将金丝甲剥了下来，看来那只不过是件金色的马甲而已，也并没有什么神奇之处。

奇怪的是，李寻欢竟还是安坐不动，手里的飞刀也未发出，只是瞪着这怪人，目中反而露出了惊惧之色。

只见这怪人两只手紧抱着金丝甲，仰首大笑道：“鹬蚌相争，渔翁得利。想不到这宝贝竟到我手里了！”

李寻欢冷冷道：“在下人还在这里，刀还在手中，阁下说这话，只怕还太早了些。”

这怪人又蛤蟆般跳了下来，滚到李寻欢面前，望着李寻欢咧嘴一笑，露出了满嘴发黄的牙齿。

他咯咯笑着道：“你的刀既然在手里，为什么不杀我呢？小李飞刀，例不虚发，你飞刀一出，我这残废是万万躲不开的呀。”

李寻欢也咧嘴一笑，道：“我觉得你很可爱，所以不忍杀你。”

这怪人大笑了几声，道：“你若不愿说，我就替你说吧。”

他大笑着接道：“别人都以为你没有中毒，但我却知道你是中毒了，只不过你的确很沉得住气，所以别人都上了你的当。”

李寻欢神色不动，道：“哦？”

这怪人道：“但你却休想要我也上当，只因我知道下在酒中的毒是既无色，也无味的，你的鼻子就算比狗还灵，也休想闻得出。”

李寻欢望了他很久，才淡淡一笑，道：“阁下真的知道得这么清楚？”

这怪人咯咯笑道：“我当然知道得很清楚，因为毒就是我下的！你中毒没有，我也看得出，你可以骗过世上所有的人，但却骗不过我！”

李寻欢的脸色虽还没有变，但眼角的肌肉已在不停地跳动，过了很久，才长长叹息了一声，道：“一天还没有过完，我遇见出人意料的事已有六七件了，看来我今天的运气实在不错。”

这怪人道：“阁下难道不想知道是死在什么人手上的吗？”

李寻欢道：“正想请教。”

这怪人道：“阁下博闻广见，总该知道江湖中有七个最卑鄙无耻的人……”

李寻欢失声道：“七妙人？！”

这怪人哈哈大笑道：“一点也不错！这七妙人当真是男盗女娼，无耻之尤，别的武功他们学不好，但迷香下毒，偷鸡摸狗，诱奸拐骗，这一类的功夫在江湖中却可算是首屈一指、独步天下的了！”

李寻欢睁大眼睛望着他，道：“阁下难道也是七妙人其中之一么？”

这怪人道："七妙人中又有个最卑鄙无耻的人，就叫作……"

李寻欢道："妙郎君花蜂。"

这怪人笑道："错了一点，他的全名是'黑心妙郎君'，此人不学无术，连采花都不大敢，只会勾引良家妇女骗财骗色，但若论起下毒的功夫来，有时连那位五毒极乐童子都要逊他一筹。"

李寻欢道："阁下对此人倒清楚得很。"

这怪人笑嘻嘻道："我当然对他清楚得很，因为我就是他，他就是我。"

李寻欢长长吸了口气，这才真的怔住了。

花蜂大笑道："阁下很奇怪吗？妙郎君怎会是个大肉球？"

李寻欢叹道："阁下这样的人若也能勾引良家妇女，那些女人只怕是瞎子。"

花蜂道："你又错了，我勾引的人非但不是瞎子，而且每个人眼睛都美得很，只不过一个人若被斩断了腿关在地窖里，每天只喂他吃一碗不加盐的猪油拌饭，他就算是潘安，几年后也要变成肉球了。"

李寻欢皱眉道："这难道是'紫面二郎'夫妇下的毒手？"

花蜂沉吟了半晌，笑道："他刚才讲了个故事给你听，现在我也讲一个，只不过我这故事比他曲折、有趣多了。"

李寻欢道："哦？"

花蜂道："那年我运气不好，鬼迷了眼，竟去勾引大胡子的老婆，更倒霉的是，居然还弄出了个孩子来，所以她就非跟我跑不可了。"

李寻欢讶然道："原来紫面二郎说的那人就是你，他就是替你背黑锅的。"

花蜂道："他只说错了一点。"

李寻欢道："哦？"

花蜂道："我并没有将她带出来的珠宝拐走，就算我这么想，也不行，因为这女人比鬼还精，我根本就没机会下手。"

他叹了口气，接着道："可是那时大胡子已发觉了此事，追踪甚急，我这人胆子最小，就想找个人来替我背黑锅，所以我就要小蔷薇去勾引紫面二郎，她本来不肯，说他的脸不白，到后来才总算被我说动了。"

李寻欢道：“原来你两人竟是串通好的。”

花蜂道：“那时我若索性将计就计，甩手一走，倒也没事了，可是小蔷薇从大胡子那里卷带出的珠宝实在不少，我又舍不得，所以我就跟她约好，等到这件事稍为平静些的时候，我再来找她，将紫面二郎踢开。”

他又叹了口气，才接着道：“但我却忘了天下没有不变心的女人，她跟紫面二郎朝夕相处，居然动了真情，等我再来找她时，他们两人竟一起动手，将我击倒，又斩断我两条腿，让我受了十几年的活罪。”

李寻欢皱眉道：“她为何不索性杀了你？”

花蜂苦笑道：“我若了解女人的心，也就不会变成这样子了。”

这次他叹气叹得更长，接着道：“以前我总以为自己很了解女人，所以才会有这种报应，一个男人若以为自己了解女人，他无论受什么罪都是活该的。”

李寻欢也叹息了一声，道：“这故事的确比方才那故事有趣多了。”

花蜂道：“最有趣的一件事你还未听到哩。”

李寻欢道：“哦！”

花蜂道：“你中了我的毒，非但用不了力，而且三个时辰之内，就非死不可，所以我现在绝不杀你，让你坐在这里慢慢享受等死的滋味。”

李寻欢淡淡道：“这倒用不着，等死的滋味，我也享受过许多次了。”

花蜂狞笑道：“但我却可以保证这必定是最后一次！”

李寻欢笑了笑，道：“既是如此，阁下就请便吧，只不过……外面风雪交加，冰雪遍地，阁下这样子，能走得远么？”

花蜂道：“这倒不劳阁下费心，没有腿的人，也可以骑马的，我已听到外面的马嘶，而且中气很足，想必是几匹好马。”

他大笑着往外面爬了出去，还挥着手笑道：“再见再见。”

李寻欢也微笑道：“慢走慢走，恕在下不能远送了，实在抱歉得很。”

外面马嘶不绝，蹄声渐渐远去。

李寻欢静静地坐在那里，望着桌子上的酒壶。

一壶酒已空了，另一壶还有酒。

李寻欢拿起酒壶嗅了嗅，又尝了一口，喃喃道："果然是无色无味，此君下毒的本事的确不错。"

他又喝了一大口，闭起眼睛道："这酒也的确不错，喝一杯是死，喝一壶也是死，我为何不多喝些，也免得糟蹋了如此好酒。"

他竟真的将一壶毒酒全都喝了下去，又喃喃道："李寻欢呀李寻欢，你早就该死的，死又何妨？但至少你总不能死在厨房里，和这些人死在一起呀。"

于是他就挣扎着站起来，摇摇晃晃地走了出去。

雪地上蹄印交错，直奔东南。

李寻欢选了一块最干净的雪地，盘膝坐了下来，又自怀中摸出那个还没有刻好的人像。

这人像已稍具轮廓了，一双眼睛似乎正在凝注着李寻欢，眉梢眼角，似乎带着淡淡的忧郁。

李寻欢凄然一笑，道："你何必看着我，我只不过是个不可救药的浪子、酒鬼，你嫁给啸云是对的，错的只是我。"

他用力去刻，想完成这人像。

可是他的手已不稳，已全无力气，锋利的刀竟连木头都刻不动了。

天气幽暗，穹苍低垂，又在下雪。

李寻欢伏在雪地上不停地咳嗽，每一声咳嗽都仿佛是在呼唤。

"诗音、诗音……"

诗音听得到么？

诗音绝不会听到的，但却有人听到了。

虬髯大汉背负着李寻欢，在雪地上追踪着蹄印狂奔。

"只有在两个时辰内，找到一个双腿被斩断，就像肉球般的人，我也许还有一线生机。因为下毒的人必有解药。"

这是李寻欢所能说出的最后一句话。

虬髯大汉几乎将每一分潜力都使了出来，眼泪已在他眼眶下凝结成冰粒，寒风迎面刮来，就像是刀。

忽然间，寒风中传来一声惨叫。

虬髯大汉面色变了，微一迟疑，全力向惨呼传来的方向奔了过去，他首先发现积雪的松林外倒着一匹马。

他蹿入雪林，整个人就忽然僵硬。

他总算找到妙郎君花蜂了，可是他找到的却只是花蜂的尸体！

花蜂的人已变得像是个刺猬，身上钉满了各式各样的暗器，有飞镖，有袖箭，有银针、五芒珠、毒蒺藜……

虬髯大汉面上也不禁露出伤感之色，这人的遭遇实在太惨，他被人锯断了两条腿，又被人像猪一般囚禁了十余年，到最后还被人当成个活靶子。

但想到这人一死，李寻欢只怕也要陪着他死，虬髯大汉的伤心立刻就变为了悲愤，嗄声道："就是这人？"

他还抱着万一的希望，希望死的这人并不是李寻欢要找的人，但李寻欢却叹息了一声，道："错不了的。"

虬髯大汉咬了咬牙，脱下身上的皮袄，铺在树下，再扶着李寻欢坐了下来，勉强笑道："解药也许就在他身上，他一死反而省事了，我去找找看。"

李寻欢也勉强一笑，道："小心些，暗器大多有毒，千万莫要割破了手。"

他自己已命在俄顷，却还是一心惦记着别人的安危。

虬髯大汉只觉胸中一阵热血上涌，勉强咽下了已快夺眶而出的热泪，一步蹿到花蜂的尸身前。

只见他蹲在那边，匆忙地搜索着，但过了半晌，两只手就停顿了下来，却久久无法站起。

李寻欢道："没有？"

虬髯大汉喉头哽咽，已说不出话。

李寻欢淡淡一笑，道："我早就知道我绝不会有这么好的运气，他被人囚禁了十余年，身上怎么会还带着解药呢？"

虬髯大汉握紧拳头，打着自己的脑袋，喃喃道："我若知道是谁杀了他，就有希望了，他的解药也许就是被那人搜走的！"

李寻欢闭起眼睛，满面俱是空虚落寞之色，道：“也许是的，也许不是……”

虬髯大汉道：“可是他中的这些暗器都是极常见的，江湖中人人都可能用这些器，五芒珠虽本是方外人用的，但近年来也已流俗。”

李寻欢道：“嗯。”

虬髯大汉道：“他身上中了这么多暗器，显然不是一个人下的手。”

李寻欢道：“嗯。”

他呼吸沉重，竟似已睡着了，对别人的安危，他虽然念念于怀，对自己的生死，他却全未放在心里。

虬髯大汉还在不停地敲打着自己的手，忽然跳了起来，大喜道：“我知道下手的人是谁了。”

李寻欢道：“哦？”

虬髯大汉奔到李寻欢面前，道：“下手的人只是一个人，这十三种暗器全是他一个人发出来的。”

李寻欢道：“哦？”

虬髯大汉道：“他中的这十三种暗器，无论任何一种都可以置他死命，但那人却硬要将十三种暗器都钉在他身上才过瘾，这种残酷毒辣的疯子，江湖中哪里还找得出第二个？”

李寻欢叹了口气，道：“不错，只有一个，就是千手罗刹！妙郎君到头来还是要死在女人手里！”

虬髯大汉拍手道：“对了，除了千手罗刹外，别人也无法将十三种暗器同时发出来……”

他忽然顿住语声，瞪着李寻欢，道：“你早就看出来了。”

李寻欢嘴角泛起一丝苦笑，道：“看出来又有什么用呢？千手罗刹行踪飘忽，早已不知走到哪里去了，我们反正是找不着的。”

虬髯大汉厉声道：“我们无论如何也要找到她……”

李寻欢摇了摇头，道：“不必找了，你只要找些酒给我喝，让我陶然而死，我已经很感激你，我现在已很累……非常累，只想好好地休息休息。”

虬髯大汉扑地跪了下来，热泪终于忍不住夺眶而出，嗄声道：“少爷，我知道你已很累了，这些年来，你从来也没有一天快乐过，悲伤和愁苦，的确比任何事都容易使人觉得劳累。”

他忽然紧紧握起李寻欢的肩头，大声道：“但少爷你绝不能死，你一定要振作起来，你若就这样不明不白地死了，死后还要背负着浪子、酒鬼的恶名，老爷在九泉之下也不会瞑目的。”

李寻欢紧紧闭着眼睛，眼角的泪珠已凝成冰珠。

但他嘴角还是带着微笑，道：“浪子、酒鬼，也没有什么不好，那总比那些伪君子、假道学好得多了，是吗？”

虬髯大汉满面热泪，嘶声道：“可是……可是少爷你本该是天下最有作为的人，你的好处谁也比不上，你为何定要如此自暴自弃，自伤自苦，为了林诗音那女人，这值得吗？”

李寻欢目中忽然射出了光芒，怒道：“住口！你竟然叫她的名字？”

虬髯大汉垂下了头，黯然道：“是。”

李寻欢瞪了他半晌，又阖起眼睛，叹道：“好，你要找，我们就去找吧，可是天地茫茫，我们剩下的时候已不多了，你要到哪里去找？”

虬髯大汉一跃而起，展颜道：“皇天不负苦心人，我们一定找得到的。”

他刚想背负起李寻欢，突然间，树上有片积雪落了下来，掉在他身上，他随手一拂，忽然发现这片积雪上竟凝结着血花！

积雪的枯枝上，竟还有个人。

一个死人！一个赤裸裸的死人！女人！

她被人塞在树椏里，全身已冻得僵硬，一支短矛插入了她丰满的胸膛，将她钉在树上！

李寻欢他们只注意到雪地上花蜂的尸体，全没有留意到她，虬髯大汉双臂一振，苍鹰般扑了上去，将她卸了下来。

只见她脸上已结着一层冰霜，看来就像是透明的，使人完全看不出她的年纪，只能看出她生前是个很美的女人。

李寻欢惨然一笑，道：“我们果然找到她了，这只怕也算皇天不负苦心人吧。”

虬髯大汉紧握着双拳，恨恨道：“千手罗刹虽然毒辣，但这人杀了她后，为何还要剥光她衣服……”

李寻欢叹道：“这只怪她穿的衣服太值钱了。”

虬髯大汉眼睛一亮，道：“不错，据说千手罗刹最重衣着，她身上穿的衣服，都是以金丝织成的，还缀着明珠、美玉。”

李寻欢苦笑道：“鹿角若无茸，羚羊若无角，也不会死于猎人之手了。”

虬髯大汉道：“但这人杀她，本是为了金丝甲，他得到了金丝甲这么样的武林异宝，还不肯放过一件衣服，如此贪心的人，世上只怕也不会有第二个。”

李寻欢道：“不错，只有一个……”

这次虬髯大汉却抢着道：“棺材里伸手，死要钱……”

李寻欢笑了笑，道：“你再拔起她身上这根短矛看看。”

这只短矛制作极精，上面还镶着块翡翠。

李寻欢道：“施耀先视钱如命，杀了人后连衣服都要剥走，他会舍得将如此值钱的短矛留下么？”

虬髯大汉皱眉道：“江湖中用如此华贵兵刃的人本就不多，这莫非是那败家子‘花花大少’潘小安留下来的？”

李寻欢道：“一点也不错，这正是他们两人一起动的手。”

虬髯大汉道：“这两人一个爱财如命，一个挥金如土，完全是水火不同炉，又怎会凑在一起的呢？”

李寻欢笑道：“潘大少是有名的派头奇大，衣、食、住、行，样样都要讲究，施耀先跟着他走，不但白吃白喝，还可以跟着充充大爷，这种便宜事，施耀先怎会不做？”

虬髯大汉一拍巴掌，展颜道：“这就好办了，在这么冷的天气里，潘大少绝不肯骑在马上挨冻，更不会走路了，他一定要坐车，只要坐车，我们就追得上！”

林外雪地上果然还可隐隐辨出车辙马蹄。车轮之间，竟有八尺，他们乘的显然是辆很宽敞的大车。

这种车子虽舒服，却不会走得太快。

虬髯大汉精神一振，放足狂奔，这次他追踪就容易多了，只需沿着大道而行，因为八尺宽的大车绝对走不上僻道。

这时天色已暗了下来，道上全无人踪。

虬髯大汉施开身法，奔行了顿饭工夫，他身上虽然背负着一个人，但步履仍极轻健，谁也想不到有如此轻功的人竟会为人奴仆，而且，轻功如此高明的人，也绝不会是江湖的无名之辈。

又奔行了片刻，他忽然发现前面的路上积雪平整如镜，最少已有两三个时辰没有人走过了。

那大车怎会忽然失踪了呢？

虬髯大汉怔了半晌，又折了回去。这次他已走得慢些，而且分外留意，折回了半里路后，他就发现大车的车辙半途拐入了一条岔路。

方才他没有留意这条岔路，因为这路两旁，古柏森森，还有石翁仲，显然是通向一个富贵人家的陵墓。

他实在想不到大车会拐入这条墓道死路上来的。

这果然是条死路！

大车就停在巨大的石陵墓前，拉车的马已不见了，三个穿着羊皮袄的大汉，也都倒毙在雪地上。

车厢里斜斜躺着一个身穿重裘，面色惨白，年纪虽已有四十左右，但胡子却刮得干干净净的中年人。

只要看他手上戴着的那价值不菲的翡翠扳指，就知道此人必定就是“金玉堂”的败家子潘大少。

他身旁还有两个妙龄少女的尸身，也和潘大少一样，都是被人以重手法点了死穴，车旁的三人却是被掌力震伤内腑而死的。

这又是谁下的毒手？

虬髯大汉皱眉道：“莫非是施耀先……”

他话未说完，又发现陵墓石碑旁也倒毙着一个人的尸身：头上光秃秃的全无寸发，仰面倒卧在冰雪上，两只手却还紧紧地抓着，像是临死前还想抓紧一样东西，却什么也没抓住。

这正是施耀先，但却再也无法自棺材里伸出手来要钱了。

李寻欢忽然叹道：“一个人狂嫖滥赌都没关系，可千万不能交错朋友，否则就难免要和潘大少一样，死了还不知是谁下的手。”

虬髯大汉道：“少爷你……你难道说他是被施耀先害死的？”

李寻欢道："你看他面色如此安详，显然是正在美人怀中享福时，就糊里糊涂被人点了死穴，这车里只有他和施耀先，除了施耀先之外，还有谁能下手。"

虬髯大汉道："可是……"

李寻欢道："可是除了他之外，别的人面上都带着惊骇之色，显然到临死还不相信施耀先会下这毒手的，尤其是这两个女子，她们生前说不定还和施耀先有过缠绵，更不相信施耀先会杀她们。"

他叹了口气，摇着头道："此人重利轻红颜，竟不懂红颜实比黄金可爱得多。"

虬髯大汉道："据说施耀先指上的功力在山西首屈一指，原本就有'一指追魂'的盛誉，这的确像是他下的手，可是……"

李寻欢忽又道："施耀先将潘大少当冤家的吃了也不知有多久了，这次潘大少想要金丝甲，施耀先吃人嘴软，也不能说不行，但金丝甲却又实在诱人，施耀先心一黑，索性就一劳永逸，下了毒手。"

虬髯大汉的话头已被打断了两次，这次他等了半晌，直等到李寻欢不再说话，他才说道："可是施耀先现在也死了。"

李寻欢笑了笑，道："杀人者人恒杀之。施耀先杀人的时候，说不定就有个爱管闲事的人正在这陵墓上看着，也许施耀先发现他后，就想也将他杀了灭口，谁知杀人不成，反被人杀了！"

虬髯大汉皱眉道："施耀先武功不弱，是谁杀了他呢？"

他走上陵墓前的石级，就发现施耀先身上也没有什么别的伤痕，只有咽喉上多了一个洞！

是用一柄并不锋利的剑刺穿的洞！

李寻欢伏在虬髯大汉的肩头，两人凝注了半晌，一起长长吐出了口气，嘴角竟似露出了笑容，齐声道："原来是他！"

虬髯大汉笑道："飞少爷的剑比飞还快，这就难怪施耀先招架不住了。"

李寻欢闭上眼睛，微笑着道："很好，很好，实在太好了，金丝甲到了他手上，还是物得其主，看来那梅花盗是快倒霉了。"

虬髯大汉道："我们去找飞少爷，他一定不会走远的。"

李寻欢笑道："你去找他有什么用？"

虬髯大汉道："解药……"

李寻欢道："花蜂身上当真有解药，真被千手罗刹搜去了又被施耀先劫走，那么，现在就一定还在施耀先身上，阿飞他绝不会妄取别人东西的，他只带走那金丝甲，只不过他认为金丝甲应该是我的。"

虬髯大汉望了望那两个少女戴着的珠翠，又望了望潘大少手上的巨大翡翠扳指，叹道："不错，就算遍地都是金钱，飞少爷也不会妄取一文。"

李寻欢道："所以，解药若不在施耀先身上，我们找阿飞也没有用。"

虬髯大汉手指颤抖着，开始去搜施耀先的身子，他实在很紧张，因为这已是最后的一线希望！

虬髯大汉将尸体都搬了下来，扶着李寻欢坐入马车。

车厢的板壁上，竟也有两行用剑尖划出来的字：

我为你复了仇，
我骑走了你的马！

李寻欢笑道："我本来还断定可能是他，但现在却可以断定了，只有他才是连死人的便宜都不肯占的。"

他微笑着又道："这孩子实在可爱，只恨我……"

他并没有说完这句话，但虬髯大汉已知道他本来是想说什么的，想来解药并不在施耀先身上。

他只恨此后再也见不到这可爱的少年了！

虬髯大汉似乎再也支持不住，已快倒下。

李寻欢微笑道："你用不着为我难受，死，并没有你想象中那么可怕，现在我除了身上没力气之外，心里反而平静得只想喝杯酒。"

第六章

醉乡遇救星

虬髯大汉忽然跳起来，将身上的衣裳全都脱下来，铁一般的胸膛迎着冰雪和寒风，将车轭背在身上。

他竟像是一匹马似的将这大车拉着狂奔而去。

李寻欢并没有阻止，因为他知道他满怀的悲痛需要发泄，但车门关起时，李寻欢也不禁流下了眼泪。

地上积雪已化为坚冰，车轮在冰上滚动，虬髯大汉并不需要花很大力气，马车已疾驰如飞。

半个时辰后，他们已到了牛家庄。

牛家庄是个很繁荣的小镇，这时天色还未全黑，雪已住了，街道两旁的店家都有人拿着扫把出来扫自己门前的积雪。

大家忽然看到一条精赤着上身的大汉，拉着辆马车狂奔而来，当真吃了一惊，有的人抛下扫把就跑。

镇上自然有酒铺，但飞驰的马车到了酒铺前，骤然间停了下来，虬髯大汉霹雳般狂吼一声，用力往后面一靠，只听“砰”的一声，车厢已被撞破个大洞，他一双脚仍收势不住，却已钉入雪地里，地上的积雪，都被铲得飞激而起！

小镇上的人哪里见到过如此神力，都已骇呆了。

酒铺里的客人看到这煞神般的大汉走了进来，也骇得溜走了一大半，虬髯大汉将三条板凳并在一起，又竖起张桌子靠在后面，再铺上潘大少的狐裘，才将李寻欢抱了进来，让他能坐得很舒服。

李寻欢面上已全无一丝血色，连嘴唇都已发青，无论谁都可以看出他身患重病。快要死的病人居然还来喝酒，这酒铺开了二十多年，却还没有见过这种客人，连掌柜的带伙计全都在发愣。

虬髯大汉一拍桌子，大吼道："拿酒来，要最好的酒！掺了一分水就要你们脑袋。"

李寻欢望着他，良久良久，忽然一笑，道："二十年来，你今天才算有几分'铁甲金刚'的豪气！"

虬髯大汉身子一震，似乎被"铁甲金刚"这名字震惊了，但他瞬即仰首大笑起来，道："想不到少爷居然还记得这名字，我却已忘怀了。"

李寻欢道："你……你今天也破例喝杯酒吧。"

虬髯大汉道："好，今天少爷你喝多少，我就喝多少！"

李寻欢也仰天大笑道："能令你破戒喝酒，我也算不虚此生了！"

别人见到他们如此大笑，又都瞪大了眼睛偷偷来看，谁也想不通一个将死的病人还有什么好开心的。

送来的酒虽非上品，但却果然没有掺水。

虬髯大汉举杯道："少爷，恕我放肆，我敬你一杯。"

李寻欢一饮而尽，但手已拿不稳酒杯，酒已溅了出来，他一面咳嗽着，一面去擦溅在身上的酒，一面笑着道："我从未糟蹋过一滴酒，想不到今日也……"

他忽又大笑道："这衣服陪了我多年，其实我也该请他喝一杯了，来来来，衣服兄，多承你为我御寒蔽体，我敬你一杯。"

虬髯大汉刚替他倒了一杯酒，他竟全都倒在自己衣服上。

掌柜的和店伙面面相觑，暗道："原来这人不但有病，还是个疯子。"

两人你一杯、我一杯地喝个不停，李寻欢要用两只手紧握着酒杯，才能勉强将一杯酒送进嘴里。

虬髯大汉忽然一拍桌子，大呼道："人生每多不平事，但愿长醉不复醒。我好恨呀，好恨！"

李寻欢皱眉道："今日你我应该开心才是，说什么不平事，说什么不复醒，人生得意须尽欢，莫使金樽空对月！"

虬髯大汉狂笑道："好一个人生得意须尽欢！少爷，我再敬你一杯。"

凄厉的笑声，震得隔壁一张桌上的酒都溅了出来，但笑声未绝，他又已扑倒在桌上，痛哭失声。

李寻欢面上也不禁露出黯然之色，唏嘘道："这二十年来，若非有你，我……我只怕已无法度过，我虽然知道你的苦心，还是觉得委屈了你，此后但愿你能重振昔年的雄风，那么我虽……"

虬髯大汉忽又跳起来，大笑道："少爷你怎地也说起这些扫兴的话来了，当浮一大白。"

他们忽哭忽笑，又哭又笑。

店掌柜的和伙计又对望了一眼，暗道："原来两人都是疯子。"

就在这时，忽见一个人踉踉跄跄地冲了进来，扑倒在柜台上，嗄声道："酒，酒，快拿酒来。"

看他的神情，就像是若喝不到酒立刻就要渴死了。

掌柜的皱起眉头，暗道："又来了一个疯子。"

只见这人穿着件已洗得发白的蓝袍，袖子上胸口上，却又沾满了油腻，一双手的指甲里也全是泥污，虽然戴着顶文士方巾，但头发却乱草般露在外面，一张脸又黄又瘦，看来就像是个穷酸秀才。

伙计皱着眉为他端了壶酒来。

这穷酸秀才也不用酒杯，如长鲸吸水般，对着壶嘴就将一壶酒喝下去大半，但忽又全都喷了出来，跳脚道："这也能算酒么？这简直是醋，而且还是掺了水的醋……"

那店伙横着眼道："小店里并非没有好酒，只不过……"

穷酸秀才怒道："你只当大爷没有银子买酒么，喏，拿去！"

他随手一抛，竟抛出五十两的官宝。

大多数妓女和店伙的脸色，一直都是随着银子的多少而改变的，这店伙也不例外，于是好酒立刻来了。

穷酸秀才还是来不及用酒杯，嘴对嘴的就将一壶酒全喝了下去，眯着眼坐在那里，就像是一口气忽然喘不过来了，连动都不动，别人只道他酒喝得太急，忽然抽了筋，李寻欢却知道他这只不过在那里品味。

过了半晌，才见他将这口气长长透了出来，眼睛也亮了，脸上也有了光彩，喃喃地道："酒虽然不好，但在这种地方，也只好马虎些了。"

那店伙赔笑，哈着腰道："这坛酒小店已藏了十几年，一直都舍不得拿出来。”

穷酸秀才忽然一拍桌子，大声道：“难怪酒味太淡，原来藏得太久，快找一坛新酿的新酒兑下去，不多不少，只能兑三成，再弄几碟小菜来下酒。”

店伙道：“不知你老要点些什么菜？”

穷酸秀才道：“我老人家知道你们这种地方也弄不出什么好东西来，宰一只凤鸡，再找些嫩姜来炒鸭肠子，也就对付了，但姜一定要嫩，凤鸡的毛要去得干净。”

这人虽然又穷又酸，但吃喝起来却一点也不含糊，李寻欢愈看愈觉得此人有趣，若在平时，少不得要和他萍水相交，痛饮一番，但此番他已随时随刻都可能倒下去，又何苦再连累别人。

那穷酸秀才更是旁若无人，酒到杯干。

他眼睛除了酒之外，似乎再也瞧不见别的。

就在这时，突听一阵急骤的马蹄声响，骤然停在门外，这穷酸秀才的脸色，竟也有些变了。

他站起来就想走，但望了望桌上的酒，又坐了下去，连喝了三杯，夹了块鸭肠慢慢咀嚼，悠然道：“醉乡路常至，他处不堪行……”

只听一人大吼道：“好个酒鬼，你还想到哪里去？”

另一人道：“我早就知道只有在酒铺里才找得到他。”

喝声中，五六个人一起冲了进来，将穷酸秀才围住。这几人劲装急服，佩刀挂剑，看来身手都不太弱。

一人瘦削颀长，手里提着马鞭，指着穷酸秀才的鼻子道：“得人钱财，与人消灾，你拿了咱们的诊金，不替咱们治病，却逃出来喝酒了，这算什么意思？”

穷酸秀才咧嘴一笑，道：“这意思各位难道还不懂么？只不过是酒瘾大发而已，梅二先生酒瘾发作时，就算天塌下来也得先喝了酒再说，哪有心情为别人治病？”

一个麻面大汉道：“赵老大，你听见没有，我早就知道这酒鬼不是个东西，只要银子到手，立刻就六亲不认了。”

颀长大汉怒道：“这酒鬼的毛病谁不知道，但老四的病却非他不可，病急乱投医，你难道还有什么别的法子？”

李寻欢本当这些人是来寻仇的，听了他们的话，才知道这位梅二先生原来是个江湖郎中，光拿银子不治病的。

这些人来势汹汹，大嚷大叫，他却还是稳如泰山，坐在那里左一杯、右一杯地喝了起来。

赵老大掌中马鞭一扬，“唰”地将他面前酒壶卷飞了出去，厉声道：“闲话少说，现在咱们既已找着了你，你就乖乖跟咱们回去治病吧，只要能将老四的病治好，包你有酒喝。”

那位梅二先生望着被摔得粉碎的酒壶，长长叹了口气，道：“你们既然知道梅二先生的脾气，就该知道梅二先生生平有三不治。”

赵老大道：“哪三不治？”

梅二先生道：“第一，诊金不先付，不治；付少了一分，也不治。”

麻面大汉怒道：“咱们几时少了你一分银子？”

梅二先生道：“第二，礼貌不周、言语失敬的，不治。第三，强盗小偷、杀人越货的，更是万万不治了。”

他又叹了口气，摇着头道：“你们将这两条全都犯了，还想梅二先生替你们治病，这岂非是在痴人说梦，缘木求鱼。”

那几条大汉脖子都气粗了，怒吼道：“不治就要你的命。”

梅二先生道：“要命也不治！”

麻面大汉反手一掌，将他连人带凳子都打得滚出七八尺开外，伏在地上，顺着嘴角直流血。

李寻欢看他如此镇定，本当他是位深藏不露的风尘异人，如今才知道他一张嘴虽硬，一双手却不硬。

赵老大“嗖”地拔出了腰刀，厉声道：“你嘴里若敢再说半个不字，大爷就先卸下你一条膀子再说。”

梅二先生捂着脸，道：“说不治就不治，梅二先生还会怕了你们这群毛贼么？”

赵老大怒吼一声，就想扑过去。

虬髯大汉忽然一拍桌子，厉声喝道：“这里是喝酒的地方，不喝酒的全给我滚出去！”

这一声大喝就仿佛晴空中打下个霹雳，赵老大吓了一跳，不由自主倒退半步，瞪着他道：“你是什么东西，敢来管大爷的闲事？”

李寻欢微微一笑，道：“滚出去无趣，叫他们爬出去吧。”

虬髯大汉喝道：“少爷叫你们爬出去，听见没有？”

赵老大见到这两人一个已病得有气无力，一个已醉得眼睛发直，他胆子立刻又壮了，狞笑道：“你们既然不知趣，大爷就拿你们开刀也好！”

刀光一闪，他掌中刀竟向李寻欢直劈了下去。

虬髯大汉皱了皱眉，一伸手，就去架刀。

他似已醉糊涂了，竟以自己的膀子去架锋利的刀锋，掌柜的不禁惊呼出声，以为这一刀劈下，他这条手臂就要血淋淋地被砍下来。

谁知一刀砍下后，手臂仍是好生生的纹风未动，刀却被震得脱手飞出，连赵老大的身子都被震得站不稳了，踉跄后退，失声惊呼道：“这小子身上竟有金钟罩、铁布衫的横练功夫，咱们只怕是遇见鬼了！”

麻子的脸色也变了，赔笑道：“朋友高姓大名，请赐个万儿，咱们不打不相识，日后也好交个朋友。”

虬髯大汉冷冷道：“凭你也配和我交朋友？滚！”

赵老大跳起来，吼道：“朋友莫要欺人太甚，需知咱们黄河七蛟也不是好惹的，若是……”

他话还未说完，那麻子忽然将他拉到一旁，悄悄说了几句话，一面说，一面偷偷去瞧李寻欢酒杯旁的小刀。

赵老大脸上更全无丝毫血色，嗄声道：“不会是他吧？”

麻子悄悄道：“不是他是谁？半个月以前，我就听龙神庙的老乌龟说他又已入关了，老乌龟多年前就见过他了，绝不会看错的。”

赵老大道：“但这病鬼……”

麻子道：“此人吃喝嫖赌，样样精通，身体一向不好，可是他的刀……”

提到这柄刀，他连声音都变了，颤声道：“不防一万，只防万一。咱们什么人不好惹，何必惹到他头上去。”

赵老大苦笑道：“我若早知道他在这里，就算拿把刀架在我脖子上，我都不进来的。”

他干咳两声，赔笑躬身道："小人们有眼无珠，不认得你老人家，打扰了你老人家的酒兴，小人们该死，这就滚出去了。"

李寻欢也不知听见他说的话没有，又开始喝酒，开始咳嗽，就好像什么事都没有发生过似的。

老虎般闯进来的大汉们，此刻已像狗似的夹着尾巴逃出去了。那位梅二先生这才慢吞吞地爬了进来，居然也不去向李寻欢他们道谢，一屁股坐到凳子上，又不停地拍着桌子，瞪着眼道："酒，酒，快拿酒来。"

那店伙揉着眼睛，简直不相信方才被人打得满地乱爬的人就是他。

酒铺里的人早已都溜光了，只剩下他们三个人，把酒一杯杯往嘴里倒，酒喝得愈多，话反而愈少。

李寻欢望着窗外的天色，忽然笑道："酒之一物真奇妙，你愈不想喝醉的时候，醉得愈快；到了想喝醉的时候，反而醉不了。"

梅二先生忽也仰天打了个哈哈，道："一醉解千愁，醉死胜封侯，只可惜有些人虽想醉死，老天却偏偏不让他死得如此舒服。"

虬髯大汉皱了皱眉，梅二先生竟摇摇晃晃地走了过来，直着眼望着李寻欢，悠然道："阁下可知道自己还能活多久么？"

李寻欢淡淡笑道："活不长了。"

梅二先生道："知道活不长了，还不快去准备后事，还要来喝酒？"

李寻欢道："生死等闲事耳，怎可为了这种事而耽误喝酒？"

梅二先生拊掌大笑道："不错不错，生死事小，喝酒事大，阁下此言，实得我心。"

他忽又瞪起眼睛，瞪着李寻欢道："阁下想必已知道我是谁了？"

李寻欢道："还未识荆。"

梅二先生道："你真的不认得我？"

虬髯大汉忍不住道："不认得就不认得，啰唆什么？"

梅二先生也不睬他，还是瞪着李寻欢道："如此说来，你救我并非为了要我为你治病了。"

李寻欢笑道："阁下若要喝酒，不妨来共饮几杯；若要来治病，就请走远些吧，莫要耽误了我喝酒。"

梅二先生又瞬也不瞬地瞪了他很久，喃喃道："好运气呀好运气，你遇见了我，当真是好运气。"

李寻欢道："在下既无诊金可付，和强盗已差不多，阁下还是请回吧。"

谁知梅二先生却摇头道："不行不行，别人的病我不治，你这病我却非治不可，你若不要我治病，除非先杀了我。"

方才别人要杀他，他也不肯治病，此刻却硬是非要替人治病不可，那店伙只恨不得赶快回家去蒙头大睡三天，再也莫要见到这三个疯子，只因老是再这么样折腾下去，他只怕也要被气疯了。

虬髯大汉却已动容道："你真能治得了他的病？"

梅二先生傲然道："他这病除了梅二先生外，天下只怕谁也治不了。"

虬髯大汉跳起来一把揪着他衣襟，道："你可知道他这是什么病？"

梅二先生眼睛一瞪，道："我不知道谁知道，你以为花老六真能配得出那'寒鸡散'么？"

虬髯大汉失声道："'寒鸡散'？他中的毒就是'寒鸡散'？"

梅二先生傲然一笑，道："除了梅家的'寒鸡散'，世上还有什么毒能毒得死李寻欢？"

虬髯大汉又惊又喜，道："花蜂的'寒鸡散'是你配的？"

梅二先生大笑道："除了我'妙郎中'梅二先生外，还有谁能配得出'寒鸡散'？看来你当真是孤陋寡闻，连这种事都不知道。"

虬髯大汉大喜道："原来他就是'七妙人'中的'妙郎中'，原来毒药就是他配的，能配自然能解，少爷你有救了。"

李寻欢苦笑道："看来一个人想活固然艰苦，若要静静地死，也不容易。"

马车又套上了马，冒雪急驰。

但这次他们却另外雇了个赶车的，虬髯大汉留在车厢中一来是为了照顾李寻欢，再来也是为了监视这妙郎中。

他显然还是不放心，不住问道："你自己既能解毒，为何要去找别人？去找谁？去哪里？来得及么？”

梅二先生皱着眉道：“我找的不是别人，是梅先生，我家老大，他就在附近，你放心，梅二先生肯接手的病人，就死不了的。”

虬髯大汉道：“为何要去找他？”

梅二先生道：“因为‘寒鸡散’的解药在他那里，这理由你满意了么？”

虬髯大汉这才闭上嘴不说话了。

梅二先生却反过来问他了，道：“你练的是金钟罩、铁布衫？还是十三太保横练？”

虬髯大汉瞪了他一眼，还是答道：“铁布衫。”

梅二先生摇着头笑道：“想不到世上还有人肯练这种笨功夫，除了能唬唬那些毛贼外，简直连一点用处也没有。”

虬髯大汉冷冷道：“笨功夫总比没功夫好。”

梅二先生居然也不生气，还是摇着头笑道：“据说练铁布衫一定要童子功，这牺牲未免太大了些，是吗？”

虬髯大汉道：“哼。”

梅二先生道：“据说近五十年来，只有一个人肯下苦功练这种笨功夫，据说此人叫‘铁甲金刚’铁传甲，但二十年前就被人一掌自舍身崖上震下去了，也不知死了没有，也许并没有死，还能坐着喝酒。”

虬髯大汉的嘴里就像是咬牢了个鸡爪，无论梅二先生怎么说，怎么问，他却再也不肯开口了。

梅二先生也只好闭起眼睛，养起神来。

谁知过了半晌，虬髯大汉又开始问他了，道：“据说‘七妙人’个个都是不大要脸的角色，但阁下看来却不像。”

梅二先生闭着眼道：“拿了人家的诊金，不替人家治病，这难道还要脸了？”

虬髯大汉笑道：“你若肯替那种人治病，才是真不要脸。拿钱和治病本来就是两回事，那种人的钱正是不拿白不拿的。”

梅二先生也笑了，道：“想不到你这人倒并不太笨。”

虬髯大汉叹道：“世人眼中的小人，固然未必全都是小人，世人眼中的君子，又有几个是真君子呢？”

李寻欢斜倚在车座上，嘴角带着淡淡的微笑，仿佛在听他们说话，又仿佛早已神游物外，一颗心早已不知飞到哪里去了。

人间的污秽，似乎已全都被雪花洗净，自车窗中望出去，天地一片银白，能活着，毕竟还是件好事。

李寻欢心里又出现了一条人影。

她穿着浅紫色的衣服，披着浅紫色的风氅，在一片银白中看来，就像是一朵清丽的紫罗兰。

他记得她最喜欢雪，下雪的时候，她常常拉着他到积雪的院子里去，抛一团雪球在他身上，然后再娇笑着逃走，叫他去追她。

他记得那天他带龙啸云回去的时候，也在下着雪，她正坐在梅林畔的亭子里，看梅花上的雪花。

他记得那亭子的栏杆是红的，梅花也是红的，但她坐在栏杆上，梅花和栏杆仿佛全都失去了颜色。

他当时没有见到龙啸云的表情，但后来他却可想象得到，龙啸云自然第一次看到她时，心神就已醉了。

现在，那庭园是否仍依旧？她是否还时常坐在小亭的栏杆上，数梅花上的雪花，雪花下的梅花？

李寻欢抬头向梅二先生一笑，道："车上有酒，我们喝一杯吧。"

雪，时落时停。

车马在梅二先生的指挥下，转入了一条山脚下的小道，走到一座小桥前，就通不过去了。

小桥上积雪如新，看不到人的足迹，只有一行黄犬的脚印，像一连串梅花似的洒在栏杆旁。

虬髯大汉扶着李寻欢走过小桥，就望见梅树丛中，有三五石屋，红花白屋，风物宛如图画。

梅林中隐隐有人声传来，走到近前，他们就见到一个峨服高冠的老人，正在指挥着两个童子洗树上的冰雪。

虬髯大汉悄声道："这就是梅大先生？"

梅二先生道："除了这疯子，还会有谁用水来洗冰雪。"

虬髯大汉也不禁失笑道："他难道不知道洗过之后，雪还是要落在树上，水也立刻就会结成冰的。”

梅二先生叹了口气，苦笑道：“他可以分辨出任何一幅画的真伪，可以配出最厉害的毒药和解药，但这种最简单的道理，他却永远也弄不懂的。”

他们说话的声音传入梅林，那高冠老人回头看到了他们，就好像看到了讨债鬼似的，立刻大惊失色，撩起了衣襟，就往里面跑，一面还大呼着道：“快，快，快，快把厅里的字画全都藏起来，莫要又被这败家子看到了，偷出去换黄汤喝。”

梅二先生笑道：“老大你只管放心，今天我已找到了酒东，只不过特地带了两个朋友来……”

他话未说完，梅大先生已用手蒙起眼睛，道：“我不要看你的朋友，你的朋友连一个好人也没有，只要看一眼，我至少就要倒三年的霉。”

梅二先生也跳了起来，大叫道：“好，你看不起我，我难道就不能交上个像样的朋友么？好好好，李探花，他既然不识抬举，咱们就走吧！”

虬髯大汉着急地问：“解药未得，怎么能走呢？”

谁知梅大先生这次反而回头走了过来，招手道：“慢走慢走，你说的可是一门七进士，父子三探花的小李探花么？”

梅二先生冷冷道：“你难道还认得第二个李探花不成？”

梅大先生盯着李寻欢，道：“就是这位？”

李寻欢微笑道：“不敢，在下正是李寻欢。”

梅大先生上上下下望了他几眼，忽然一把拉住他的手，大笑道：“慕名二十年，不想今日终于见到你了，李兄呀，李兄，你可真真是想煞小弟也！”

他前倨而后恭，忽然变得如此热情，李寻欢反而怔住了。

梅大先生已一揖到地，道：“李郎休怪小弟方才失礼，只因我这兄弟实在太不成材，两年前带了个人回来，硬说是鉴定书画的方家，要我将藏画拿出来给他瞧瞧，谁知他们却用两卷白纸，换了我两幅曹不兴的精品跑了，害得我三个月睡不着觉。”

李寻欢失笑道：“梅大先生也休要怪他，酒瘾发作时若无钱打酒，那滋味的确不好受。”

梅大先生笑道：“如此说来，李兄想必也是此道中人了。”

李寻欢笑道：“天子呼来不上船，自道臣是酒中仙。”

梅大先生笑道：“好好好，骑鹤，先莫洗梅花，快去将那两坛已藏了二十年的竹叶青取出，请李探花品尝品尝。”

他含笑揖客，又道：“好花赠佳人，好酒待名士。在下这两坛酒窖藏二十年，为的就是要留着款待李兄这样的大名士。”

梅二先生道：“这话倒不假，别的客人来，他莫说不肯以酒相待，简直连壶醋都没有，只不过，李兄此来，却并非来喝酒的。”

梅大先生只瞧了李寻欢一眼，就笑道：“寒鸡之毒，只不过是小事一件而已，李兄只管开怀畅饮，这件事在下自有安排的。”

草堂中自然精雅，窖藏二十年的竹叶青也极香冽。

酒过三巡，梅大先生忽然道：“据说大内所藏的《清明上河图》亦为赝品，真迹却在尊府，此话不知是真是假？”

李寻欢这才知道他殷勤待客，其意在此，笑道：“这话倒也不假。”

梅大先生大喜道：“李兄若肯将之借来一观，在下感激不尽。”

李寻欢道：“梅大先生既然有意，在下岂有不肯之理，只可惜，在下也是个败家子，十年前便已将家财荡尽，连这幅画也早已送人了。”

梅大先生坐在那里，连动都不会动了，看来就像是被人用棍子在头上重重敲了一下，嘴里不住喃喃道：“可惜，可惜，可惜……”

他一连说了几声可惜，忽然站起来，走了进去，大声道：“骑鹤，快将剩下的酒再藏起来，李探花已喝够了。”

梅二先生皱眉道：“没有《清明上河图》，就没有酒喝了么？”

梅大先生冷冷道：“我这酒本来就不是请人喝的。”

李寻欢非但不生气，反而笑了，他觉得这人虽然又孤僻又小气，但率性天真，至少不是个伪君子。

虬髯大汉却已沉不住气，跳起来大喝道：“没有《清明上河图》，连解药也没有了么？”

这一声大喝，震得屋顶都几乎飞了起来。

梅大先生却是面不改色，冷冷道：“连酒都没有了，哪有什么解药？”

虬髯大汉勃然大怒，似乎就想扑过去。

李寻欢却拦住了他，淡淡道：“梅大先生与我们素不相识，本来就不是定要将解药送给我们的，我已叨扰了人家的美酒，怎可再对主人无礼。”

虬髯大汉嗄声道：“可是少爷你……你……”

李寻欢挥了挥手，长揖笑道：“恨未逢君有尽时，在下等就此别过。”

谁知梅大先生反而又走了回来，道：“你不要解药了？”

李寻欢道：“物各有主，在下从来不愿强求。”

梅大先生道：“你可知道若没有解药，你的命也没有了么？”

李寻欢微笑道：“生死有命，在下倒也从未放在心上。”

梅大先生瞪了他半晌，喃喃道：“不错不错，连《清明上河图》都舍得送人，何况自己的性命？这样的人倒也天下少有，天下少有……”

他忽又大声道：“骑鹤，再把酒端出来。”

虬髯大汉又惊又喜，道：“解药呢？”

梅大先生瞪了他一眼，冷冷道：“有了酒，还会没有解药？”

第七章

误伤故人子

李寻欢喝了酒，解药的药力发动得更快，还不到六个时辰，李寻欢已觉得体力渐渐恢复了过来。

这时天刚破晓，虬髯大汉虽熬了一夜，但人逢喜事精神爽，只不过酒喝得太多了，头有些痛。

梅二先生也用手捂住脑袋，喃喃道：“该死该死，天又亮了。”

虬髯大汉道：“天亮了有何不好？”

梅二先生叹道：“我喝酒就怕天亮，若是天不亮，我一直喝下去都没关系，但只要天一亮，就会立刻头疼，连酒也喝不下去。”

李寻欢本在闭目养神，此刻笑了笑，道：“岂止阁下，喝酒的人只怕都有这毛病。”

梅二先生道：“既是如此，趁着天还未大亮，赶快再喝两杯吧。”

李寻欢笑道：“你我如此牛饮，大先生见了只怕要心疼的。”

梅二先生道：“所以他早已躲去睡觉了！乐得眼不见，心不烦。”

李寻欢喝了杯酒，又不停地咳嗽起来。

梅二先生凝注着他，忽然问道：“你这咳嗽的毛病，已有多久了？”

李寻欢道：“好像已有十年了吧。”

梅二先生皱眉道：“如此说来，你还是莫要喝酒的好，久咳必伤肺，再喝酒只怕……”

李寻欢笑道：“伤肺？我还有肺可伤么？我的肺早已烂光了。”

他忽然顿住语声，目中精光闪动，沉声道：“此间只怕又有远客。”

梅二先生动容道：“三更半夜里来的绝不会是老大的客人，只怕又是来找我的。”

其实他直到现在才听到屋外传来一阵沙沙的脚步声，来的人似乎并不止一个，步履都很轻健。

只听一人朗声道：“不知这里可是梅花草堂么？”

过了半晌，就听得梅大先生的语声在前厅响起，道：“三更半夜闯来，是小偷还是强盗？”

那人道：“在下等专程来访，不但非偷非盗，而且还有一份薄礼奉上。”

梅大先生冷笑道：“三更半夜来送礼，显然更没有存好心，各位还是回去吧。”

那人笑道：“既是如此，在下只好将这幅王摩诘的画带回去了。”

梅大先生失声道：“王摩诘？”

语未说完，门已开了。

梅二先生皱眉道：“这几人先摸透老大的脾气，投其所好而来，必有所求，我们看看他们到底是哪一路的人马。”

他并没有走出去，只将门推开一线，悄悄往外望。

只见来的一共有三个人，一人只有三十多岁，短小精悍，目光炯炯，手里托着个长长的木匣子。

第二人面如重枣，长髯过腹，披着件紫缎团花大氅，顾盼之间，睥睨自雄，显然是个惯于发号施令的人物。

第三人却是个十来岁的小孩子，圆圆的脸，圆圆的眼睛，红斗篷上镶着白兔毛的边，看来就像是个粉妆玉琢的红孩儿。

除了他之外，其余两人眉目间都带着忧郁焦急之色。

那精悍汉子手托木匣，一进来就躬身笑道：“此画乃是敝主人重金购来，已经名家鉴定，确是真迹，请梅大先生过目。”

梅大先生的眼睛早已盯在匣子上了，嘴里却道：“无功不受禄，你们要的是什么？”

那人笑道：“在下等只求梅大先生指点一条明路，找到梅二先生。”

梅大先生立刻松了口气，展颜笑道：“这倒容易。”

他一把将匣子抢了过来，道：“老二，出来吧，有人来找你了。”

梅二先生叹了口气，摇头道：“好小子，有了王摩诘，连兄弟都不要了。”

紫袍老人和精悍汉子见到梅二先生，都已喜动颜色，只有那红孩儿却直皱眉头，瞅着梅二先生道：“这人看来脏兮兮的，真会治病么？”

梅二先生嘻地一笑，道：“大病治不了，小病死不了，马马虎虎还过得去。”

紫袍老人似乎也怕这孩子再乱说话，干咳一声，沉声道：“我等久闻阁下回春之妙手，是以特来相请阁下随我等一行，诊金无论多少，我们都可先付的。”

梅二先生笑道：“原来你连我的脾气都摸清楚了，但你不怕我跑了么？”

紫袍老人沉着脸不说话，却已无异在说：“你跑不了的！”

那短小汉子立刻赔笑道：“只要梅二先生肯去，除了应付的诊金外，在下等还另有重酬。”

梅二先生道：“除了诊金要先付之外，你可知道梅二先生还有三不治？强盗不治，小偷不治！”

那短小汉子笑道：“在下巴英，虽是无名小卒，但这位秦孝仪秦老爷子在江湖中的侠名，梅二先生多少总该有些耳闻吧。”

梅二先生道：“秦孝仪？可是铁胆震八方秦孝仪？”

巴英道：“好说，正是他老人家。”

梅二先生点了点头，道：“嗯，这人的名头倒的确不小，好，过几天你们再来吧，到时我若有空也许会跟你们去走这一趟。”

话未说完，那红孩儿已跳了起来，大叫道：“这人好大的架子，我们跟他啰唆什么，把他架回去不就完了？！”

巴英赶紧拉住了他，赔笑道：“若是病不急，过两天本无妨，可是病人受的伤实在太重，莫说迟几天，只怕连几个时辰都迟不得的。”

梅二先生道：“你们的病人要紧，我这里的病人难道就不要紧？”

巴英道：“梅二先生这里也有位病人？”

梅二先生道：“不错，不将他的病治好，我绝不能走的。”

巴英怔了怔，讷讷道：“但……但我们那边病的是秦老爷子的大少爷，也是当今少林馆座唯一的俗家弟子……”

梅二先生也跳了起来，道：“秦孝仪的儿子又怎样？少林和尚的徒弟又怎样，难道他的命就能比我这病人的命值钱么？”

秦孝仪已是满面怒容，却说不出话。

那红孩儿眼珠子一转，忽然道：“你这病人若是死了呢？”

梅二先生冷笑道：“他死了自然用不着我再治，只可惜他死不了的。”

红孩儿嘻地一笑，道：“那倒未必。”

他忽然一支箭似的蹿入了隔壁的屋子，身法之快，连屋里的虬髯大汉都吃了一惊，巴英望了秦孝仪一眼，两人居然都没有阻拦。

红孩儿蹿到屋里，眼睛就瞪在李寻欢身上，大声道：“你就是那病人？”

李寻欢笑了笑，道：“小兄弟，你难道想我快些死么？”

红孩儿道：“一点也不错，你死了，那脏鬼才肯去替秦大哥治病！”

他嘴里说着话，袖中已飞出三根很小的袖箭，直取李寻欢的面目和咽喉，不但奇快奇准，而且劲道十足。

谁也想不到这看来十岁还不到的小孩子，竟是如此心黑手辣，若非李寻欢，换了别人只怕立刻就死在他的箭下。

但李寻欢只一伸手，这三枝箭便已到了他手里，皱眉道：“小孩儿已如此狠毒，长大了那还得了。”

红孩儿冷笑道：“你以为自己有了两手捉箭的功夫，就可来教训我了么！”

他身子凌空一翻，手里已多了两柄精光四射的短剑，不等这两句话说完，已闪电般向李寻欢刺出了七招。

这孩子不但出招快、变招快，而且出手之狠毒，就算多年的老江湖也要自愧不如，每一招出手，都好像和对方有着什么深仇大恨似的，恨不得一剑就将李寻欢刺出个大窟窿来。

李寻欢叹道：“看来这孩子长大了又是个阴无极。”

虬髯大汉浓眉紧皱，道：“阴无极虽有‘血剑’之名，却还不肯妄杀无辜，但这孩子……”

红孩儿冷笑道："阴无极又算得了什么？我七岁时已杀过人了，他呢？"

他见到李寻欢仍然坐在那里，但他连变了七八种毒辣的剑招，仍无法伤得了别人，下手更毒、更狠。

李寻欢苦笑道："不错，阴无极年幼时，只怕也没有他如此狠毒。"

虬髯大汉沉声道："此子长大，必是武林中一个大祸害，不如……"

李寻欢道："我只是有些不忍。"

红孩儿连攻一百招犹未得手，也知道今天遇见了难惹的人物，连眼睛都急红了，咬着牙道："你们可知道我父母是谁么？只要你们敢伤我一根毫毛，他们不将你们乱刀分尸，大卸八块才怪。"

李寻欢脸色一沉道："如此说来，只准你杀人，别人却不能伤你？"

红孩儿道："只要你有这么大的胆子，杀了我也没关系。"

李寻欢默然半晌，缓缓道："我此刻还不愿出手，只因你年纪还小，若有人严加管束，还可成器，趁我还未改变主意时，你快走吧。"

红孩儿也知道自己是万难得手的了，一招收剑，喘息着道："你的武功真不错，不知道你究竟是谁呀？我怎么从来没有见过你呢？"

李寻欢道："你问清我的姓名，难道还想报仇么？"

红孩儿面上露出了天真的笑容，道："你饶了我的命，我怎么还会报仇呢？我只不过真佩服你，我一共刺出了一百零七剑，你却连动都没有动。"

李寻欢目光闪动，忽然一笑道："你想不想学？"

红孩儿大喜道："你肯收我做徒弟么？"

李寻欢笑道："我若能替你父母管教管教你，你以后也许还有希望。"

红孩儿不等他说完，已拜了下去，道："师傅在上，请受徒儿一拜。"

这"拜"字刚出口，又是三道乌光自他背后急射而出，竟是巧手精制的"紧背低头花装弩"！

这孩子居然全身都是暗器。

李寻欢这次才真吃了一惊，若非身经百战，反应奇迅，这一次只怕也要伤在这恶毒的童子手里。

红孩儿一击不中，又挥手扑了过去，大骂道："你算什么东西？也配替我父母管教我，也配收我这个徒弟？"

虬髯大汉面笼寒霜，厉声道："此子天性恶毒，豺狼之心，留不得！"

李寻欢叹了口气，反手一掌挥了出去。

秦孝仪和巴英明明已知道红孩儿在里面要杀人，但两人还是心安理得地站在那里，纹风不动。

梅大先生看那幅画更已看得痴了，别的事他全不知道。

梅二先生目光闪动，道："你们带来的小孩子要杀人，你们也不管么？"

巴英摊开双手笑了笑，道："老实话，这孩子的事谁也管不了。"

梅二先生冷笑道："他若被人杀了，你们管不管？"

巴英笑而不答。

梅二先生道："看你们如此放心，显然是认为他的武功不错，只有杀人，绝不会被人杀死的，是不是？"

巴英忍不住笑道："老实说，这孩子的武功的确还过得去，有很多老江湖都已栽在他手上，何况他不但有个好爸爸，还有个好妈妈，别人吃了亏，也只有认了。"

梅二先生道："他父母难道也不管么？"

巴英道："有这么聪明的儿子，做父母的怎么忍心管得太严呢？"

梅二先生道："不错，他父母看他杀了人，表面上说不定会骂两句，心里却也许比谁都高兴，可是他今天遇见我这病人，只怕就要倒霉了。"

巴英道："哦？"

梅二先生道："我这病人只要一伸手，他这条小命就算报销了。"

巴英失笑道："一伸手就能要他的命？这话我们有些不信，你那病人难道还能像李探花一样，飞刀夺命，例不虚发么？"

梅二先生淡淡一笑道："老实话，我这病人正是李寻欢。"

这句话说出来，巴英的脸立刻惨白如纸，干笑着道："阁下你……何必开玩笑？"

梅二先生悠然道："你若不信，为何不进去瞧瞧！"

巴英怔了半晌，忽然冲了进去，嗄声大呼道："李探花、李大侠，手下留情。"

梅二先生叹了口气，喃喃道："这些自命侠义之辈的嘴脸原来也不过如此，只有自己儿子的命才值钱，别人的命却比狗都不如，只许自己的儿子杀别人，却不许别人杀他。"

秦孝仪威严沉重的脸上，忽然泛起一丝恶毒的微笑。

但他尽量将这种笑容压制掩饰着，却长叹道："李寻欢若真的杀了那孩子，他只怕就遗憾终生了。"

李寻欢一掌挥出，看来并没有什么奇诡的变化。

红孩儿年纪虽小，与人交手时却老到得出奇，眼看这一掌拍来，竟然不避不闪，他竟算定了对方这一招必是虚招，真正的杀手必然还在后面，所以他只是斜斜挑起了剑尖，如封似闭，也以虚招应对。

李寻欢这一掌无论有什么变化，他剑势都可随之而变，李寻欢这一掌若是忽然变为实招，他这一剑也可变为实招，乘势洞穿李寻欢的手腕。

他这一招用得当真厉害已极，部位、时间、力道、无一不拿捏得恰到好处，江湖中的剑手能使得出这种招式来的人真还不多，显然这孩子非但得到了名家的指点，而且天生就是练武的好材料。

要知武功招式，虽可得自师传，但临敌时的应变和判断，却是谁也传授不了，正是"运用之妙，存乎一心"。

只可惜他今日遇着的对手是李寻欢。

李寻欢这一掌并没有任何变化，只不过他的出手实在太快了，快得令人根本无法思议。

红孩儿所有的对策，竟全都用不上，等到他掌中剑再要去刺李寻欢手腕的时候，李寻欢的手掌已拍上了他胸膛。

但红孩儿并没有感觉到疼痛，他只是觉得一股暖流自对方的掌心传遍了他全身，就宛如严寒之中喝下了一杯香醇的热酒。

这时外面才传入巴英焦急的呼声。

“李大侠，手下留情！”

但等到巴英冲进来时，红孩儿已倒在地上，又宛如大醉初醒，全身软绵绵的再也使不出丝毫气力。

巴英失色惊呼道：“云少爷，你怎么样了？”

红孩儿显然也已觉出情况不妙，眼圈儿都红了，嗄声道：“我……我只怕已遭了这人的毒手，你快去叫爹爹来替我报仇。”

一句话未说完，终于放声大哭起来。

巴英跺了跺脚，满头大汗如雨。

虬髯大汉冷冷道：“这孩子武功虽已被废，但这条小命总算留下来了，只因我家少爷出手时忽又动了怜惜之意，若换了是我……哼！”

巴英似乎根本没有听到他在说什么。

虬髯大汉厉声道：“你若想复仇，只管出手吧！”

巴英也不说话，忽然向李寻欢扑地拜倒。

李寻欢反倒觉得有些意外了，皱眉道：“你是这孩子的什么人？”

巴英道：“小人巴英，李探花虽不认得小人，小人却认得李探花的。”

李寻欢淡淡道：“你认得我最好，他父母若想复仇，叫他们来找我就是，现在你赶快带这孩子回去吧，若是调治得法，将来虽不能动武，行动总无妨的。”

红孩儿“哇”的一声又大哭起来，扑地喊道：“好狠的人，你竟敢废了我，我不要活了……不要活了！”

虬髯大汉厉声道：“这只不过是叫你以后莫要再随意出手伤人而已，你也许反而可以因此活得长些，否则似你这般心黑手辣，迟早必遭横祸无疑。”

只听一人冷冷道：“既是如此，杀手无情的李探花，为何至今还未遭横死呢？”

虬髯大汉怒喝道：“什么人？”

只见一个紫面长髯的老人，缓缓走了进来，道：“十年不见，李探花就不认得故人了么？”

李寻欢目光闪动，皱着眉一笑，道：“原来是‘铁胆震八方’秦大侠，这就难怪这孩子敢随意杀人了，有秦大侠撑腰，还有什么人杀不得！”

秦孝仪冷笑道：“在下杀的人，只怕还不及李兄一半吧。”

李寻欢道：“秦大侠倒也不必太谦虚，只不过，在下若杀了人，便是冷酷毒辣，阁下杀了人，便是替天行道了！”

他微微一笑，接着道：“今日这孩子若杀了在下，日后传说出去，必然不会说他是为了要抢大夫而杀人的，必定要说他和秦大侠又为江湖除了一害，是么？”

秦孝仪纵然老练沉稳，此刻脸上也不觉有些发红。

红孩儿本已听得发愣，此刻又放声大哭道：“秦老伯，你老人家还不出手替我报仇么？”

秦孝仪冷冷一笑，道：“若是别人伤了你，自然有人替你复仇，但李探花伤了你，你恐怕只有认命了。”

红孩儿道：“为……为什么？”

秦孝仪横了李寻欢一眼，道：“你可知道伤你的人是谁么？”

红孩儿摇了摇头，道：“我只知道他是个心黑手辣的恶徒！”

秦孝仪目中又露出一丝恶毒的笑意，缓缓道：“他就是名动八方的‘天下第一刀’李寻欢，也就是你爹爹的生死八拜之交！”

这句话说出来，红孩儿固然呆住了，李寻欢更吃了一惊，失声道：“他是什么人的儿子？”

巴英叹了口气，道：“这孩子就是龙啸云龙四爷的大公子，龙小云！”

刹那之间，李寻欢宛如被巨雷轰顶，震散了魂魄！

他木然坐在那，一双锐利的眼睛已变为死灰色，眼角的肌肉在不停地抽缩着，一滴滴冷汗沿着鼻洼流到嘴角。

虬髯大汉亦是面色惨变，汗出如浆。

只有他最了解龙啸云和林诗音夫妻间的关系，现在李寻欢竟伤了他们的爱子，其心情之沉痛可想而知。

巴英叹道：“这真是想不到的事情，只因秦老爷子的大公子‘玉面神拳’秦重，在捕捉‘梅花盗’时，不幸受伤，虽仗着少林佛门圣药‘小还丹’暂时保全了性命，但仍是危在旦夕。大家都知道，‘妙大夫’梅二先生乃天下救治外伤的第一把好手，尤其善于治疗各种外门暗器，是以秦老爷子才辗转打听到梅二先生的消息，寻到这里来，谁知云少爷年轻性急，竟出了这种事。”

他一个人喃喃自语，也不知有没有人在听他的。

梅二先生此刻似也看出李寻欢的痛苦，先看了看红孩儿的伤势，又把了把他的脉息才站起来道：“我担保这孩子非但性命无碍，而且一切都可与常人无异。”

巴英大喜道：“武功呢？”

梅二先生冷冷道：“为何定要保全武功？难道他日后还想杀人么？”

巴英怔了半晌，叹道：“梅二先生有所不知，只因龙四爷只有这么一位少爷，而且又是练武的奇才，所以龙四爷夫妇两位都对他期望很高，希望他将来能光大门楣，若是知道他们的孩子已不能练武，龙四爷夫妇真不知该怎么伤心了。”

梅二先生冷笑道：“这也只能怪他们管教不严，纵子行凶，怨不得别人！”

他们说的话，李寻欢根本连一个字都没有听见。

也不知怎地，在这种时候，他思潮竟又落入了回忆中，许多不该想的事，此刻他全都想了起来。

他记得那天是初七，他为了一件很重要的事，所以没有过完年就一定要赶着出门到口外去。

那天也在下着雪，林诗音特别为他做了一桌很精致的酒菜，在她自己的小院中陪他饮酒赏雪。

林诗音从小就是在他们家长大的，她的父亲，是李寻欢父亲的妻舅，两位老人家没有死的时候，早已说定亲上加亲了。

但李寻欢和林诗音并没有像一些世俗的小儿女那样因避讳而疏远，他们不但是情人，也是很好的朋友。

虽然过了十年，李寻欢还是清清楚楚地记得那一天。

那天的梅花开得好美，她带着三分醉意的笑靥却比梅花更美，那天真是充满了幸福和欢乐。

但是，不幸的事立刻就随着来了。

他自口外回来时，他的仇家竟勾结了当时凶名最盛的“关外三凶”在邯郸大道上向他夹击。

他虽手刃了十九人，但最后却也已重伤不支，眼见就要伤在大凶卜霸的一双喂毒跨虎篮之下。

就在这时，龙啸云来了。

龙啸云以一柄银枪活挑了卜霸，救了他的性命，又尽心治愈了他的伤势，一路护送他回家。

从此，龙啸云不但是他的恩人，也成了他最好的朋友。

但是后来龙啸云却病了，病得很重，一条铁打般的汉子，不到半个月竟已变得面黄肌瘦，形销骨立。

李寻欢问了很久，才知道他竟是为了林诗音而病的，这条铁铮铮的汉子为情所困，竟已相思入骨。

他自然全不知道李寻欢和林诗音已定了亲，所以他求李寻欢将“表妹”许配给他，他答应李寻欢一定会好好照顾她。

李寻欢怎么能答应他呢？

但他又怎么能眼见着他的恩人相思而死。

而他更不能去求林诗音嫁给别人，林诗音也绝不会答应。

他满心痛苦，满怀矛盾，只有纵酒自遣，大醉了五日后，他终于下了决定，那真是个痛苦的决定。

他决定要让林诗音自己离开他。

于是他就求林诗音去照顾龙啸云的病，他自己却开始纵情声色，花天酒地，甚至经月的不回家。

他要造成龙啸云和林诗音亲近的机会。

林诗音流着泪劝他时，他却大笑着拂袖而去，反而变本加厉，居然将京城的名妓小红和小翠带回家来了。

两年后，林诗音终于失望、心碎。

她终于选择了对她情深一往的龙啸云。

李寻欢的计划终于成功了，但这成功却又是多么辛酸，多么痛苦，他怎么能再留在这里看昔日的梅花？

于是他就将自己的家园全送给林诗音作嫁妆，一个人萧然而去，他决心永远也不再见她。

可是现在，他却伤了他们的独生子！

李寻欢独自吞下了这杯苦酒，也咽下了眼泪，缓缓站起来道："龙四爷在哪里？我随你们去见他！"

昔日的"李园"，如今虽已变成了"兴云庄"，但大门前那两幅御笔亲书的门联却仍在。

一门七进士；
父子三探花。

李寻欢见到这副对联，就像是有人在他的胸口上重重踢了一脚，使得他再也无法举步。

巴英早已抱着红孩儿冲了进去，秦孝仪也拉着梅二先生大步而入，门口的家丁却都带着诧异的眼色望着李寻欢。

他们像是在奇怪，这陌生人站在门口发什么呆？

第八章

往事不可追

但这本是李寻欢自己的家园，他从小就在这里长大的，在这里，他曾经度过一段最幸福的童年，得过最大的荣耀，可是，也就在这里，他曾经亲自将他父母和兄长的灵柩抬出去埋葬。

有谁能想到此刻他在这里竟变成个陌生人了。

李寻欢凄然一笑，耳旁似乎响起了一阵凄凉的悲歌：“眼看他起高楼，眼看他宴宾客，眼看他楼垮了。”

他仔细咀嚼着这其中的滋味，体味着人生的离合，生命的悲欢，更是满怀萧索，泫然欲泣。

虬髯大汉也是神色黯然，悄声道：“少爷，进去吧。”

李寻欢叹了口气，苦笑道：“既已来了，迟早总是要进去的，是么？”

谁知他刚跨上石阶，突听一人大喝道：“你是什么人？敢往龙四爷的门里乱闯？”

一个穿着锦缎羊皮袄，却敞着衣襟，手里提着个鸟笼的大麻子从旁边冲过来，拦住了李寻欢的去路。

李寻欢皱眉道：“阁下是……”

麻子手叉着腰，大声道：“大爷就是这里的管家，我的闺女就是这里龙夫人的干妹妹，你想怎么样？”

李寻欢道：“噢——既是如此，在下就在这里等着就是。”

麻子冷笑道：“等着也不行，龙公馆的大门口岂是闲杂人等可以随意站着的？”

虬髯大汉怒容满面，但也知道此时只有忍耐。

谁知那麻子竟又怒骂道：“叫你滚开，难道是找死吗？”

李寻欢虽还忍得住，虬髯大汉却忍耐不住了。

他正想过去给这个麻子教训，门里已有人高呼道："寻欢，寻欢，真是你来了么？"

一个相貌堂堂、锦衣华服、颔下留着微须的中年人已随声冲了出来，满面俱是兴奋激动之色，一见到李寻欢，就用力捏着他的脖子，嗄声道："不错，真是你来了……真是你来了……"

话未说完，已是热泪盈眶。

李寻欢又何尝不是满眶热泪，道："大哥……"

只唤了这一声"大哥"，他已是语声哽咽，说不出话来。

那麻子见到这光景，可真是骇呆了。

只听龙啸云不住喃喃道："兄弟，你真是想死我了，想死我了……"

他这句话翻来覆去也不知说了多少遍，忽又大笑道："你我兄弟相见，本该高兴才是，怎地却眼泪巴巴的像个老太婆……"

他大笑着拥着李寻欢往里走，还在大呼着道："快去请夫人出来，大家全出来，来见见我的兄弟，你们可知道我这兄弟是谁么？……哈哈，我说出来包你们都要吓一跳。"

虬髯大汉望着他们，眼泪也快要流了出来，他心里只觉酸酸的，也不知是悲痛，还是欢喜。

那麻子这才长长吐出口气，摸着脑袋道："我的妈呀，原来他就是李……李探花，连这栋房子听说都是他送的，我却不让他进来，我……我真该死。"

那红孩儿龙小云正被十几个人围着，坐在大厅里的太师椅上，他也明白了他父亲和李寻欢的关系，吓得连哭都不敢哭了。

但龙啸云刚拥着李寻欢走入大厅，本来站在龙小云旁边的两条大汉忽然扑了出来，指着李寻欢的鼻子道："伤了云少爷的，就是你吗？"

李寻欢道："不错！"

那大汉怒道："好小子，你胆子真不小！"

两人一左一右，竟向李寻欢夹击而来！

李寻欢并没有回手，但龙啸云忽然怒喝一声，反手一掌，跟着飞起一脚，将两人都打得滚了出去，怒道：“你们敢对他出手？你们的胆子才真不小，你们可知道他是谁吗？”

那两人怎么也想不到马屁竟拍在马腿上。

一人捂着脸吃吃道：“我们只不过是想替云少爷……”

龙啸云厉声道：“你们想怎样，告诉你们，龙啸云的儿子就是李寻欢的儿子，李寻欢莫说只不过教训了他一次，就算将这畜生杀了，也是应该的！”

他放声大喝道：“从今以后，谁也不许再提起这件事，若有谁敢再提起这件事，就是成心和我龙啸云过不去！”

李寻欢木然而立，心里也不知是什么滋味。

龙啸云若是痛骂他一场，甚至和他翻脸，他也许还会觉得好受，但龙啸云却如此重义气，他心里只有更惭愧、更难受，黯然道：“大哥，我实在不知道……”

龙啸云用力一拍他肩头，笑道：“兄弟，你怎地也变得这么婆婆妈妈起来了？这畜生被他母亲惯得实在太不像话了，我本就不该传他武功的。”

他大笑着呼道：“来来来，快摆酒上来，你们无论谁若能将我这兄弟灌醉，我马上就送他五百两银子。”

大厅中的人本多是老江湖，光棍的眼睛哪有不亮的，早已全部围了过来，向李寻欢赔笑问好。

突听内堂一人道：“快掀帘子，夫人出来了。”

站在门口的童子刚将门帘掀起，林诗音已冲了出来。

李寻欢终于又见到林诗音了。

林诗音也许并不能算是个真正完美无瑕的女人，但谁也不能否认她是个美人：她的脸色太苍白，身子太单薄，她的眼睛虽明亮，也嫌太冷漠了些，可是她的风神、她的气质，却是无可比拟的。

无论在任何情况下，她都能使人感觉到她那种独特的魅力，无论谁只要瞧过她一眼，就永远无法忘记。

这张脸在李寻欢梦中已不知出现过几千几万次了，每一次她都距离得那么遥远，不可企及的遥远。

每一次李寻欢想去拥抱她时，都会忽然自这心碎的噩梦中惊醒，他只有躺在自己的冷汗里，望着窗外黑沉沉的夜色颤抖，痛苦地等待着天亮，可是等到天亮的时候，他还是同样痛苦，同样寂寞。

现在，梦中人终于真实地在他眼前出现了，他甚至只要一伸手，就可以触及她，他知道这不再是梦。

可是，他又怎么能伸手呢？

他只希望这又是个梦，但真实永远比梦残酷得多，他连逃避都无法逃避，只有以微笑来掩饰住心里的痛苦，勉强笑道："大嫂，你好！"

大嫂！

魂牵梦萦的情人，竟已是"大嫂"，虬髯大汉扭转了头，不忍再看，因为只有他知道李寻欢这一声"大嫂"唤得是多么痛苦，多么辛酸。

他不知道自己若在李寻欢这种情况中时，是否也能唤得出这一声"大嫂"来，他不知道自己是否也有勇气来承受如此深的痛苦。

他若不扭转头去望院中的积雪，只怕早已流下泪来。

而林诗音，却仿佛根本没有听见这一声呼唤。

她的心神仿佛已全贯注在她的儿子身上。

那孩子瞧见了母亲，又放声痛哭起来，他挣扎着扑入他母亲的怀抱里，嘶声大哭着道："我已经没法再练武了，已变成了残废，我……我怎么能再活得下去。"

林诗音紧紧搂住他，道："是……是谁伤了你的？"

红孩儿道："就是他！"

林诗音目光随着他手指望过去，终于望在李寻欢脸上。

她瞪着李寻欢就仿佛在瞪着个素不相识的陌生人，然后，她目光中就渐渐露出了一种怨恨之意，一字字道："是你？真的是你伤了他？"

李寻欢只是茫然地点了点头。

谁也不知道是什么力量支持着他的，他居然还没有倒下去。

林诗音瞪着他，咬着嘴唇道："很好，很好，我早就知道你不会让我快快乐乐地活着，你连我最后剩下的一点幸福都要剥夺，你……"

龙啸云干咳一声，打断了她的话，大声道："你不能这样对寻欢说话，这完全不能怪他，全是云儿自己闯出来的祸，何况，当时他并不知道云儿是我们的孩子。”

红孩儿忽又大声道：“他知道，他早就知道了，本来他根本就伤不了我，可是我听说他是爸爸的朋友就住了手，谁知他反而趁机伤了我！”

虬髯大汉愤怒得全身血管都要爆裂，但李寻欢却还是木然站在那里，竟完全没有为自己辩护之意。

无论多么大的痛苦，他都已承受过了，现在他难道还能和一个小孩子争论得面红耳赤么？

龙啸云却厉声道：“畜生，你还敢说谎？”

红孩儿大哭着道：“我没有说谎，妈，我真的没有说谎！”

龙啸云大怒着想去将他拉过来，但林诗音已挡在他面前，嗄声道：“你还想将他怎么样？”

龙啸云跺脚道：“这畜生实在太可恶，我不如索性废了他，也免得他再来现世！”

林诗音苍白的脸上泛起了一阵愤怒的红晕，厉声道：“那么你连我也一起杀了吧！”

她目光在李寻欢脸上一转，冷笑着道：“反正你们都很有本事，要杀死个小孩子固然是易如反掌，再多杀个女人也没什么关系的。”

龙啸云仰天长啸叹了一声，跌足道：“诗音，怎地你也会变得如此无理？”

林诗音根本不理他，已紧紧搂着她的儿子走入了内堂，她的脚步虽轻，但李寻欢的心都已被踩碎了。

龙啸云拍着他肩头长叹道：“寻欢你也莫要怪她，她本不是如此不讲理的女人，可是一个女人若是做了母亲，那么她就会变得不讲理起来了。”

李寻欢黯然道：“我知道，母亲为了自己的儿子，无论做什么事都是应该的。”

他勉强一笑，又道：“我虽然没有做过别人的母亲，至少总做过别人的儿子……”

“借酒浇愁愁更愁”，这句传诵千古的诗句，其实并不是完全正确的，喝少量的酒，固然能令人更多愁善感，更容易想起一些伤心的事，但等到他真的喝醉了，他的思想和感觉就完全麻木。那么，世上就没有任何事能令他痛苦了。

李寻欢很了解这一点，他拚命想喝醉。

喝醉酒并不是件困难的事，但一个人伤心的事愈多，喝醉的次数愈多，愈需要喝醉的时候，反而却偏偏很不容易喝醉。

夜已很深。

酒也消耗了不少，但李寻欢却一点醉意也没有。

他忽然发觉别的人也都没有醉意，十几个江湖客在一起喝酒，喝到夜深时居然还没有一个人喝醉，这实在是件很不寻常的事。

夜色愈深，大家的脸色也就愈沉重。一个个都不时伸长脖子往外望，仿佛在等待着什么人似的。

突听更鼓声响，已是三更。

大家的脸色竟不约而同地变了，失声道：“三更了，赵大爷怎地还没有回来？”

李寻欢皱了皱眉道：“这位赵大爷又是何许人也？各位难道一定要等他回来才肯喝酒？”

一人赔笑道：“不瞒李探花，赵大爷若是不回来，这酒咱们实在喝不下去。”

另一人道：“赵大爷就是人称‘铁面无私’赵正义赵老爷子，也就是我们龙四爷的结拜大哥，李探花难道还不知道么？”

李寻欢举杯大笑道：“十年不见，想不到大哥竟又结交了这许多名声显赫的好兄弟，且待小弟先敬大哥一杯。”

龙啸云脸上似乎红了红，勉强笑道：“我的兄弟，也就是你的兄弟，我也敬你一杯。”

李寻欢道：“那倒也不错，想不到我竟也凭空多出了几位大哥来，却不知这些大英雄们肯不肯认我这不成才的兄弟？”

龙啸云哈哈大笑道：“他们欢喜还来不及哩，焉有不认之理。”

李寻欢道：“只……”

他本来也不知要说什么，但话到嘴边却改口笑道：“赵大爷素来

‘铁面无私’，据说终年也难见到他笑一次，他若一来，我只怕吓得连酒都喝不下去了，想不到各位却要等他来了才肯喝酒。”

龙啸云沉默了半晌，忽然敛去笑容，沉声道：“梅花盗已重现江湖……”

李寻欢截口道：“这件事我倒已听说过。”

龙啸云道：“但贤弟可知道这‘梅花盗’此刻在哪里么？”

李寻欢道：“据说此人行踪飘忽……”

龙啸云也打断了他的话，道：“不错，此人的确行踪飘忽，但我却知道他目前必在保定城里，而且说不定已在我们家附近。”

这句话说出来，大家都不约而同地缩了缩脖子，那盆烧得正旺的炉火，似已挡不住外面侵入的寒气了。

李寻欢也不禁为之动容，道：“莫非他已在此间现身了么？”

龙啸云叹道：“不错，秦孝仪秦三哥的大公子已在前天晚上伤在他手里。”

李寻欢皱眉道：“他是在哪里下的手？”

龙啸云一字字道：“就在我们家后园，‘冷香小筑’前面的梅花林里。”

李寻欢耸然道：“他还伤了什么人？”

龙啸云道：“贤弟也许还不知道，此人每天晚上素来只伤一人，而且绝不会在三更之前出手！”

他勉强笑了笑，道：“他杀人的脾气就好像有些人喝酒一样，不但定时，而且定量。”

李寻欢也笑了笑，但笑容并没有使他的神情看来轻松些，他沉吟了半晌，才沉声问道：“昨天晚上呢？”

龙啸云道：“昨天晚上倒还很太平。”

李寻欢道：“如此说来，他的对象也许只是秦大少爷，此后也许不会来了。”

龙啸云摇了摇头，道：“他迟早还是要来的。”

李寻欢扬眉道：“为什么？他难道和大哥有什么过不去吗？”

龙啸云又摇了摇头，缓缓道：“他的对象既非秦重，也不是我。”

李寻欢失声道：“是……是谁？”

龙啸云道："他的对象是林……"

说到"林"字，李寻欢面色已变了，但龙啸云说的并不是"林诗音"，而是"林仙儿"。

李寻欢暗中松了口气，道："林仙儿？她又是何许人也？"

龙啸云大笑道："兄弟，你若连林仙儿都不知道，只怕真的是老了，换了十几年前，你对林仙儿这名字只怕比谁都清楚得多。"

李寻欢微笑道："如此说来，她莫非也是位美人？"

龙啸云道："她非但是位美人，而且是大家公认的武林第一美人，江湖中的风流侠少为她神魂颠倒的，也不知有多少。"

他指点着身旁的一群人大笑道："你以为他们真是冲着我龙四的面子来的吗？若不是林仙儿在这里，我就算每天摆上整桌的燕翅席，他们也未必肯上门。"

大家的脸都红了，其中两个锦衣少年的脸红得更厉害，龙啸云用力拍着他们的肩头，又笑着道："你们的运气总算还不错，现在总算还有希望，我这兄弟若是年轻十年，哪里还有你们的份儿。"

李寻欢也大笑道："大哥以为我真的老了么？我的人虽老了，心却还未老哩。"

龙啸云目光闪动，忽又大笑道："不错不错，一点也不错，她裙下之臣虽然比蚂蚁还多，但除了你之外，只怕谁也没有希望。"

李寻欢苦笑道："只可惜我已在酒缸里泡了十年，手段已大不如前了。"

龙啸云紧紧握住了他的手，道："贤弟有所不知，这位林姑娘非但美如天仙而且很有志气，她什么人都不愿意嫁，却扬言天下无论谁只要能除去'梅花盗'，就算是个又麻又跛的老头子，也可以娶她做老婆。"

李寻欢道："只怕就因为这缘故，所以'梅花盗'也一心要除去她。"

龙啸云道："正是如此，'梅花盗'前天晚上到'冷香小筑'去，也正是为了找她，想不到秦重恰巧在那里，竟做了她的替死鬼。"

李寻欢目光闪动道："秦大少爷也是她的裙下之臣么？"

龙啸云苦笑道："他本来倒还蛮有希望的，只可惜现在……"

李寻欢笑了笑，道：“‘冷香小筑’寂寞多年，如今有那位林姑娘住在那里，想必已热闹了起来，三更半夜里，居然还有多情公子在门外徘徊。”

龙啸云的脸又红了红，苦笑道：“‘冷香小筑’是兄弟你的故居，我本不该让别人住进去的，可是……可是……”

李寻欢截口道：“那地方能得美人青睐，正是蓬荜生辉，土木若有知，只怕也要乐不可支了，绝不会再让我这痨病鬼再住进去随地吐痰的。”

他目光炯炯，凝注着龙啸云，微笑着又道：“可是，这位林姑娘和大哥你又有什么关系呢？”

龙啸云干咳两声，道：“她是诗音在普陀上香时认得的，两人一见投缘，就结为姐妹，正好像兄弟你和我的情况一样。”

李寻欢似乎怔了怔，道：“她的父亲难道就是我方才在门外见到的那位大管家么？”

龙啸云苦笑道：“你想不到吧？其实谁也想不到那种父亲竟能生得出她那样的女儿来，这就叫乌鸦窝里出了个凤凰。”

李寻欢道：“那位‘铁面无私’赵大爷难道是去约帮手来保护她？赵大爷如今难道也变得怜香惜玉起来了？”

龙啸云似乎并未听出他话里的讥诮之意，道：“赵老大除了要保护她之外，更想趁这机会除去‘梅花盗’，何况，中原武林的世家巨族已出了笔为数可观的银子来缉捕‘梅花盗’，这笔银子现在就存在我这里，若有什么闪失，这责任只怕谁也承担不起。”

李寻欢听到这里，方为之动容，失声道：“大哥为何要将这担子背下来呢？”

龙啸云叹了口气，道：“既然有了担子，就得有人来背，兄弟你说对不对？”

李寻欢沉默了半晌，喃喃道：“现在又是三更了，梅花大盗今天晚上会不会再来？”

他忽然长身而起，道：“赵大爷还未回来，各位的酒既然喝不下去，我还是趁这时候到四下去逛逛，也好去探望探望那些老友梅花。”

龙啸云皱眉道：“兄弟你想探望的只怕不是梅花，而是‘梅花盗’

吧！”

李寻欢笑而不答。

龙啸云皱眉道：“你定要去孤身涉险？”

李寻欢还是笑而不答。

龙啸云凝目望了他半晌，忽然大笑道：“好好好，我知道你若决定要做一件事，那是谁也拦不住的，何况，‘梅花盗’知道李探花在这里，只怕就不敢来了！”

后园中梅花仍无恙，仿佛比十年前开得更盛了，但园中的人呢？人纵然也有梅花那一身傲骨，却又怎禁得起岁月的消磨？花谢了还会再开，但人呢？人的青春逝去后，还有谁能再追回？

李寻欢静静地站在那里，凝望着远处楼头的一点灯火，十年前，这小楼本属于他的，楼中的人本也属于他的。

但现在，这一切也都随着青春而去，是永远再也无法追回的了，现在他所剩下的，只有相思，只有寂寞。

相思虽苦恼，但若不相思，他只怕已无法再活着。

踏过积雪的小桥，便是一片梅林。

梅林中也露出小楼一角，这正是李寻欢昔日读书学剑的地方，这小楼与远处那小楼遥遥相对，雪霁的时候，他只要推开窗户，就可以瞧见对面小楼那多情人儿的多情眼波，也正在向他凝睇。

但现在……

“情到浓时情转薄”，李寻欢长长叹了口气，抖落了身上的积雪，黯然走过了小桥，踏碎了桥上的积雪。

后园中寂无人影，也听不到人声，三更后正是梅花盗随时都可能出现的时候，还有谁愿意逗留在这里？

李寻欢缓缓走向默林中的冷香小筑。

他倒并不是想去探望那位绝世的美人林仙儿，他知道在这种时候，林仙儿也绝不会还逗留在这里的。

他只不过忍不住想去看看他昔日的故居，人在寂寞时，就会觉得往日的一切都是值得留恋的。

就在这时，静寂的梅林中，忽然发出一声轻笑。

李寻欢整个人立刻变了，就在这一刹那间，他懒散的身体里已立刻充满了力量，狡兔般向笑声传出的方向扑了过去。

他仿佛听到一声女子的惊呼，只不过呼声很轻。

接着，他就看到一条白色的人影从后面逃走，却另有一条黑色的人影迎面向他扑了过来。

这人的身形异常高大，来势更快得惊人，人还在两三丈外，已有一种凌厉的冷风直逼李寻欢的眉睫。

李寻欢立刻就发觉这人练的是一种极奇诡阴森的外门掌力，而掌力之强，已无疑是武林中的一流人物。

梅花盗!

难道这人就是梅花盗?

李寻欢并没有硬接这一掌，不到万不得已时，他从不肯浪费自己的真力和别人硬拼，因为他觉得他的气力比别人珍贵得多。

有一次“金刚手”邓烈醉后硬逼着要和他对掌，但李寻欢却再三拒绝，邓烈就问他为何不肯。

李寻欢的回答很妙，他说：“我又不是牛，为何要跟你斗牛？”

他觉得武功也是种艺术，纵不能妙参化境，至少也要清淡自然，若和别人以蛮力相拼，那就简直愚蠢得和牛差不多了。

但邓烈是他的朋友，他可以拒绝，现在这人却仿佛存心要将他立毙掌下，凌厉的掌力，已将他所有退路全都封死。

何况，两人的身形都在往前扑，无论谁若想在这间不容发的刹那间抽身闪避，纵能成功，也势必要被对方抢得先机，那么，等到对方第二掌击出时，他再想闪避，就难如登天了!

李寻欢身形突然向后退了出去。

他身形的变化，比鱼在水中还要灵活。

黑衣人厉叱一声，掌力又呼啸着向他压了下来。

李寻欢箭一般退了出去，身子几乎已和地面平行，他的手似乎并没有什么动作，但飞刀已射出去。

刀光一闪，如黑夜中的流星!

黑衣人忽然狂吼一声，冲天飞起，凌空转了个身，“飞鸟投林”向梅林后如飞奔般逃了出去。

李寻欢脚跟一点地，身子就站了起来，他像是很悠闲地站在那里，居然并没有追赶之意。

但那黑衣人还未冲出梅林，就已倒下！

李寻欢摇着头，叹了口气，缓缓踱过去，雪地上已多了一连串鲜血，那黑衣人就倒在血痕的尽头。

他双手握着自己的咽喉，鲜血还不停地自指缝里沁出，那柄发亮的小刀，已被拔了出来，就抛在他身旁。

李寻欢俯身拾起了他的刀，也看到了黑衣人那张已因痛苦而痉挛的脸，他失望地叹息了一声，喃喃道："你既非梅花盗，何苦要逼我出手呢？"

那人咬着牙，喉咙咯咯作响，却说不出话来。

李寻欢道："你虽不认得我，我却认得你，你是伊哭的大徒弟，十年前我就见过你了，只要被我见过一面的人，我就不会忘记。"

那人挣扎着，嘶声道："我……我也认得你！"

李寻欢叹道："你既然认得我，为什么要杀我呢？难道是杀我灭口？但你就算是到这里来和别人幽会的，也并不是什么见不得人的事呀。"

那人喘息着，目光中充满了怨毒之意，眼珠子都快凸了出来，他似乎还想挣扎着说话，但稍微一用力，鲜血又飞溅而出。

李寻欢摇了摇头，喃喃道："我知道你一定有什么秘密不愿被人知道，所以不分青红皂白，就想将我杀了灭口，那时你只怕也未想到要杀的对象会是我。"

他又叹了口气道："你要杀我，所以我才杀你，你选错了对象，我也选错人了……"

那人狂吼一声，忽然又向李寻欢扑了过去。

但李寻欢只是静静地望着他，动也不动，眼看他的手掌已将触及李寻欢的胸膛，就"噗"地跌了下去，永远也不会动了。

李寻欢还是静静地望着他，过了很久之后，才皱着眉道："前天晚上是秦孝仪的儿子，今天晚上是伊哭的徒弟，看来这位林仙儿空闲的时候还真不多，眼光也不错，约会的倒全都是名家的子弟，但哪个少女不怀春？哪个少男不多情？这又不是什么犯法的事，他为何要这么怕人撞见呢？难道这其中还有什么秘密？”

冷香小筑中的灯光还在亮着，方才那淡白色的人影，正是往那边逃走的，人影看来很苗条，会不会就是林仙儿？

李寻欢沉思着，缓缓踱过去。

他的眼睛在闪着光，似乎发现了一些很有趣的事。

风穿过梅林，积雪一片片落了下来。

忽然间，一片片积雪似乎被一种无形的劲气震得粉末般四散飞扬，接着，寒光一闪，直到李寻欢的背脊。

这一剑非但来势奇快，而且剑气激荡，凌厉无比，纵然迎面刺来，也令人难以抵挡，何况是自背后偷袭。

李寻欢身着重裘，犹自觉得剑气砭人肌骨。

这时剑尖的寒芒，已划破了他的貂裘。

在这寂静的寒夜，寂静的梅林中，竟似随时随地都有人一心想将他置之于死地！他流亡十年，刚回到家。

这难道就是欢迎他回家的表示么？

李寻欢若是向左闪避，右胁就难免被剑锋洞穿；若是向右闪避，左胁就难免被洞穿；若是向前闪避，背脊的正中就要多个窟窿，因为他无论如何闪避，都不可能比这一剑更快！

他身经百战，却从未遇见这么快的剑！

“哧”的一声，剑锋刺入了李寻欢的貂裘。

但李寻欢的身子却已在这刹那间，贴着剑锋滑开，冰凉的剑锋，贴着他肌肤时，他只觉全身汗毛都悚栗起来！

他身经百战，却也从未有如此这般接近死亡。

对方一剑刺空，似乎觉得更吃惊，剑锋一扭，横划过去，但李寻欢掌中的刀已急划他手腕。

这一刀快得竟根本不容对方剑势变化。

那人大惊之下，剑已撒手，凌空一个翻身，倒掠出去。

李寻欢的飞刀已到了指尖！

世上还有谁的身法，能快得过小李飞刀！

谁知就在这时，突听一人大呼道：“兄弟！住手！”

这是龙啸云的声音。

李寻欢怔了怔，龙啸云已冲入了梅林，那人也凌空翻落，却是个面色惨白的锦衣少年。

龙啸云挡在他和李寻欢中间，跌足道："你们两位怎会交上手的？"

锦衣少年的眼睛在夜色中看来就像一只猫头鹰。

他瞪着李寻欢，冷冷道："林外有个死人，我只当林中的必是梅花盗。"

李寻欢笑了笑道："你为何未将那死人当作梅花盗呢？"

少年冷笑道："梅花盗只怕还不会如此容易就栽在别人手上。"

李寻欢道："梅花盗难道一定要等着死在阁下手上么？只可惜……"

龙啸云大笑抢着道："两位都莫要说了，这全是误会，幸亏我们及时赶来，否则两虎相争，若是伤了一人，可就真不妙了。"

李寻欢微微一笑，将挂在貂裘上的剑拔了下来，轻轻一弹，剑作龙吟，李寻欢微笑着道："好剑！"

他双手将剑送了过去，又道："剑是名剑，人也必是名家，今日一会纵是误会，但在下却也觉得不胜荣宠之至，名家的剑，毕竟不是人人都可尝得到的。"

少年苍白的脸似也红了红，忽然抢过了剑，随手一抖，只听"锵"的又是一声龙吟，剑已折为两段！

李寻欢叹道："如此好剑，岂不可惜。"

少年的眼睛始终瞪着李寻欢，厉声道："不用这柄剑，在下也可杀人的，这倒不劳阁下费心。"

李寻欢笑道："早知如此，在下就用不着将这柄剑还给阁下了，拿这柄剑去换件衣服来挡挡寒，总也是好的。"

少年冷笑道："这倒也用不着阁下担心，在下莫说只划破阁下一件貂裘，就算划破了十件，也照赔不误的。"

李寻欢道："但在下这件貂裘，阁下只怕还找不出第二件来。"

少年道："哦，阁下这件貂裘上难道还有什么花样不成？"

李寻欢正色道："别的花样倒也没有什么，只不过有双眼睛。"

第九章

何处不相逢

少年听了李寻欢的话，怔了怔，嘿嘿冷笑着道："有趣有趣，阁下的确有趣得很，貂裘上居然还长着眼睛！"

李寻欢淡淡一笑道："我这件貂裘上若是没有长眼睛，又怎会看见阁下的宝剑，又怎会躲得过阁下自背后刺来的一剑呢？"

少年脸色立刻变了，一双手已气得发抖。

龙啸云干咳两声，大笑道："两位都在说笑，'藏剑山庄'的少庄主，固然绝不会在乎区区一柄剑，但兄弟你又怎会在乎区区一袭貂裘呢？"

李寻欢动容道："这位原来就是游少庄主！"

龙啸云笑道："不错，游兄不但是藏龙老人的公子，也是当代第一剑客'天山雪鹰子'前辈的唯一传人，两位正是一时之瑜亮，此后一定要多亲近亲近。"

游龙生的眼睛还在瞪着李寻欢，冷笑道："亲近倒不敢，只不过这位朋友高姓大名？"

龙啸云笑道："游兄原来还不认得我这位兄弟，他姓李，叫李寻欢，放眼当今天下，只怕也唯有我这兄弟够资格和游兄你交朋友了。"

李寻欢这名字说出来，游龙生脸色又变了，眼睛盯在李寻欢手里那柄小刀上，久久都未移开。

李寻欢却似根本未听到他们在说什么，目中又露出了异样的光芒，嘴里喃喃自语，仿佛在说："果然又是位名家子弟！"突见一人冲了进来，厉声道："外面那人是谁杀死的？"

这人颧骨高耸，满面威棱，花白的胡子并不浓密，露出一张嘴角下垂的阔口，更显得威严沉重，平时也带着三分杀气，正是江湖中人人都对他带着几分畏惧的“铁面无私”赵正义赵大爷。

李寻欢笑了笑，道：“除了我还有谁？”

赵正义目光如刀，瞪着他，厉声道：“是你，我早该想到是你，你无论走到哪里，都会带来一片血腥气。”

李寻欢道：“那人不该杀？”

赵正义道：“你可知道他是谁？”

李寻欢叹道：“只可惜他不是梅花盗。”

赵正义怒道：“你既然知道他不是梅花盗，为何还要下毒手？”

李寻欢淡淡道：“我虽也不想杀他，但也不愿被他杀了，无论如何，杀人总比被人杀好些。”

赵正义道：“他先要杀你？”

李寻欢道：“嗯。”

赵正义道：“平白无故，他为何要杀你？”

李寻欢道：“我也觉得很奇怪，正想问问他，只可惜他不理我。”

赵正义大怒道：“你为何不留下他的活口？”

李寻欢道：“我也很想留下他的活口，只可惜我手里这柄刀一发出去，对方是活是死，就连我自己也无法控制了。”

赵正义跺了跺脚，道：“你既已出关，为何偏偏还要回来？”

李寻欢微笑道：“只因我对赵大爷想念得很，忍不住想回来瞧瞧。”

赵正义脸都气黄了，指着龙啸云道：“好好好，这是你的好兄弟惹下来的祸，别人可管不着。”

龙啸云赔笑道：“有话好说，大哥何必发这么大的脾气。”

赵正义道：“还有什么好说的！我们对付一个梅花盗，已经够头疼的了，如今再加上个‘青魔’伊哭，谁还受得了。”

李寻欢冷笑道：“不错，我杀了伊哭的爱徒丘独，伊哭知道了一定会来寻仇，但他要找的也只不过是我一个人而已，赵大爷你又何必替我担心呢？”

龙啸云忽然道：“丘独三更半夜到这里来，显然也没有存着什么好心，兄弟你杀他本就杀得不冤，他若被我撞见，我只怕也要杀死他的！”

赵正义不等他说完，气得扭头就走。

游龙生忽然一笑，道："赵大爷毕竟老了，脾气愈来愈大，胆子却愈来愈小，其实伊哭来了又有何妨，在下也正好见识见识名满天下的探花飞刀！"

李寻欢淡淡道："其实阁下若果有此心，就并不一定要等伊哭来了。"

游龙生脸色又变了变，像是想说什么，但瞧了李寻欢掌中的刀一眼，终于什么都没有说，也掉首而去。

龙啸云想追出去，又站住，摇头叹道："兄弟，你这又是何苦？就算你瞧不起他们，不愿和他们交朋友，也不必得罪他们呀。"

李寻欢笑道："他们反正早已认为我是不可救药了，得不得罪他们都一样，倒不如索性将他们气走，反而可以落得个眼前干净。"

龙啸云道："朋友多一个总比少一个好。"

李寻欢道："但世上又有几人能不负这'朋友'二字？像大哥你这样的朋友，无论谁只要交到一个已足够了。"

龙啸云大笑起来，用力拍着李寻欢的肩头，道："好，兄弟，只要能听到你这句话，我就算将别的朋友全都得罪了，也是值得的。"

李寻欢心头一阵激动，又不停地咳嗽起来。

龙啸云皱眉道："这些年来，你的咳嗽……"

李寻欢像是不愿听到他提起这件事，立刻打断了他的话，道："大哥，我现在只想见一个人。"

龙啸云道："谁？"

他浓眉轩动，不等李寻欢回答，又道："是不是林仙儿？"

李寻欢笑了笑，道："大哥真不愧为我的知己。"

龙啸云展颜大笑道："我早就知道你迟早忍不住要想见她的，李寻欢若连天下第一美人都不想见，那么李寻欢就不是李寻欢了。"

李寻欢微笑着，似已默认。

可是他心里在想着什么呢？除了他自己之外，只怕谁也不知道。

龙啸云已拉着他往外走，笑着道："但你若想到这里来找她，却找错地方了，自从前天晚上的事发生之后，她晚上已不敢再留在冷香小筑。"

李寻欢道："哦。"

龙啸云道："这两天晚上，她一直陪着诗音在一起，你也正好顺便去看看诗音……唉，她究竟是个女人，你就算去安慰安慰她又有何妨。"

他根本未留意李寻欢目中的痛苦之色，叹了口气，接着又道："其实，她也不是不知道云儿的可恶，绝不会真的怪你。"

李寻欢勉强一笑，道："但我们既已来到这里，不如还是到冷香小筑去瞧瞧吧，说不定那林姑娘现在已回来了呢？"

龙啸云笑道："也好，看来你今天晚上若见不到她，只怕连觉都睡不着了。"

李寻欢还是微笑着，也不分辩。

但他的眼睛却在闪着光，似乎隐藏着什么秘密。

冷香小筑里果然没有人。

李寻欢一走进门，又一脚踏入十年前的回忆里。

这屋子里的一切竟都和十年前没有丝毫变化，一桌一几，也依旧全都安放在十年前的位置，甚至连桌上的笔墨书籍，都没有丝毫变动，若不是在雪夜，那窗前明月，屋角斜阳，想必也都依旧无恙。

李寻欢仿佛骤然又回到十年前，时光若倒退十年，他也许刚陪林诗音数过梅花，也许正想回来取一件狐裘为她披上，也许是回来将他们方自吟出的佳句记下，免得以后遗忘。

但现在李寻欢想去遗忘时，才知道那是永远无法遗忘的，早知如此，那时他又何苦去用笔墨记下？

雪，又在落了。

雪花轻轻地洒在窗子上，宛如情人的细语。

李寻欢忍不住长长叹了口气，道："十年了……也许已不止十年了，有时时间仿佛过得很慢，但等它真过去时，你才会发现它快得令你吃惊。"

龙啸云自然也有很多感慨，却忽又笑道："你还记不记得我第一天到这里来的时候，那天好像也在下雪。"

李寻欢道："我……我怎会忘记。"

龙啸云大笑道："我记得那天我们两人几乎将你家的藏酒都喝光

了，也是我唯一看到你喝醉的一次，但你却硬是不肯承认喝醉，还要和我打赌，说你可以用正楷将杜工部的《秋兴八首》写出来，而且绝对一笔不苟。”

他忽然在桌上的笔筒里抽出了一支笔，又道：“我还记得你用的就是这支笔。”

李寻欢的笑容虽然那么苦涩，却还是笑着道：“我也记得那次打赌还是我赢了。”

龙啸云笑道：“但你大概未想到，过了十多年后，这支笔还会在这里吧。”

李寻欢微笑不语，但心里却不禁泛起一阵凄凉之意：“笔虽然仍在，怎奈已换了主人……”

龙啸云道：“说来也奇怪，林仙儿好像早已算准你要回来似的，虽已住到这里好多年了，但这里的一草一木她都未动过……”

李寻欢淡淡道：“她本不必如此做的。”

龙啸云笑道：“我们并没有要她这么做，但她却说……”

突听一人唤道：“四爷……龙四爷！”

龙啸云推开窗子，皱眉道：“我在这里，什么事？”

那人喘息着道：“秦大少爷似乎不对了，所以秦老爷子请四爷快去看看。”

龙啸云脸色变了变，回头道，“兄弟你……”

李寻欢道：“我……我还想在这里看看，不知道可不可以？”

龙啸云笑道：“当然可以，这本是你的地方，就算林仙儿回来，也只有欢迎的。”

他匆匆走了出去，一走出门，笑容就瞧不见了。

李寻欢在一张宽大的、铺着虎皮的紫檀木椅上坐了下来，这张椅子，只怕比他的年纪还要大些。

他记得自己很小的时候，总是喜欢爬到这张椅子上为他的父亲磨墨，他只希望能快些长高，能坐到椅子上，那时他心里总有一种奇妙的想法，总是怕椅子也会和人一样，也会渐渐长高。

终于有一天，他能坐到椅子上了，他也已知道椅子绝不长高，那时他又不禁暗暗为这张椅子悲哀，觉得它很可怜。

但现在，他只希望自己能和这张椅子一样，永不长大，也永远没有悲伤，只可惜现在椅子仍依旧，人都已老了。

“老了……老了……”

突听一人轻轻笑道：“谁说你老了？”

人还在窗外，但笑声已在屋子里荡漾起一阵温暖之意，她的人虽还未进来，却已将春天带了进来，笑声已如此，人自然更可想而知了。

李寻欢眼睛立刻亮了起来，但却只是静静望着那扇门，既没有站起，也并没有说什么。

林仙儿终于走了进来。

武林中人的眼睛并没有瞎，她的确是人间的绝色，若有人曾用花来描述过她，那人实在是辱没了她。

世上又有哪种鲜花能及她如此动人？

她全身虽然没有一处不令人销魂，但最销魂处还是她的眼睛，没有男人能抗拒她这双眼睛。

这是双令人犯罪的眼睛。

她的态度却是那么亲切，那么大方，绝没有丝毫要令人犯罪的意思，看来又仿佛世上最温柔、最纯洁的女孩子。

但无论她看来像什么，都已无法改变李寻欢对她的印象了，因为李寻欢这并不是第一次见到她。

就在那酒店的厨房里，就在蔷薇夫人的尸体旁，李寻欢早已领教过她的“温柔”，她的“纯洁”！

但李寻欢却几乎还是难以相信眼前这女子，就是那天一心要逼他交换“金丝甲”的神秘美人。

因为现在她的神情和那天好像是两个人，若不是李寻欢确信自己绝不会看错，那么他就简直不能相信那天那毒辣、淫荡，显然已饱经沧桑的女子，就是眼前这笑得又天真、又甜蜜的小姑娘。

李寻欢长长叹了口气，闭上眼睛。

林仙儿眼波流动，柔声道：“你为什么闭上眼睛，难道不愿意见我么？”

李寻欢笑了笑，道：“我只不过是在回想那天你脱光了衣服时的模样。”

林仙儿的脸似乎红了红，幽幽叹道："我本来希望你认不出我的，可是我也知道这希望并不大。"

李寻欢道："我若这么快就将你忘记了，你岂非也会觉得很失望。"

林仙儿嫣然一笑，道："可是你见到我并不吃惊，难道你早已想到我是谁了吗？"

李寻欢道："这也许是因为武林中能被称为'美人'的人并不多吧！"

林仙儿笑道："这也许是因为你见到伊哭的徒弟，就想到了我那双青魔手，见到了游龙生，就想到了我的鱼肠剑，是吗？"

李寻欢微微一笑，道："我只奇怪，你既然知道我在这里，怎么还敢来见我？"

林仙儿叹息着，咬着嘴唇道："丑媳妇既然难免见公婆，躲着也没有用的，所以，龙四哥一叫我来，我立刻就赶着来了。"

李寻欢道："哦？是他要你来的？"

林仙儿又笑了，道："你难道还不懂他的意思？他早就想为我们拉拢了，这也许是因为他觉得有些对不起你，抢了你的……"

说到这里，李寻欢的脸骤然沉了下来，因为他已知道她要说什么了，但他的脸一沉，林仙儿也立刻停住了嘴。

她永远不会说别人不爱听的话。

李寻欢却似还在等她说下去，过了半晌，才一字字道："他并没有对不起我，任何人都没有对不起我，只有我对不起别人。"

林仙儿脉脉地凝注着他，道："你对不起谁？"

李寻欢冷冷道："我对不起的人太多了，连我自己都数不清。"

林仙儿柔声道："随便你怎么说，我都知道你绝不是这样的人。"

李寻欢道："你知道我是怎么样的人？"

林仙儿道："我当然知道，我很小很小的时候，就听说过你的事了，所以当我知道这就是你以前住的地方时，我兴奋得简直没法子睡觉。"

她轻盈地转了个身，道："你看，这屋子里所有的东西，是不是全都和你十年前离开这里时一样？就连你藏在书架里的那瓶酒，我都没有动过，你可知道这是为了什么？”

李寻欢只是冷冷地望着她。

林仙儿笑了笑，道：“你当然不会知道，但我却可以告诉你，因为只有这样，我才能感觉到这是你住的地方，有时我甚至觉得你还在这屋子里，坐在这椅子上，静静地看着我，轻轻地陪着我说话。”

她眼波渐渐蒙眬，低语着道：“有时我半夜醒来，总觉得你仿佛就睡在我身旁，那床上、枕头上，还留着你的气息！”

李寻欢忽然一笑，道：“除了我之外，只怕还有别的人吧？”

林仙儿咬了咬嘴唇，道：“你以为这屋子还有别人进来过？”

李寻欢淡淡道：“这地方已经属于你，你让谁进来都无妨。”

林仙儿道：“你以为游龙生、丘独这些人一定进来过，是吗？”

她眼圈似已红了，道：“告诉你，我从来也没有让他们走进过这道门，所以他们只有等在梅林中，我若肯让他们进来，丘独和秦重也许就不会死了。”

李寻欢皱眉道：“既是如此，你为何不让他们进来？”

林仙儿咬着嘴唇道：“只因为这是你的地方，我要……要替你保留着，绝不能让别的男人进来，破坏你留下来的……的……”

她似乎不知怎么说了。

李寻欢微微一笑，替她接下去，道：“味道？”

林仙儿的脸红了，垂首道：“我的意思，你明白了么？”

李寻欢笑道：“但我却直到现在才知道我身上是有味道的……是什么味道？是香？还是臭？”

林仙儿的头垂得更低，道：“我对你说了这些话，并不是为了要你耻笑我的。”

李寻欢道：“你是为了什么？”

林仙儿道：“我的意思你还不知道？”

李寻欢又笑了，道：“如此说来，用不着别人拉拢，我也很有希望了。”

林仙儿道：“若不是我早已……早已对你……那天我怎么会对你……”

虽然每句话她都只说了一半，但有时话只说一半，比全说出来还要有效得多，也有趣得多。

李寻欢悠然笑道：“原来你那天只是为了喜欢我而那样做的，我还当你是为了金丝甲哩。”

林仙儿道：“我……我当然也是为了金丝甲，但对象若不是你，我怎么肯……怎么肯……”

李寻欢笑道：“原来你那样做是一举两得。”

林仙儿道：“你一定还在奇怪，我为什么那么想要金丝甲？”

李寻欢道：“我实在有点奇怪。”

林仙儿道：“那只因我想亲手杀死梅花盗！”

李寻欢道：“哦？”

林仙儿道：“你总该知道，无论谁杀死梅花盗，我都要嫁给他，这话虽是我自己说的，可是其中也有很多苦衷。”

李寻欢笑道：“你要亲手杀死梅花盗难道是为了要你自己嫁给你自己么？”

林仙儿道：“我这样做，只是为了我不愿嫁人，所以我若自己杀死梅花盗，就用不着嫁给别人了。”

她忽然抬头凝注着李寻欢，幽幽道：“只因天下的男人，没有一个是我看得上眼的。”

李寻欢目光也在凝注着她，道：“我呢？”

林仙儿红着脸抿嘴一笑，道：“你自然是例外。”

李寻欢道：“为什么？”

林仙儿柔声道：“因为你和别的男人都不同，那些人就像狗一样，无论我怎样对他们，他们还是要死缠着我，只有你……”

李寻欢淡淡一笑，道：“那么你为何不将金丝甲留在我这里，等我杀死了梅花盗，你再嫁给我，这样岂非也一举两得么？”

林仙儿似乎怔了怔，但瞬即嫣笑道：“这实在是好主意，我为何没有想起来？”

李寻欢目光闪动，微笑着道：“这么好的主意，除了我之外，还有谁能想得出？”

林仙儿似乎听不出他话中的讥诮之意，紧紧握住了他的手，道：“我知道梅花盗这两天一定会来的，明天我就在这里等着他。”

李寻欢道："你要我明天也到这里来，是么？"

林仙儿道："你以我为饵，将他引来，反正金丝甲在你身上，你纵然制不住他，他无论如何也伤不了你的，你若制住了他……"

她又红着脸垂下头，那双销魂的眼睛仍在悄悄瞟着李寻欢，她嘴里没有说出来的话，已用眼睛说了出来。

李寻欢眼睛里也在闪着光，笑道："好，明夜我一定来，我若不来，就是呆子了！"

林仙儿悄悄缩回了手，但纤纤的指尖仍在李寻欢手背上轻轻地画着圈圈，似乎要圈住李寻欢的心。

李寻欢忽又笑道："你总算已学乖了。"

林仙儿红着脸道："我本来就很乖。"

李寻欢道："你总算已学会让男人来主动。"

林仙儿喘息忽然急促了，颤声道："但你……你现在不会的……是吗？"

李寻欢凝注着她，目光仍是那么冷静，就像是一湖秋水，但嘴角却已露出了并不冷静的笑容，道："你怎知道我不会？"

林仙儿吃吃地娇笑起来，道："因为你是个君子，不是吗？"

李寻欢淡淡笑道："我平生只做过一次君子，那次我后悔了三天。"

林仙儿娇笑着，似乎想逃走。

但李寻欢已一把拉住了她，笑道："原来你不止学会了让男人主动，还学会了逃。"

林仙儿"嘤咛"一声，喘息着道："这全是你教我的，是你教我该如何勾引你，不是吗？"

第十章

十八年旧怨

李寻欢叹了口气，道：“我教得太多，你也学得太快了。”

他忽然推开了她，拍了拍衣裳站起来，瞪着窗子道：“今天的戏已演完了，阁下若是还未看够，明天请早吧。”

窗外传来了“嗤”的一声冷笑，一人道：“阁下的手段果然高明，但望阁下的飞刀也同样高明才好！”

说到后面一句话，语声已远在十丈开外。

林仙儿变色道：“是游龙生。”

李寻欢悠然道：“你怕他吃醋？”

林仙儿目中露出了狠毒之意，冷笑道：“他凭什么吃醋？……想不到这种自命不凡的世家子弟，也会做这种不要脸的事，以后我若再理他才怪。”

李寻欢微笑道：“你不怕他将鱼肠剑要回去？”

林仙儿道：“我就算将鱼肠剑丢在他面前，他也不敢捡的。”

李寻欢道：“哦！”

林仙儿抿嘴一笑，道：“我早就说过，这种人就像狗一样天生的贱骨头，你愈打他骂他，他愈要跟在你后面摇尾巴。”

李寻欢道：“有条狗跟在后面摇尾巴，也蛮有趣的。”

林仙儿拉住他的手，道：“你……你难道真是要走了，为什么不多坐坐？”

李寻欢笑道：“我若再坐下去，等到狗来咬我一口，那就无趣了。”

林仙儿道：“哼，他敢……”

话未说完，只听游龙生远远道：“这边的戏演完了，那边又有戏开锣，阁下不想去看看吗？”

李寻欢失笑道：“你看，我早就知道他绝不会让我再坐下去的。”

林仙儿恨恨道：“讨厌鬼。”

她忽又一笑，拉着李寻欢的手道：“但我们还有明天，明天晚上莫忘了早些来。”

游龙生已走了，但李寻欢一出梅花林，就听得远处传来了一阵叱咤怒骂声，拳风激荡声。

他已听出其中有那虬髯大汉的声音，立刻一撩衣襟，“燕子三抄水”，只三个起落，已赶了过去。

假山后也有三间明轩，这时轩前的雪地上正有两人在恶斗，两人俱是拳风刚猛，震得四下积雪漫天飞起。

只听虬髯大汉怒喝着道：“姓秦的，你自命侠义，其实却一文也不值，你儿子伤重不治，和别人又有什么关系，你怎能对他下毒手？”

和他动手的人，正是“铁胆震八方”秦孝仪，此刻也怒吼着道：“你算什么东西，也不问自己是什么身份，居然敢来管老夫的闲事，老夫索性连你也一起废了！”

龙啸云正在一旁跺着脚相劝，游龙生却在负手旁观。

李寻欢燕子般掠了过去，龙啸云立刻迎上来，跺脚道：“兄弟，你快劝劝他们吧，梅花盗还未现身，自己人却先打起来了，这……这算什么呢？”

游龙生冷笑道：“这就叫强将手下无弱兵，想不到李探花的门下奴也有这么大的本事，果然是凶得很、凶得很……”

李寻欢淡淡道：“不错，他的确凶得很，但别人若不惹他，他也绝不会凶的。”

他不让游龙生再说话，就转向龙啸云道：“这是怎么回事？”

龙啸云叹道：“就因为秦重伤重不治，所以秦三哥……”

李寻欢皱眉道：“他自己儿子伤重不治，难道就迁怒在梅二先生身上。”

龙啸云苦笑道：“他们父子情深，秦三哥自然难免悲痛，一时失手伤了梅二先生，但伤得也并不太重。”

李寻欢冷笑了一声，什么话都不说了。

龙啸云道："你劝劝他吧，我知道他只听你一个人的话。"

李寻欢冷冷道："我为何要劝他，他若不出手，我也要出手的。"

龙啸云怔了怔，也不知道该说什么了。

只见那虬髯大汉拳风虎虎，拳拳都是奋不顾身的招式，招式虽未必精妙，那一股杀气却令人心惊。

秦孝仪竟似已被逼得透不过气来。

游龙生冷笑着又道："尊仆的这种招式，倒的确少见得很。"

李寻欢道："哦？"

游龙生道："他每招发出，好像都准备先挨别人一拳，这种拳法倒实在令人有些看不懂。"

李寻欢淡淡道："其实这道理也简单得很。"

游龙生道："哦？"

李寻欢道："只因别人打他一拳，他根本不在乎，他若打别人一拳，那人只怕就吃不消了。"

游龙生脸色变了变，还未说话，突听一人怒吼道："好个狗仗人势的奴才，竟敢以下犯上，待老夫来教训教训你！"

吼声中，赵正义已飞也似的赶来。

他正想向那虬髯大汉扑过去，突听李寻欢冷冷道："若有人想以二敌一，以多欺少，在下的飞刀只好出手了！"

赵正义身形立刻顿住，一拳再也不敢击出，大怒道："你带来的奴才以下犯上，你非但不管教他，反而还来助长他的气焰，你以为江湖中已没有公道了么？"

李寻欢淡淡道："什么叫江湖公道？难道两个打一个才算公道？"

赵正义厉声道："你要知道这不是比武较技，而是替你管教奴才！"

李寻欢道："他一向用不着别人管教，但赵大爷若是也想和他过过招，不妨就将秦三爷换下来，自己上去动手。"

赵正义怒道："他是什么东西，也配和我动手！"

李寻欢悠然道："他的确不是东西，他是人。"

他望着赵正义笑了笑，道："赵大爷你难道是东西么？"

赵正义脸上一阵青一阵黄，鼻子都似已气歪了。

到了这种时候，龙啸云也不能不说话了，但就在这时，只听“砰”的一震，两拳相击，秦孝仪的人已几乎被震得飞了出去，踉跄着跌倒在地。

赵正义和龙啸云双双抢过去扶起了他，虬髯大汉厉声道：“还有谁想教训我的，请出手吧。”

游龙生负手冷笑道：“看来今日主子非但教训不了奴才，奴才反而要教训主子了。”

只见秦孝仪喘息着在赵正义耳畔说了几句话，赵正义忽然长身而起，目光灼灼，瞪着那虬髯大汉道：“想不到朋友你居然有一身江湖罕见的横练功夫，连老夫都小看了你，更难怪三爷一时不察，要被你暗算了。”

虬髯大汉冷笑道：“你们若败了，就是受人暗算，我若败了，就是学艺不精，这道理我早已明白得很，你不说也罢。”

赵正义怒道：“姓铁的，老夫念你是条汉子，有心保全你，你休要不知好歹。”

虬髯大汉脸色变了变，昂然道：“铁某没有赵大爷保全，也活到现在了，正觉得已活得有些不耐烦，赵大爷你有什么手段，尽管使出来吧！”

赵正义瞪着他，眼睛里似已冒出火来，冷笑道：“很好，很好……”

他一连说了五六句“很好”，扶起秦孝仪就走。

龙啸云抢先一步，赔笑道：“各位有话好说，又何必……”

秦孝仪仰天打了个哈哈，惨笑道：“我父子两人俱已栽在这里，还有什么好说的！”

龙啸云后退一步，垂下了头，不住擦汗，等他再抬起头时，秦孝仪和赵正义已走得很远了。

李寻欢长叹道：“大哥，我一回来，就为你惹了这么多麻烦，我……我早知……”

龙啸云忽然大笑，道：“兄弟，别说这种话，咱们弟兄几时怕过麻烦了。”

李寻欢勉强一笑，道："可是，我也知道大哥你很为难……"

龙啸云笑道："兄弟，你用不着顾忌我，无论你怎么做，我总是站在你这边的。"

李寻欢胸中一阵热血上涌，热泪几乎已将夺眶而出。

龙啸云瞧了那虬髯大汉一眼，似乎想说什么，但临时却改口道："天已快亮了，梅花盗今天晚上想必已不会再来，你们旅途劳顿，还是早些歇下来吧。"

李寻欢道："是。"

龙啸云道："我已叫人将'听竹轩'替你打扫干净了，但你若还是想住在老地方，我可以请仙儿暂时搬去和诗音一块儿住。"

李寻欢道："用不着，'听竹轩'就很好。"

龙啸云又瞧了那虬髯大汉一眼，但还是什么话都没有说，只不过面上已不禁露出了忧郁之色，显得心事重重。

风吹着竹叶，宛如浪涛。

夜半听竹，纵然很快乐的人也会觉得凄凉萧索，何况一别十余年，返来时心事已成灰的李寻欢呢？

一灯如豆，灯光下看来，他眼角的皱纹似更深了。

虬髯大汉黯然危坐，正也是心事如潮，也不知过了多久，他忽然咬了咬牙，像是下了很大的决心，嗄声道："少爷，我恐怕已不得不走了。"

李寻欢动容道："你要走？你也要走？"

虬髯大汉黯然道："我身受少爷你们父子的大恩，本来已决心以这劫后的残生来报答少爷的恩情，可是现在……"

静夜中，远处忽然传来一声马嘶。

虬髯大汉凄然笑道："赵正义他们显然已看出了我的来历，现在只怕已去通知我的仇家，我本已未将生死放在心上，倒也不怕他们，可是……"

李寻欢道："可是你却怕连累了我，是吗？"

虬髯大汉叹道："我也知道少爷你不是怕被连累的人，可是十八年前的那段公案，其曲本在我，我怎么能让少爷你也陪着我一起受人耻骂？”

李寻欢默然半晌，长叹道：“那是你一时的无心之失，这十八年来，你受的苦已足够弥补了，他们也不能逼人太甚。”

虬髯大汉惨笑道：“少爷你虽然这么想，但别人却不会这么想，江湖中的血债，一定要用血才能洗得清的！”

他不等李寻欢说话，接着又道：“何况，我还要去看看那位梅二先生，他负伤后一怒而去，是否能走得远，还说不定，无论如何，他们是冲着我们才来的。”

李寻欢沉默了很久很久，才黯然问道：“你要到哪里去？”

虬髯大汉长叹道：“现在我也不知道该到哪里去，可是……”

他忽然一笑，道：“可是我绝不会走得很远的，每到风清月白的晚上，我说不定还会携酒而来，找少爷你共谋一醉。”

李寻欢霍然长身而起，道：“一言为定？”

虬髯大汉道：“一言为定！”

两人目光相对，都已不觉热泪盈眶，于是两人都扭过了头——英雄们的别离，有时竟比小儿女的分离更令人断肠，因为他们纵有满怀别绪，只是谁也不愿说出口来。

李寻欢只是淡淡道：“你要走，我也不拦你，但你总得让我送你一程。”

长街如洗，积雪昨夜已被扫在道旁。

一块块粗糙的青石板，在熹微的晨光中看来，仿佛一块块青玉，远处已有市声传来，大地已经苏醒。

但天色还是暗得很，看来今天还是不会有阳光。

这条街也静得很，虽有远处偶尔传来的鸡啼和李寻欢的咳嗽声，却还是打不开这令人窒息的静寂。

虬髯大汉忽然停下了脚步，勉强笑着道：“送君千里，终有一别，少爷你……你还是回去吧。”

李寻欢又走出了几步，才缓缓停下，望着长街尽头一株孤独的枯树，痴痴地出了半天神，终于缓缓转回身，道：“好，我回去，你……你多多保重。”

虬髯大汉点了点头，嗄声道：“少爷你自己也多多保重了。”

他不再去望李寻欢，低着头自李寻欢身旁走过去，走出了十几步，忽又停下，转身道：“少爷你若是没有别的事，还是在这里多住些时候吧，无论如何，龙大爷的确是条好汉子、好朋友。”

李寻欢仰天叹道：“得友能如龙啸云，夫复何恨！”

虬髯大汉道：“少爷若已决定住下，说不定我很快就会回来找少爷的。”

李寻欢笑了笑，道：“也许我会住下来的，反正我也没有别的地方可去。”

他虽然在笑着，但笑得却是那么凄凉。

虬髯大汉骤然转身，咬紧牙关大步冲了出去。

天色渐明，雪意也愈来愈浓了。

死灰色的穹苍，沉重得似已将压了下来，可是虬髯大汉的心情却比这天色更灰暗，更沉重。

无论他是为了什么而逃的，总之他现在又要开始度那无穷无尽的逃亡生活了，他已和李寻欢逃亡了十年，没有人比他更清楚逃亡生活的痛苦，那就像一场噩梦，却永远没有醒来的时候。

但在那十年中，至少还有李寻欢和他在一起，他还有个人可以照顾，他的心情至少还有寄托。

而现在，他却已完全孤独。

他若是个懦夫，也许反而不会逃，因为他知道世上绝没有任何事比这种孤独的逃亡生活更痛苦。

甚至连死亡都没有。

那种绝望的孤独，实在能逼得人发疯。

但他却非逃不可，眼看李寻欢似乎又可以安定下来，他只有走，他无论忍受任何痛苦也不能连累了李寻欢。

现在，他本该静下来仔细想一想今后的去向，但他却不敢让自己静下来，他要往人最多的地方走。

他茫无目的地走着，也不知走了多远，忽然发现已到了一个菜场里，他自己也不禁觉得有些好笑。

他这一生中，也不知到过多少种地方，上至世家大族的私邸，下至贩夫走卒住的大杂院，上至千金小姐的闺阁，下至花几十枚大钱就可以住一夜的土嫖馆，最冷的地方他到过可以把人鼻子都冻掉的黑龙江，最热的地方他到过把鸡蛋放在地上就可以烤熟的吐鲁番。

他曾在泰山绝顶看过日出，也曾在无人的海滩上看过日落，他曾经被钱塘的飞潮打得全身湿透，也曾被大漠上的烈日晒得嘴唇干裂，他甚至在荒山中和还未开化的蛮人一起吃过血淋淋的生肉。

可是到菜场来，这倒还是他平生第一次经历。

在冬天的早上，世上只怕再也不会有比菜场人更多、更热闹的地方了，无论谁走到这里都再也不会觉得孤独寂寞。

这里有抱着孩子的妇人，带着拐杖的老妪，满身油腻的厨子，满头刨花油香气的俏丫头……

各式各样不同的人，都提着菜篮在他身旁挤来挤去，和卖菜的村妇、卖肉的屠夫为了一文钱争得面红耳赤。

空气里充满了鱼肉的腥气，炸油条的油烟气，大白菜的泥土气，还有鸡鸭身上发出的那种说不出的骚臭气。

没有到过菜场的人，永远也不会想到这许多种气味混合在一起时是什么味道，无论谁到了这里，用不着多久，鼻子就会麻木了。

但虬髯大汉的心情却已开朗了许多，因为，这些气味、这些声音，都是鲜明而生动的，充满了生命的活力！

——世上也许有许多不想活的人，有人跳楼，有人上吊，有人割脖子，也有人吞耗子药……

但却绝没有人会在菜场里自杀的，是不是？

在这里，虬髯大汉几乎已将江湖中那些血腥的仇杀全都忘了，他正想花两个铜板买个烟煎饼尝尝。

突听前面一人直着嗓子吼道："卖肉卖肉，卖新鲜的肉……"

这声音刚响起来，就被一阵惊呼声打断了。

接着，前面的人都惊呼着向后面退了回来，大人们一个个脸如死灰，孩子们更是哭得上气接不了下气。

后面的人纷纷问道："什么事？什么事这样大惊小怪的？"

从前面逃回来的人喘息着道："有个人在卖肉。"

后面的人笑了，道："这里至少有几十个人在卖肉，有什么好害怕的？"

前面的人喘息着气道："但这人卖的肉却不同，他卖的是人肉！"

菜市里竟然有人卖人肉，这实在连虬髯大汉都吃了一惊，只见四面的人愈挤愈多，大家心里虽害怕，但还是想瞧个究竟——有许多女人到菜场去，本就并非完全是为了买菜，也是为了去和别人家的大姑娘小媳妇磕磕牙、聊聊天，交换交换彼此家里的秘密，瞧瞧别人的热闹。

有这种怪事发生，谁还肯走呢？

虬髯大汉皱了皱眉，分开人丛走出去。

他脸上也立刻变了颜色，看来竟似比任何人都吃惊。

在菜场里，肉案总是在比较干净的一角，那些手里拿着刀的屠夫，脸上也总是带着种高高在上的优越感。

因为他们觉得只有自己卖的才是"真货"，到这里来的主顾总比那些只买青菜豆腐的人"高尚"些。

这种情况正好像"正工青衣"永远瞧不起花旦，"红倌人"永远瞧不起土娼，却忘了自己"出卖"的和别人并没有什么两样。

此刻那些平日趾高气扬的屠夫们，也已都被骇得矮了半截，一个个都缩着脖子，直着眼睛，连大气都不敢喘。

最大的一家肉案旁还悬着招牌，上面写着："黄牛白羊，现杀现卖。"

肉案后面站着个又高又大又胖的独眼妇人，手里拿着柄车轮般大小的剁骨刀，满脸都是横肉，一条刀疤自戴着黑眼罩的右眼角直划到嘴角，不笑时看来也仿佛带着三分诡秘的狞笑，看来活像是凶神下凡，哪里像是个女人。

肉案上摆着的既非黄牛，也非白羊，那是个人！

活生生的人！

这人身上的衣服已被剥光，露出了一身苍白得可怜的皮肤，一条条肋骨，不停地发着抖，用两条枯瘦的手臂抱着头，缩着颈伏在肉案上，除了皮包着骨头之外，简直连一两肉都没有。

独眼妇人左手扼住了他的脖子，右手高举着剁骨刀，独眼里凶光闪闪，充满了怨毒之意，也充满了杀机。

虬髯大汉见到了她，就好像忽然见到了个活鬼似的，面上立刻变得惨无人色，一瞬间便已汗透重衣。

独眼妇人见到了他，脸上的刀疤忽然变得血也似的赤红，狠狠瞪了他几眼，才狞笑着道："大爷可是来买肉的么？"

虬髯大汉似已呆住了，全未听到她在说什么。

独眼妇人咯咯笑道："货卖识家，我早就知道这块肥羊肉除了大爷你之外，别人绝不会买，所以我早就在这里等着大爷你来了。"

虬髯大汉这才长长叹出口气，苦笑道："多年不见，大嫂你何苦……"

独眼妇人忽然"呸"的一声，一口痰弹丸似的飞了出去，不偏不倚，正吐在虬髯大汉的脸上。

虬髯大汉既没有闪避，也没有伸手去擦，反而垂下了头。

独眼妇人已怒吼着道："大嫂？谁是你这卖友求荣的畜生的大嫂！你若敢再叫我一声大嫂，我就先把你舌头割下来。"

虬髯大汉脸上阵青阵白，竟不敢还嘴。

独眼妇人冷笑着道："你出卖了翁天杰，这些年来想必已大富大贵，发了大财的人，难道连几斤肉都舍不得买吗？"

她忽然一把揪起了肉案上那人的头发，狞笑道："你若不买，我只好将他剁了喂狗！"

虬髯大汉抬头瞧了一眼，失声道："梅二先生，是你？"

肉案上那人似已骇得完全麻木，只是直着眼发呆，口水不停地沿着嘴角往下流，哪里还说得出话来。

虬髯大汉见到他如此模样，心里也不禁为之惨然，嗄声道："梅二先生，你怎地落到……"

独眼妇人怒喝道："废话少说，我只问你是买，还是不买？"

虬髯大汉长长吸了口气，苦笑道："却不知你要如何卖法？"

独眼妇人道："这就要看你买多少了，一斤有一斤的价钱，十斤有十斤的价钱。"

她手里的剁骨刀忽然一扬，"唰"地砍下。

只听"哆"的一声，车轮般大的剁骨刀已没入了桌子一半，只要再偏半寸，梅二先生的脑袋只怕就要搬家。

独眼妇人瞪着眼一字字道："你若要买一斤，就用你的一斤肉来换，我一刀下去，保险也是一斤，绝不会短了你一分一钱！”

虬髯大汉嗄声道：“我若要买他整个人呢？”

独眼妇人厉声道：“你若要买他整个人，你就得跟着我走！”

虬髯大汉咬了咬牙，道：“好，我跟你走！”

独眼妇人又瞪了他半晌，狞笑道：“你乖乖地跟着我走，就算你聪明，我找了你十七年八个月才将你找到，难道还会再让你跑了么？”

虬髯大汉仰天长叹了一声，道：“我既已被你找到，也就不打算再走了！”

山麓下的坟堆旁，有间小小的木屋，也不知是哪家看坟人的住处，在这苦寒严冬中，连荒坟中的孤鬼只怕都已被冷得藏在棺材里不敢出来，看坟的人自然更不知已躲到哪里去了。

屋檐下，挂着一条条冰柱，冷风自木隙中吹进去，冷得就像是刀，在这种天气里，实在谁也无法在这屋里耽半个时辰。

但此刻，却有个人已在这屋里逗留了很久。

屋子里有个破木桌，桌上摆着个黑黝黝的坛子。

这人就盘膝坐在地上，痴痴地望着这坛子在出神。

他穿着件破棉袄，戴着顶破毡帽，腰带里插着柄斧头，屋角里还摆着半担柴，看来显然是个樵夫。

但他黑黝黝的一张脸，颧骨高耸，浓眉阔口，眼睛更是闪闪生光，看来就一点也不像樵夫了。

这时他眼睛里也充满了悲愤怨恨之色，痴痴地也不知在想什么，地上早已结了冰，他似也全不觉得冷。

过了半晌，木屋外忽然传来一阵沙沙的脚步声。

这樵夫的手立刻握住了斧柄，沉声道：“谁？”

木屋外传入了那独眼妇人沙哑而凌厉的语声，道：“是我！”

樵夫神情立刻紧张起来，嗄声道：“人是不是在城里？”

独眼妇人道：“老乌龟的消息的确可靠，我已经将人带回来了！”

樵夫耸然长身而起，拉开了门，独眼妇人已带着那虬髯大汉走了进来，两人身上都落满了雪花。

外面又在下雪了。

樵夫狠狠地瞧着虬髯大汉，目中似已冒出火来。

虬髯大汉却始终垂着头，也不说话。

过了半晌，那樵夫忽然转过身，“噗”地跪了下去，目中早已热泪盈眶，久久无法站起。

忽然间，门外又有一阵脚步声传来。

独眼妇人沉声道：“什么人？”

门外一个破锣般的声音道：“是老七和我。”

语声中，已有两个人推门走了进来。

这两人一个是满脸麻子的大汉，肩上担着大担的菜，另一人长得瘦瘦小小，却是个卖臭豆干的。

这两人方才也在菜场里，一直不即不离地跟在虬髯大汉身后，但虬髯大汉满腹心事，竟未留意到他们。

此刻两人也都狠狠瞪了他一眼，卖白菜的麻子一把揪住他的衣襟，一粒粒麻子都在冒火，厉声道：“姓铁的，你还有什么话说？”

独眼妇人沉声道：“放开他，有什么话等人来齐之后再说也不迟。”

麻子咬了咬牙，终于放开手，向桌上那黑坛子恭恭敬敬叩了三个头，目中也已不禁泪落如雨。

半个时辰之内，又陆续来了三个人，一个肩背药箱，手提虎撑，是个走江湖、卖野药的郎中。

另一个满身油腻，挑着副担子，前面是个酒坛，后面的小纱橱里装着几个粗碗、几十只鸭爪鸭膀。

还有一人却是个测字卖卜的瞎子。

这三人见到那虬髯大汉，亦是满面怒容，但也只是恭恭敬敬向桌上那黑坛子叩了三个头，谁也没有说话。

外面雪光反映，天色还很亮，屋子里却是黑黝黝的，充满了一种阴森凄惨之意。这七人盘膝坐在地上，一个个都铁青着脸，紧咬着牙，看来就像是一群鬼，刚从地狱中逃出来复仇的。

虬髯大汉亦是满面悲惨之色，垂首无话。

独眼妇人忽然道：“老五，你可知道老三能不能赶得到？”

那卖酒的胖子道：“一定能赶得到，我已经接到他的音讯了。”

独眼妇人皱眉道："既是如此，他为何到现在还没有来？"

那卖卜的瞎子长长叹息了一声，缓缓道："我们已等了十七年，岂在乎再多等这一时半刻。"

独眼妇人也长长叹息了一声，道："十七年，十七年……"

她一连说了七八遍，愈说声音愈悲惨。

这十七年日子显然不是好过的，那其中也不知包含了多少辛酸，多少血泪？七个人的眼睛一起瞪住虬髯大汉，目中已将喷出火来。

那卖卜的瞎子又道："这十七年来，我时时刻刻都在想重见铁某人一面，只可惜现在……"

他苍白的脸上肌肉一阵抽缩，嗄声道："他现在已变成什么模样？老四，你说给我听听好吗？"

卖野药的郎中咬了咬牙，道："看起来他还是跟十七年前差不多，只不过胡子长了些，人也胖了些。"

瞎子仰面一阵惨笑，道："好，好……姓铁的，你可知道我这十七年来，日日夜夜都在求老天保佑你身子康健，无病无痛，看来老天果然没有叫我失望。"

独眼妇人咬牙道："他出卖了翁天杰，自然早已大富大贵，怎会像我们这样过的是连猪狗都不如的日子……"

她指着那卖酒的道："安乐公子张老五竟会挑着担子在街上卖酒，易二哥已变成瞎子……这些事，你只怕都没有想到吧。"

樵夫冷冷道："这些全都是他的栽培，他怎会想不到！"

虬髯大汉紧紧闭着眼睛，不敢张开，他只怕一张开眼睛，热泪就会忍不住要夺眶而出。

十七年……十七年……

这十七年来他所忍受的苦难，又有谁知道？

突听屋子外一人大呼道："大嫂……大嫂……我有好消息……"

第十一章

天外来救星

独眼妇人听有人在屋子外面呼叫，抢了出去，皱眉道："什么事如此大惊小怪的？"

那人道："我方才见到'铁面无私'赵正义，他说那姓铁的就在……"

他一面说着话，一面已推门走了进来，说到这里，忽然怔住，因为他已发现他要找的人——就在屋子里。

独眼妇人咯咯笑道："你想不到吧！"

那人长长吐出口气，道："赵正义说他在龙啸云家里，想不到……"

他一把抓住那独眼妇人的手，道："大嫂，你们是怎会找到他的？"

独眼妇人道："这是'龙神庙'老乌龟来报的讯，说他已和李寻欢往这条路上走来了，我们一路追到这里，本还碍着李寻欢，不便妄动，谁知他竟和李寻欢分了手。"

瞎子阴恻恻笑道："这就叫天夺其魂，鬼蒙了他的眼睛！"

最后赶到的那人疾装劲服，八个人中只有他还不改江湖豪客的打扮，身后斜背柄梨花大枪，比他的人还高出半截。

此刻他仰面叹了口气，喃喃道："老天有眼，老天有眼，总算叫他落入我们'中原八义'的手里，翁大哥的血海深仇，总算……"

他语声哽咽，忽然扑倒在那黑坛子之前，放声痛哭起来，另外七个人也一起跪下泪落沾襟。

过了很久，那江湖客一跃而起，瞪着虬髯大汉道："铁传甲，你还认得我么？"

铁传甲点了点头黯然道："你好……"

那江湖客厉声道："我当然很好，边浩平生不做亏心事，也用不着躲躲藏藏的不敢见人，日子至少总比你过得开心些！"

麻子怒道："三哥，你还跟他啰唆什么？快开了他的胸膛，掏出他的心来祭大哥在天之灵，不就完了么？"

边浩沉着脸道："老七，你这话就不对了，我们兄弟要杀人，总要杀得光明正大，不但要叫天下人无话可说，也要叫对方口服心服。"

瞎子悠然道："不错，我们既已等了十七年，又岂在乎多等一时半刻。"

他将这句话又说了一遍，别人也就不能再说什么了。

独眼妇人道："那么老三，你的意思还想怎么样呢？"

边浩道："我们不但要先将话问清楚，还要找个外人来主持公道，若是人人都说铁某人该杀，那时再杀他也不迟。"

麻子跳了起来，大吼道："还要问个鸟，我就不信还有人会说他做的事不该杀！"

瞎子冷冷道："既然没有人会说他不该杀，问问又有何妨？"

麻子咬了咬牙，嗄声道："你……你想找谁来主持公道？"

边浩道："我们找的人非但要绝对大公无私，而且还要和'中原八义'及铁传甲双方都全无关系。"

独眼妇人皱眉道："你找的究竟是谁，快说吧。"

边浩道："第一位就是'铁面无私'赵正义，此人可称是……"

铁传甲忽然惨笑道："你们用不着麻烦了，快杀了我就是！我自问昔年确有对不起翁天杰之处，如今死而无怨！"

独眼妇人冷笑道："听他的口气，好像对赵正义还有所不满……"

瞎子淡淡道："赵正义既然曾找过老三报告他的行踪，自然和他有些过节，又怎会为他主持公道？"

边浩道："纵然如此也无妨，除了赵正义之外，我还找了两个人。"

瞎子道："哦？"

边浩道："这两人一个是在'大观楼'说铁板快书的老先生，可说此道第一名家，却和江湖中人全无关系，另一个是初出江湖的少年……”

独眼妇人道：“初出江湖的毛头小伙子，懂得什么？”

边浩道：“此人虽然初出江湖，但性格刚强，一介不取，可说是条铁铮铮的汉子，我和他相识虽才两天，但确信他绝不是油滑的小人！”

独眼妇人冷笑道：“相识方两天，就能看得出他是不是好人了么？看来你这么喜欢乱交朋友的脾气，竟到今天还未改。”

她忽然怒吼着道：“昔年若不是你将这姓铁的带回来，说他是好人，我们又怎会和他交朋友，翁天杰又怎会死在他手里？！”

边浩垂下了头，也不敢说话了。

瞎子却道：“无论如何，找几个人来做公证，这主意总是不错的，‘中原八义’总不能胡乱杀人。”

他笑了笑，又道：“何必，老三既然已将人家请来了，我们总不能让人家站在雪地里喝西北风吧。”

独眼妇人动容道：“人已经来了？”

边浩苦笑道：“我本来是想将他们一起请到龙啸云那里去，当着大家的面，将此事作一了断的，不想大嫂已将铁某找来了。”

独眼妇人默然半晌，霍地拉开了门，大声道：“三位既已来了，就请进来吧。”

铁传甲抱定主意，再也不肯睁开眼睛，此情此景，他实在不愿再看那“铁面无私”赵正义一眼。

他已抱定主意什么都不看，什么都不说。

只听脚步声响，果然有两个人走了进来。

第一人的脚步沉稳，下盘显然很有功夫，“南拳北腿”，赵正义乃是北方豪杰，功夫大半都在两条腿上。

第二人的脚步很重，却很浮，走进来时，还在轻轻喘着气，这人身上就算有武功，也好不到哪里去。

铁传甲并没有听到第三个人的脚步声。

来的难道只有两个人？

难道第三个人走路时居然连一点脚步声都没有？

那瞎子似乎站了起来，传声道：“为了在下兄弟昔年的一点恩怨，无端劳动三位的大驾，已是不该，又害得三位在风雪中枯候多时，更是该死，但请三位恕罪。”

他说话的声音永远不急不慢，冷冷淡淡，谁也听不出他说的是真心话，还是意存讥讽。

只听得赵正义的声音道：“我辈为了江湖公道，两肋插刀也在所不辞，易二先生何必客气。”

这人只要一开口，就是冠冕堂皇的话，但这种话铁传甲早已听腻了，简直想作呕。

又听到一个很苍老，却又很清朗的声音道：“老朽虽只不过是个说书的，但平日说的也是江湖侠士们风光霁月的行径，心里更久已仰慕得很，今日承蒙各位看得起，能到这里来，是三生有幸。”

瞎子冷冷道：“只望阁下回去后，能将这件事的是非曲直，向天下人原原本本地说出来，我兄弟就得益匪浅了。”

那说书的赔笑道：“这一点老朽更是义不容辞，老朽必定会将今日所见，一点不漏地说出来，边三爷找老朽来参与此事，也就是这意思。”

铁传甲这才知道边浩找这人来的用意，他也不禁在暗中佩服边浩办事之周密，什么事都想到了。

突听独眼妇人道：“不知这位朋友贵姓大名？能否见告？”

这句话显然是对第三个人说的。

但第三个人并没有开腔，边浩却道：“这位朋友素来不愿别人知道他的姓名……”

瞎子冷冷道：“他的姓名和这件事并没有关系，他不愿说，我们也不必问，可是我们这些人的姓名，他却不能不知道。”

边浩立刻就道：“我们本有八兄弟，昔年承江湖抬爱，把我们叫作‘中原八义’，其实这也不过是朋友的抬爱……”

瞎子忽又截口道：“这并不是朋友们的抬爱，我兄弟武功虽不出众，貌更不惊人，但平生做的事，莫不以义气为先，绝没有见不得人的。”

赵正义大声道：“中原八义，义薄云天，江湖中谁人不知，哪个不晓。”

那说书的也拍手道：“中原八义，好响亮的名字，这位老先生想必就是大义士了。”

瞎子道：“我是老二，叫易明湖，昔日人称‘神目如电’，可是现在……”

他惨笑了几声，嗄声道：“现在我的名字叫‘有眼无珠’，你记住了吧。”

说书的赔笑道：“在下怎会忘记？”

卖野药的郎中道：“我三哥‘宝马神枪’边浩你已见过了，我行四，叫金风白。”

说书的道：“听阁下的口音，好像是南阳府的人。”

金风白道：“正是。”

说书的道：“南阳府‘一帖堂’金家药铺是几十年的老字号，老朽小时也曾吃过‘一帖堂’的驱虫散，不知阁下……”

金风白惨笑道：“连‘万牲园’的少东都已在卖鸭脚，还提什么‘一帖堂’呢？”

说书的失声道：“万牲园？莫非张老善人的公子也在这里？”

金风白道：“嗯。”

说书的道：“是哪一位？”

那卖酒的道：“就是我这卖鸭脚的。”

说书的长长吸了口气，似乎不胜惊讶，又不胜感慨。

卖酒的道：“我叫张承勋，砍柴的樵夫是我六弟，他这把斧头现在虽只劈劈柴，但以前却能‘立劈华山’……”

麻子抢着道：“我是老七，叫公孙雨，因为我的麻子比雨点还密。”

卖臭豆干的道：“我是老八，叫‘赴汤踏火’西门烈，现在果然是一头挑油汤，一头挑烈火，卖的却是臭豆腐干。”

说书的道：“不知大义士在哪里？”

公孙雨道：“我大哥‘义薄云天’翁天杰已被人害死，这是我大嫂……”

独眼妇人道：“我的名字可不好听，叫‘女屠户’翁大娘，但你还是好好记着。”

说书的赔笑道：“老朽虽已年老昏庸，但自信记性还不错。”

翁大娘道：“我们要你将名字记住，并不是为了要靠你来扬名立传，而是要借你的嘴，将我们的血海深仇说出来，让江湖中人，也好知道其中真相。”

说书的道：“血海深仇？莫非翁大义士……”

公孙雨厉声道：“这人叫‘铁甲金刚’铁传甲，害死我大哥的就是他！”

金风白道：“我兄弟八人情如手足，虽然每人都有自己的事，但每年中秋时都要到大哥的庄子里去住上几个月。”

张承勋道：“我兄弟八人本来已经够热闹了，所以一向没有再找别的朋友，那一年三哥却带了个人回来，还说这人是个好朋友。”

公孙雨恨恨道：“这人就是忘恩负义、卖友求荣的铁传甲！”

金风白道：“我大哥本就是个要朋友不要命的人，见到这姓铁的看来还像是条汉子，也就拿他当自己朋友一般看待，谁知……他却不是人，是个畜生！”

张承勋道：“过完年后我们都散了，大哥却硬要留他多住两个月，谁知他竟在暗中勾结了我大哥的一些死对头，半夜里闯来行凶，杀了我大哥，烧了翁家庄，我大嫂虽然侥幸没有死，但也受了重伤。”

翁大娘嘶声道：“你们看见我脸上这刀疤没有？这一刀几乎将我脑袋砍成两半，若不是他们以为我死了，我也难逃毒手！”

公孙雨吼道：“那时翁家庄的人全都死尽死绝，就没有人知道是谁下的毒手了，你倒说，这人的心黑不黑？手辣不辣？”

金风白道：“我兄弟知道了这件事后，立刻抛下了一切，发誓要找到这厮为大哥报仇，今日总算皇天有眼……皇天有眼……”

翁大娘厉声道：“现在我们已将这件事的始末说了出来，三位看这姓铁的是该杀？还是不该杀？”

赵正义沉声道：“此事若不假，纵然将铁传甲千刀万剐，也不为过。”

公孙雨跳了起来，怒吼道：“此事当然是真的，一字不假，不信你们就问问他自己吧！”

铁传甲紧咬着牙关，嗄声道：“我早已说过，的确愧对翁大哥，死而无怨。”

公孙雨大呼道："你们听见没有……你们听见没有……这是他自己说的！"

赵正义厉声道："他自己既已招认，别人还有什么好说的！"

那说书的叹道："老朽也讲过三国，说过岳传，但像这种心黑手辣、不忠不义的人，只怕连曹操和秦桧还望尘莫及。"

在说书的人心目中，秦桧和曹操之奸恶，本已是无人能及的了，虽然古往今来，世上比他们更奸恶的人还不知有多少。

翁大娘道："既是如此，三位都认为铁传甲是该杀的了！"

说书的道："该杀！"

赵正义道："何止该杀，简直该将他乱刀分尸，以谢江湖！"

突听一人道："你口口声声不离'江湖'，难道你一个人就代表江湖么？"

这声音简短而有力，每个字都像刀一样，又冷，又快……

在这屋子里，他至今才第一次说话，显然他就是那走路像野兽一般，可以不发出丝毫声音来的"第三个人"了！

铁传甲心里一跳，忽然发现这声音很熟悉。

他忍不住张开眼来，就发现坐在赵正义和一个青衫老者中间的，赫然就是那孤独而冷漠的少年阿飞！

"飞少爷？你怎会到了这里？"

铁传甲几乎忍不住要惊呼出声来，但他却只是更用力地咬紧了牙关，没有说出一个字。

赵正义却已变色道："朋友，你难道认为这种人不该杀么？"

阿飞冷冷道："我若认为他不该杀，你们就要将我也一起杀了，是不是？"

公孙雨大怒道："放你妈的屁！"

阿飞道："我妈放屁，你妈也放屁，人人都难免要放屁，这又有什么好说的。"

公孙雨怔了怔，反而说不出话来了，他们真未见过这么样说话的人，却不知阿飞初入红尘，对这些骂人的话根本就不大懂。

易明湖缓缓道："我们将朋友请来，就是为了要朋友你主持公道，只要你说出此人为何不该杀，而且说得有理，我们立刻放了他也无妨。”

赵正义厉声道：“我看他只不过是无理取闹而已，各位何必将他的话放在心上。”

阿飞望着他，缓缓道：“你说别人卖友求荣，你自己岂非也出卖过几百个朋友，那天翁家庄杀人的，你岂非也是其中之一，只不过翁大娘没有见到你！”

中原八义都吃了一惊，失声道：“真有此事？”

阿飞道：“他要杀这姓铁的，只不过是要杀人灭口而已！”

赵正义本来还在冷笑着假作不屑状，此刻也不禁发急了，大怒道：“放你妈……”

他急怒之下，几乎也要和公孙雨一样骂起粗话来，但“屁”字到了嘴边，忽然想起这句话骂出来并没有效。

何况破口大骂也未免失了他堂堂“大侠”的身份，当下仰天打了个哈哈，冷笑着说道：“想不到你年纪轻轻，也学会了血口喷人，好在你这片面之词，没有人相信！”

阿飞道：“片面之词？你们的片面之词，为何就要别人相信呢？”

赵正义道：“铁某自己都已承认，你难道没有听见？”

阿飞道：“我听见了！”

这四个字未说完，他腰畔的剑已抵住了赵正义的咽喉！

赵正义身经百战，本不是容易对付的人，但这次也不知怎地，竟未看出这少年是如何拔的剑！

他只觉眼前一花，剑尖已到了自己咽喉，他既无法闪避，更连动都不敢动了，嗄声道：“你……你想怎样？”

阿飞道：“我只问你，那天到翁家庄去杀人，你是不是也有一份？”

赵正义怒道：“你……你疯了。”

阿飞缓缓道：“你若再不承认，我就杀了你！”

这句话他说得平平淡淡，就好像是在说笑似的，但他那双漆黑、深邃的眸子里，却闪动着一种令人不敢不信的光芒！

赵正义满脸大汗黄豆般滚了下来，颤声道：“我……我……”

阿飞道：“你这次回答最好小心些，千万莫要说错了一个字。”

阿飞腰带上插着的那柄剑，人人都早已看见了，人人都觉得有些好笑，但现在，却没有人再觉得好笑了。

只见赵正义脸如死灰，几乎快气晕了过去，中原八义纵有相救之心，此时也不敢出手的。

在这么一柄快剑之下，有谁能救得了人？何况他们也想等个水落石出，他们也不敢确定赵正义那天有没有到翁家庄去杀人放火。

阿飞缓缓道："我最后再问你一次，这是最后一次了！绝不会再有第二次……我问你，翁天杰是不是你害死的？"

赵正义望着他那双漆黑得看不到底的眸子，只觉自己的骨髓都已冰冷，竟不由自主地颤声道："是……"

这"是"字自他嘴里说出来，中原八义俱都悚然变色。

公孙雨第一个跳了起来，怒骂道："你这狗娘养的，做了这种事，居然还有脸到这里来充好人。"

阿飞忽然一笑，淡淡道："各位不必生气，翁天杰之死，和他并没有丝毫关系。"

中原八义又都怔住了。

公孙雨道："但……但他自己明明承认……"

阿飞道："他只不过说明了一件事，那就是一个人在被逼时说出来的话，根本就算不得数的。"

赵正义脸色由白转红，中原八义的脸色都由红转白，纷纷怒喝道："我们几时逼过他？"

"你难道还认为这是屈打成招么？"

"他若有委屈，自己为何不说出来？"

几个人抢着说话，说的话反而听不清了。

纷乱中，只听易明湖缓缓道："铁传甲你若认为我兄弟冤枉了你，此刻正好向我兄弟解释！"

这话声虽缓慢，但一个字一个字说出来，竟将所有的怒喝声全都压了下去，此人双目虽盲，但内力之深，原都远在别人之上。

公孙雨一步窜到铁传甲面前，厉声道："不错，你有话尽管说吧，绝不会有人塞住你的嘴。"

铁传甲紧咬着牙关，满面俱是痛苦之色。

翁大娘道："你若是无话可说，就表示自己招认了，咱们可没有用刀逼着你。"

铁传甲长长叹息了一声，黯然道："飞少爷，我实在无话可说，只好辜负你一番好意了。"

公孙雨跳了起来，瞪着阿飞道："你听见了么，连他自己都无话可说，你还有什么好说的？"

阿飞道："无论他说不说话，我都不相信他会是卖友求荣的人。"

公孙雨怒吼道："事实俱在，你不信也得信！"

翁大娘冷笑道："他不信就算了，咱们何必一定要他相信？"

金风白道："不错，这件事根本和他没有关系。"

阿飞道："我既已来了，这件事就和我有关系了。"

公孙雨大怒道："和你他妈的有什么鸟关系？"

阿飞道："我若不信，就不许你们伤他。"

翁大娘怒道："你算哪棵葱，敢来管咱们的闲事？"

那樵夫大吼道："老子偏偏要伤了他，看你小子怎么样？"

这人说话最少，动手却最快，话犹未了，一柄斧头已向铁传甲当头砍了下去，风声虎虎，"立劈华山"。

他昔年号称"立劈华山"，这一招乃是他的成名之作，力道自然非同小可，连易明湖的胡子都被他斧上风声带得卷了起来，铁传甲木头人般坐在那里，纵有一身铁布衫的功夫，眼见也要被这一斧劈成两半。

要知"铁布衫"的功夫虽然号称"刀枪不入"，其实只不过能挡得住寻常刀剑之一击而已，而且还要预知对方一刀砍在哪里，先将气力凝聚，若是遇有真正高手，就算真是个铁人也要被打扁，何况他究竟还是血肉之躯。这种功夫在江湖中已渐将绝迹，就因为练成了也没有什么太大的作用，所以根本没有人肯练。否则就凭他已可制住那"梅花盗"，又何必再找金丝甲呢？

那说书的惊呼一声，只道他立刻就要血溅五步。

谁知就在这时，突见剑光一闪，"噗"的一声，好好的一把大斧竟然断成两截，斧头"当"地跌在铁传甲面前。

原来这一剑后发而先至，剑尖在斧柄上一点，木头做的斧柄就断了，那樵夫一斧已抡圆，此刻手上骤然脱力，但闻"喀喇、喀喇、喀喇”三声响，肩头、手肘、腕子，三处的关节一起脱了臼，身子往前一栽，不偏不倚往那柄剑的剑尖上栽了过去，竟生像要将脖子送去给别人割似的。

这变化虽快，但“中原八义”究竟都不是饭桶，每个人都瞧得清清楚楚，大家都不禁为之面色惨变，一声惊呼尚未出口，只见阿飞手里的剑一偏，手着剑脊托着了那樵夫的下巴。

那樵夫仰天一个筋斗摔出，人也疼得晕了过去。

方才阿飞一剑制住了赵正义，别人还当他是骤出不意，有些侥幸，现在这一剑使出，大家才真的被骇得发呆了。

“中原八义”闯荡江湖，无论在什么样的高人强敌面前都没有含糊过，但这少年的剑法，却将他们全震住了。

他们几乎不信世上有这么快的剑！

剑尖离开赵正义咽喉时，赵正义的铁拳本已向阿飞背后打了过去，但见到阿飞这一剑之威，他拳头刚沾到阿飞的衣服就硬生生顿住——这少年武功实在太惊人，怎会将背后空门全卖给别人。

赵正义实在不敢想象自己这一拳击下时会引出对方多么厉害的后着，他这一拳实在不敢击下！

阿飞却已若无其事地拉起了铁传甲的手，道：“走吧，我们喝酒去。”

铁传甲竟身不由主地被他拉了起来。

公孙雨、金风白、边浩三个人同时拦住了他们的去路。

金风白嘶声道：“朋友现在就想走了么！只怕没这么容易吧？”

阿飞淡淡道：“你还要我怎么样？一定要我杀了你么？”

金风白瞪着他的眼睛，也不知怎的，只觉身上有些发凉，他平生和人也不知拼过多少次命了，但这种现象还只不过是第二次发生，第一次是在他十四岁的时候，打猎时迷了路，半夜遇着一群饿狼。

他宁可再遇着那群饿狼，也不愿对着这少年的剑锋。

易明湖忽然长长叹了口气，道：“让他走吧。”

翁大娘嘶声道：“怎么能让他走？我们这么多年的心血难道就算……”

易明湖冷冷道：“就算喂了狗吧。”

他脸色仍然是那么阴森森、冷冷淡淡的，既不愤怒，也不激动，只是向阿飞拱了拱手，道："阁下请吧，江湖中本来就是这么回事，谁的刀快，谁就有理！"

阿飞道："多承指教，这句话我一定不会忘记的。"

大家眼见他拉着铁传甲大步走了出去，有的咬牙切齿，有的连连跺脚，有的已忍不住热泪盈眶。

翁大娘早已忍不住放声痛哭起来，跺着脚道："你怎么能放走，怎么能放他走？"

易明湖却面无表情，缓缓道："你要怎么样？难道真要他将我们全都杀了么？"

边浩黯然道："二哥说得不错，留得青山在，不怕没柴烧，只要我们活着，总有复仇的机会。"

翁大娘忽然扑过去，揪住他的衣襟，嘶声道："你还有脸说话？这又是你带回来的朋友，又是你……"

边浩惨笑道："不错，他是我带回来的，我好歹要对大嫂有个交代。"

只听"嘶"的一声，一片衣襟被扯了下来，他的人已转身冲了出去，翁大娘怔了怔，失声道："老三，你先回来……"

但她追出去时，边浩已走得连影子都瞧不见了。

易明湖叹了口气，喃喃道："让他走吧，但愿他能将他那老友找来。"

金风白眼睛一亮，动容道："二哥说的莫非是……"

易明湖道："你既然知道是谁，何必再问！"

金风白的眼睛里发出了光，喃喃道："三哥若真能将那人找出来，这小子的剑再快也没有用了。"

赵正义忽然笑了笑，道："其实边三侠根本用不着去找别人的。"

金风白道："哦？"

赵正义沉声道："明后两日，本有三位高人要到这里来，那少年纵然有三头六臂，我也要叫他三个脑袋都搬家！"

金风白道："是哪三位？"

赵正义缓缓道："各位听了那三位的名字，只怕要吓一跳……"

第十二章

同是断肠人

虽然是正午，天色却阴沉得有如黄昏。

阿飞不紧不慢地走着，就和铁传甲第一次看到他时完全一样，看来是那么孤独，又那么疲倦。

但铁传甲现在已知道，只要一遇到危险，这疲倦的少年立刻就会振作起来，变得鹰一般敏锐、矫健。

铁传甲走在他身畔，心里也不知有多少话想说，却又不知该如何说起，李寻欢也并不是个多话的人，和李寻欢在一起生活了十几年，他已学会了用沉默来代替语言，他只说了两个字："多谢。"

但他立刻发现连这两个字也是多余的，因为他知道阿飞也和李寻欢一样，在他们这种人面前，你永远不必说"谢"字。

道旁有个小小的六角亭，在春秋祭日，这里想必是扫墓的人歇脚的地方，现在亭子里却只有积雪，阿飞走过去，忽然道："你为什么不肯将心里的冤屈说出来？"

铁传甲沉默了很久，长长叹了口气，道："有些话我宁死也不能说的。"

阿飞道："你是个好朋友，但你们却弄错了一件事。"

铁传甲道："哦？"

阿飞道："你们都以为性命是自己的，每个人都有权死！"

铁传甲道："这难道错了？"

阿飞道："当然错了！"

他霍然转过身，瞪着铁传甲，道："一个人生下来，并不是为了要死的！"

铁传甲道："可是，一个人若是到了非死不可的时候……"

阿飞道："就算到了非死不可的时候，也要奋斗求生！"

他仰视着辽阔的穹苍，缓缓接着道："老天怕你渴，就给你水喝；怕你饿，就生出果实粮食让你充饥；怕你冷，就生出棉麻让你御寒。"

他瞪着铁传甲，厉声道："老天为你做的事可真不少，你为老天做过什么？"

铁传甲怔了怔垂首道："什么也没有。"

阿飞道："你的父母养育了你，所费的心血更大，你又为他们做过什么？"

铁传甲头垂得更低。

阿飞道："你只知道有些话是不能说的，若是说出来就对不起朋友，可是你若就这样死了，又怎么对得起你的父母，怎么对得起老天？"

铁传甲紧握着双拳，掌心已不禁沁出了冷汗。

这少年说的话虽简单，其中却包含着最高深的哲理，铁传甲忽然发现他有时虽显得不大懂事，但思想之尖锐，头脑之清楚，几乎连李寻欢也比不上他，对一些世俗的小事，他也一点不通，因为他根本不屑去注意那些事。

阿飞一字字道："人生下来，就是为了要活着，没有人有权自己去送死！"

铁传甲满头大汗涔涔而落，垂首道："我错了，我错了……"

他忽然像是下了很大的决心，抬起头道："我不愿说出那件事其中的曲折，只因……"

阿飞打断了他的话，道："我信任你，你用不着向我解释。"

铁传甲忍不住问道："但你又怎能断定我不是卖友求荣的人呢？"

阿飞淡淡道："我不会看错的。"

他眼睛闪着光，充满了自信，接着又道："这也许因为我是在原野中长大的，在原野中长大的人，都会和野兽一样，天生就有分辨善恶的本能。"

在李寻欢的感觉中，天下若还有件事比"不喝酒"更难受，那就是"和讨厌的人在一起喝酒"。

他发现在“兴云庄”里的人，实在一个比一个讨厌，比起来游龙生还是其中最好的一个，因为他至少不拍马屁。

讨厌的人若又拍马屁，那简直令人汗毛直竖。

李寻欢只有装病。

龙啸云自然很了解他的脾气，并没有勉强他，于是李寻欢就一个人躺在床上，静静地等着天黑。

他知道今天晚上一定也会发生很多有趣的事。

风吹竹叶如轻涛拍岸。

屋顶上有个蜘蛛正开始结网，人岂非也和蜘蛛一样？世上每个人都在结网，然后将自己网在中央。

李寻欢也有他的网，他这一生却再也休想自网中逃出来，因为这网本来就是他自己结的。

想起今天晚上和林仙儿的约会，他眼睛里不禁闪出了光，但想起铁传甲，他目光又不禁黯淡下来。

天终于黑了。

李寻欢刚坐起，忽然听到雪地上有一阵轻微的脚步声向这边走了过来，于是他立刻又躺下。

他刚躺下，脚步声已到了窗外。

李寻欢忍耐着，没有问他是谁，这人居然也不进来，显然来的绝不是龙啸云，若是龙啸云就绝不会在窗外逡巡。

那么来的是谁？

诗音？

李寻欢热血一下子全都冲上了头顶，全身都几乎忍不住要发起抖来，但这时窗外已有人在轻轻咳嗽。

接着一人道：“李兄睡了么？”

这是“藏剑山庄”游少庄主的声音。

李寻欢长长松了口气，也不知道是愉快，还是失望。

他拖着鞋子下床，拉开门，笑道：“稀客稀客，请进请进。”

游龙生走进来，坐下去，眼睛却一直没有向李寻欢瞧一眼，李寻欢燃起灯，发现他脸色在灯光下看来有些发青。

脸色发青的人，心里绝不会有好意。

李寻欢目光闪动，笑问道："喝茶，还是喝酒？"

游龙生道："酒。"

李寻欢笑道："好，我屋里本就从来没有喝茶的人。"

游龙生连喝了三杯，忽然瞪着李寻欢道："你可知道我为何要喝酒？"

李寻欢微笑道："酒称'钓诗钩'，又称'扫愁帚'，但游龙生既无愁可扫，想必也无诗可钩，喝酒莫非是为了壮胆么？"

游龙生瞪着他，忽然仰面狂笑起来。

只听"锵啷"一声，他已拔出了腰畔的剑。

剑光如一泓秋水。

游龙生骤然顿住笑声，瞪着李寻欢道："你可认得这柄剑？"

李寻欢用他纤长的手指，轻轻抚摸着剑背，喃喃道："好剑！好剑！"

他似乎禁不得这逼人的剑气，又不住咳嗽起来。

游龙生目光闪动，沉声道："李兄既然也是个爱剑的人，想必知道这柄剑虽然比不上'鱼肠剑上古神兵'，但在武林中的名气，却绝不在鱼肠剑之下。"

李寻欢闭起眼睛，悠然道："专诸鱼肠，武子夺情，人以剑名，剑因人传，人剑辉映，气冲斗牛。"

游龙生道："不错，这正是三百年前，一代剑豪狄武子的'夺情剑'！但有关这柄剑的掌故，李兄也许还不知道。"

李寻欢道："请教！"

游龙生目光凝注着剑锋，缓缓道："狄武子爱剑成痴，孤傲绝世，直到中年时，才爱上了一位女士，两人本来已有婚约，谁知这位姑娘却在他们成亲的前夕，和他的好友'神刀'彭琼在暗中约会，狄武子伤心气愤之下，就用'夺情剑'杀了彭琼，从此以剑为伴，以剑为命，再也不谈婚娶之事。"

他霍然抬起头，凝注着李寻欢，道："李兄也许会觉得这故事情节简单，毫无曲折，听来未免有些索然寡味，但这却是真人实事，绝无半分虚假。"

李寻欢笑了笑，道："我只觉得这位狄武子剑法虽高，人却未免太小气了些，岂不闻，朋友如手足，妻子如衣履，堂堂的男子汉，岂可为了儿女之情，就伤了朋友之义！”

游龙生冷笑道：“但我却觉得这位狄武子前辈实在可称是顶天立地的大英雄，也唯有这样的英雄，用情才会如此之深，如此之专。”

李寻欢微笑道：“如此说来，阁下今夜莫非也想学学三百年前的狄武子么？”

游龙生目中突然射出了寒光，冷冷道：“这就要看李兄今夜是否要学三百年前的彭神刀了！”

李寻欢叹了口气，道：“月上梅梢，佳人有约，这风光是何等绮丽，阁下又何苦煮鹤焚琴，大杀风景呢？”

游龙生厉声道：“如此说来，阁下今夜是非去不可的了！”

李寻欢道：“若是让林姑娘那样的佳人空候月下，在下岂非成了风流罪人。”

游龙生苍白的脸骤然涨得通红，满头青筋都暴露了出来，剑锋一转，“哧”地向李寻欢脖子旁刺出去。

李寻欢却仍然面带着微笑，淡淡道：“以阁下这样的剑法，要学狄武子只怕还嫌差了些。”

游龙生怒道：“就这样的剑法，要杀你却已是绰绰有余的了！”

喝声中他已又刺出了十余剑！

只听剑风破空之声，又急又响，桌上的茶壶竟“啪”地被剑风震破了，壶里的茶流到桌上，又流下了地。

这十余剑实是一剑快过一剑，但李寻欢却只是站在那里，仿佛连动也没有动，这十余剑也不知怎地全都刺空了。

游龙生咬了咬牙，出剑更急。

他见到李寻欢双手空空，是想以急锐的剑法，逼得李寻欢无暇抽刀。

他畏惧的只不过是“小李飞刀”而已。

谁知李寻欢根本就没有动刀的意思，等他后面这一轮急攻又全都刺空了之后，李寻欢忽然一笑道：“年纪轻轻，有这样的剑法，在一般人说来已是很难得的了，但以你的家世和师承说来，若以这样的剑法去闯荡江湖，不出三五年，你父亲和你师傅的招牌只怕就要砸在你手上了。”

在漫空剑影之中，他居然还能好整以暇地说话，游龙生又急又气，怎奈剑锋偏偏沾不到对方衣袂。

原来，剑刚要刺向李寻欢咽喉，便发现李寻欢身子在向左转，他剑锋当然立刻跟着改向左，谁知李寻欢身子根本未动，他剑势再变，还是落空，所以他这数十剑虽然剑剑都是致人死命的杀手，但到了最后一刹那时，却莫名其妙地全都变成了虚招。

游龙生咬紧牙关，一剑向李寻欢胸膛刺出，暗道：“这次无论你玩什么花样，我都不上你的当了！”

只见李寻欢左肩微动，身子似将右旋。

要知高手相争，讲究的就是观人于微，“敌未动，我先动，敌将动，我已动”。游龙生乃名家之子，自然明白这道理，眼神之利，亦非常人能及。对方的动作无论多么轻微，都绝对逃不过他的眼。

但他也就因为这个缘故，所以才上了李寻欢的当，空自刺出数十剑虚招，所以这次他拿定主意，李寻欢无论怎么样动，他全都视而不见，这一剑绝不再中途变招，闪电般直刺李寻欢胸膛。

谁知这次李寻欢身子竟真的向右一转，游龙生的剑便擦着李寻欢的胸膛刺了过去，又刺空了。

等他发觉招已用老，再想变招已来不及了，只听“锵”的一声龙吟，李寻欢长而有力的手指在他剑脊上轻轻一弹。

游龙生只觉虎口一震，半边身子都发了麻，掌中剑再也把持不住，龙吟之声未绝，长剑已闪电般穿窗而出，穿入竹林，在夜色中一闪就瞧不见了。

李寻欢还是站在那里，两只脚根本未曾移动过半步。

游龙生但觉全身热血一下子全都冲上头顶，一下子全都落了下去，直落到脚底，他全身都发起冷来。

李寻欢微笑着拍了拍他肩头，淡淡道：“夺情剑非凡品，快去捡回来吧。”

游龙生跺了跺脚，转身冲出，冲到门口，又停下脚步，颤声道：“你……你若有种，就等我一年，一年后我誓复此仇。”

李寻欢道：“一年？一年只怕不够。”

他缓缓接着道："你天资不错，剑法也不弱，只可惜心气太浮，是以出剑杂而不纯，急而不厉，而且太躁进求功，是以一旦遇着比你强的对手，你自己先就乱了，其实你若沉得住气，今日也未必不能伤我。"

游龙生眼睛一亮，还未说话，李寻欢却又已接着道："但这'沉得住气'四个字，说来不难，做来却谈何容易，所以你若想胜我，至少要先苦练七年练气的功夫！"

游龙生面上阵青阵白，拳头捏得咯咯直响。

李寻欢一笑道："你去吧，只要我能再活七年，只管来找我复仇就是，七年并不算长，何况君子复仇，十年也不算晚。"

天地间又恢复了静寂，竹涛仍带着幽韵。

李寻欢望着窗外的夜色，静静地伫立了许久，叹息着喃喃道："少年人，你不必恨我，其实我这是救了你，你若再和林仙儿纠缠下去，这一生只怕就算完了。"

他拂了拂衣上的尘土，正要往外走。

他知道林仙儿现在必定已在等着他，而且必定已准备好了钓钩，但他并没有丝毫畏惧，反而觉得很有趣。

鱼太大了，钓鱼的人只怕反而要被钓。

李寻欢微笑着，喃喃道："我倒想看看她钓钩上的饵是什么。"

游龙生临走的时候，已没有他平时那么高傲，那么冷漠，他忽然冲动了起来，向李寻欢嘶声道："你若真的喜欢林仙儿迟早会后悔的，她早已是我的人了，早已和我有了……有了……你何苦定要拾我的破靴子。"

但李寻欢却只是淡淡笑道："旧靴子穿起来，总比新靴子舒服合脚的。"

想起游龙生那时的表情，李寻欢就觉得又可怜，又可笑——但林仙儿真是他说的那种女孩子么？

男人追不到一个女人时，总喜欢往自己脸上贴金，说自己和那女人有了某种特别的交情，聊以泄愤，也聊以解嘲。

这是大多数男人都有的劣根性，实在很可怜，也很可笑。

李寻欢缓缓走出门，忽然发现有灯光穿林而来。

两个青衣小鬟，提着两盏青纱灯笼，正在悄悄地说，偷偷地笑，一瞧见李寻欢，就说也不说，笑也不笑了。

李寻欢反而微笑起来，道："是林姑娘要你们来接我的？"

左面的青衣鬟年纪较大，身材较高，垂首作礼道："是夫人叫我们来请李相公去……"

李寻欢失声道："夫人？"

他忽然紧张起来，追问道："是哪位夫人？"

青衣鬟忍不住抿嘴一笑，道："我们庄主只有一位夫人。"

右面的青衣鬟抢着道："夫人知道李相公受不了那些俗客的喧扰，是以特地在内堂准备了几样精致的小菜，请李相公去小酌叙话。"

李寻欢木立在那里，神思似已飞越过竹林，飞上了那小楼……

十年前，那小楼是他常去的地方，他记得那张铺着大理石面的桌子上，总已摆好了几样他最爱吃的小菜。

他记得用蜜炙的云腿必定是摆在淡青色的碟子里，但盛醉鸡和青莴苣的碟子，就一定要用玛瑙色的。

桌子后有道门，在夏天门上挂的是湘妃竹帘，在冬天门上的帘子大多是她自己绣的，有时也用珠串。

帘子后面，就是她的闺房。

他记得她自帘子后走出来的时候，身上总带着一种淡淡的梅香，就像是梅花的精灵，天上的仙子。

十年来，他从不敢再想这地方，他觉得自己若是想了，无论对她，对龙啸云，都是种不可宽谅的冒渎。

李寻欢茫然走着，猛抬头，又已到了小楼下。

小楼上的灯光很柔和，看来和十年前并没有什么两样，甚至连窗棂上的积雪，也都和十年前同样洁白可爱。

但十年毕竟已过去了。

这漫长的十年时光，无论谁也追不回来。

李寻欢踟蹰着，实在没有勇气踏上这小楼。

在发生过昨天的那些事之后，他猜不透她今日为何要找他到这里来，他实在有些不敢见她。

可是他又不能不上去。

无论她是为了什么找他，他都没有理由推却。

大理石的桌面上，已摆好几碟精致的下酒菜，淡青色碟子里的是蜜炙云腿，琥珀色碟子里的是白玉般的冻鸡。

李寻欢刚踏上小楼，就骤然呆住。

漫长的十年，似已在这一刹那间忽然消逝，他似已又回到十年前，望着那静垂着的珠帘，他的心忽然急剧地跳了起来，跳得就像是个正坠入初恋的少年——十年前的温柔，十年前的旧梦……

李寻欢不敢再想下去，再想下去他非但对不住龙啸云，也对不住自己，他几乎忍不住要转身逃走。

但这时珠帘内已传出她的声音，道："请坐。"

这声音仍和十年前同样柔美，但却显得那么生疏，那么冷漠，若不是桌上的那几样菜，他实难相信帘中人就是他十年前的旧友。

他只有坐下来，道："多谢。"

珠帘掀起，一个人走了出来。

李寻欢连呼吸都几乎停止，但走出来的却是那孩子，他身上仍穿着鲜红的衣服，脸色却苍白如纸。

她仍留在帘后，只是沉声道："莫要忘记娘方才对你说的话，快去向李大叔敬酒。"

红孩儿道："是。"

他恭恭敬敬地斟着酒，垂着头道："千错万错，都是侄儿的错，但求李大叔莫要记在心上，李大叔对我们龙家恩重如山，就算杀了侄儿，也是应该的。"

李寻欢的心似已绞住了，也不知该说什么，就算他明知自己绝没有做错，此刻望着这孩子苍白的脸，心里仍不禁有种犯罪的感觉。

"诗音，诗音，你找我来，难道就是为了要如此折磨我？"

这种酒他怎么喝得下去，可是他又怎能不喝？

这已不是酒，只是生命的苦杯，他活着，他就得接受。

红孩儿道："侄儿以后虽已不能练武，但男子汉总也不能终生托庇在父母膝下，但求李大叔念在昔日之情，传授给侄儿一样防身之道，也免得侄儿日后受人欺负。"

李寻欢暗中叹了口气，手伸出来，指尖已挟着柄小刀。

林诗音已在帘后道："李大叔从未将飞刀传人，有了这柄刀，你就有了护身符，还不快多谢李大叔。”

红孩儿果然拜倒在地，道：“多谢李大叔。”

李寻欢笑了笑，暗中却叹息忖道：“母亲的爱子之心，实是无微不至，但儿子对母亲又如何呢？……”

沉闷，闷得令人痛苦。

青衣鬟已带着那孩子走了，但林诗音犹在帘后，却还是不让李寻欢走。

她为何要将他留在这里？

李寻欢本不是个拘谨的人，但在这里，他忽然发觉自己已变得像个呆子般手足失措。

爱情，实在是最奇妙的，它有时能令最愚笨的人变得极聪明，有时却能令最聪明的人变成呆子。

夜已深了。

林仙儿是不是还在等着他？

林诗音忽然道：“你有事？”

李寻欢道：“没……没有。”

林诗音默然半晌，缓缓道：“你一定见过了仙儿？”

李寻欢道：“见过一两次。”

林诗音道：“她是个很可怜的女孩子，身世很悲苦，你若已见过她的父亲，就可以想见她的不幸了。”

“嗯。”

林诗音道：“有一年我到舍身崖去许愿，见到她正准备舍身跳崖，我就救了她……你可知道她是为了什么而不惜跳崖舍身么？”

李寻欢道：“不知道。”

林诗音道：“她是为了她父亲的病。”

她轻轻叹息了一声，道：“那样的父亲，竟会有这样的女儿，实在令人难以相信，我不但可怜她，也很佩服她。”

李寻欢也只有叹了口气，无话可说。

林诗音道：“她不但聪明美丽，而且极有上进的心，她知道自己的出身太低，所以无论做什么事都分外努力，总怕别人瞧不起她。”

李寻欢笑了笑，道：“如今只怕再也不会有人瞧不起她了。”

林诗音道：“这也是她自己奋斗得来的，只不过她年纪毕竟太轻，心肠又太软，我总是怕她会上别人的当。”

李寻欢苦笑忖道：“她不要别人上她的当，已经谢天谢地了。”

林诗音道：“我只希望她日后能找个很好的归宿，莫要糊里糊涂被人欺骗，伤心痛苦一辈子。”

李寻欢沉默了半晌，缓缓道：“你为什么要对我说这些话？”

林诗音也沉默了半晌，缓缓道：“我为什么要对你说，你难道不明白？”

李寻欢又沉默了半晌，忽然大笑道：“我明白了，我明白了……”

他的确明白了。

林诗音将他留在这里，原来就是不愿他去赴林仙儿的约会，这约会的事，自然是游龙生告诉她的。

林诗音缓缓道：“无论如何，我们总是多年的朋友，我想求你一件事。”

李寻欢的心在发疼，却微笑道：“你要我莫要去找林仙儿？”

林诗音道：“不错。”

李寻欢长长吸了口气，道：“你……你以为我看上了她？”

林诗音道：“我不管你对她怎样，只要你答应我的要求。”

李寻欢将面前的酒一饮而尽，喃喃道：“不错，我是无药可救的浪子，我若去找她，就是害了她……”

第十三章

无妄之灾

林诗音道：“你答应了我？”

李寻欢咬了咬牙，道：“你难道不知道我一向都很喜欢害人么？”

忽然间，一只手伸出来，紧紧拉着珠帘。

这只手是如此纤柔，如此美丽，却因握得太紧，白玉般的手背上就现出了一条条淡青色的筋络。珠帘断了，珠子落在地上，仿佛一串琴音。

李寻欢望着这只手，缓缓站起来，缓缓道：“告辞了。”

林诗音的手握得更紧，颤声道：“你既已走了，为什么又要回来？我们本来生活得很平静，你……你为什么又要来扰乱我们？”

李寻欢的嘴紧闭着，但嘴角的肌肉却在不停地抽搐……

林诗音忽然自帘后嗄声道：“你害了我的孩子还不够？还要去害她？”

她的脸是那么苍白，那么美丽。

她眼波中充满了激动，又充满了痛苦。

她从来也没有在任何人面前如此失常过。

这一切，难道只不过是为了林仙儿？

李寻欢没有回头。

他不敢回头，不敢看她。

他知道他此时若是看了她一眼，恐怕就会发生一些令彼此都要痛苦终生的事，这令他连想都不敢去想……

他很快走下楼，却缓缓道：“其实你根本用不着求我的，因为我根本就没有看上过她！”

林诗音望着他的背影，身子忽然软软地倒在地上。

水池已结了冻，朱栏小桥横跨在水上。

在夏日，这里满塘荷香，香沁人心，但此时此刻，这里却只有刺骨的寒风，无边的寂寞。

李寻欢痴痴地坐在小桥的石阶上，痴痴地望着结了冰的荷塘，他的心，也正和这荷塘一样。

“我既已走了，为什么还要回来……为什么还要回来……”

更鼓声响，又是三更了。

远远望去，可以看到冷香小筑中的灯光。

林仙儿还在等着他？

他明知林仙儿今夜要他去，一定有她的用意，他明知自己去了后，一定会发生许多极惊人、有趣的事。

但他还是坐在这里，远远望着那昏黄的灯光。

石阶上的积雪，寒透了他的心。

他又不停地咳嗽起来。

忽然间，冷香小筑那边似有人影一闪，向黑暗中掠了出去。

李寻欢立刻也飞身而起。

他身形之快，无可形容，但等他赶到冷香小筑那边去的时候，方才的人影早已瞧不见了，似乎已被无边的黑暗吞没。

李寻欢迟疑着：“难道我看错了？”

雪光反映，他忽然发觉屋顶的积雪上赫然有个不完整的足印。

但只有这一个足印，他还是无法判断此人掠去的方向。

李寻欢掠下屋顶，窗内灯光仍亮。

他弹了弹窗子，轻唤道：“林姑娘。”

屋子里没有应声。

李寻欢又唤了两声，还是听不到响应，他皱了皱眉，骤然推开窗户，只见屋子里的小桌上，也摆着几样菜，炉上还温着一壶酒。

酒香温暖了整个屋子，桌上居然也是蜜炙的火腿、白玉般的冻鸡，可是林仙儿却已不在屋里。

李寻欢一掠入窗，忽然又发现五只酒杯，连底都嵌入桌面里，骤然望去，赫然就像是一朵梅花！

梅花盗！

林仙儿难道已落入梅花盗手里？

李寻欢手按在桌上，力透掌心，五只酒杯就弹了起来。

只见五只酒杯都完整如新，桌上却已多了五个洞。

这桌子虽非石桌，但要将五只瓷杯嵌入桌面，这份内力之惊人，就连李寻欢都知道自己办不到！

梅花盗的武功果然可怕。

李寻欢手里拿着酒杯，掌心已不觉沁出了冷汗。

就在这时，突听“哧”的一声，桌上的烛光，首先被打灭，接着，急风满屋，也不知有多少暗器，从四面八方向李寻欢打了过来。风声尖锐，出手的显然都是高手，若是换别人只怕在一霎眼里就要被打成个刺猬。

但普天之下的暗器，又有哪一样能比得上“小李飞刀”！

李寻欢身子一转，两只手已接着了十七八件暗器，人已跟着飞身而起，没有被他接住的暗器，就全都自他足底打过。

屋子外这时才响起了呼喝叱咤声！

“梅花盗，你已逃不了，快出来送死吧！”

“就算你有通天的本事，我们今日也叫你死无葬身之地！”

“老实告诉你，洛阳府的田七爷今天已赶来了，还有‘摩云手’公孙大侠，再加上赵大爷、龙四爷……”

纷乱中，突听一人厉声道：“莫要乱，先静下来！”

这人虽只说了七个字，但声如洪钟，七个字说出之后，四下立刻再也听不到别人的语声。

李寻欢摇了摇头，苦笑暗道：“果然是田七到了。”

只听这人又道：“朋友既已到了这里，为何不肯出来相见？”

李寻欢轻轻咳嗽了两声，粗着喉咙道：“各位既已到了这里，为何不肯进来相见？”

屋外又起了一阵惊动，纷纷道：“这小子是想诱我们入屋。”

又有人道：“敌暗我明，咱们可千万不能上他的当！”

这时又有一人的语声响起，将别人的声音全都压了下去。

这声音清亮高亢，朗声道：“梅花盗本来就是只会在暗中偷鸡摸狗之辈，哪里敢见人？”

请将不如激将，大家立刻也纷纷骂道："偷鸡摸狗，缩头乌龟，不敢见人……"

李寻欢又好气，又好笑，大声道："不错，梅花盗确是有些鬼鬼祟祟，但和我又有何关系？"

那清朗的语声道："你不是梅花盗是谁？"

另一人道："公孙大侠还问他干什么，赵大爷绝不会看错的，此人必是梅花盗无疑。"

李寻欢忽然放声大笑起来，道："赵正义，我早就知道这都是你玩的花样！"

笑声中，他身形已燕子般掠出窗户，窗外群豪有的人呼喝着向前扑，有的人惊叫着往后退。

龙啸云大呼道："各位莫动手，这是我的兄弟，李寻欢！"

李寻欢身形一转，已找到了赵正义，掠到他面前，微笑道："赵大爷你高明的眼力，若非在下手脚还算灵便，此刻已做了梅花盗的替死鬼了，那死得才叫冤枉。"

赵正义脸色铁青，冷冷道："三更半夜，一个人鬼鬼祟祟躲在这里，我不将他看成梅花盗却将他看成谁？我怎知阁下的病忽然好了，又偷偷溜到这里来。"

李寻欢淡淡道："我用不着偷偷溜到这里来，无论哪里，我都可光明正大地走来走去，何况，赵大爷又怎知不是此间的主人约我来的？"

赵正义冷笑道："我倒不知道阁下和林姑娘有这份交情，只不过，谁都知道林姑娘今夜是绝不会到这里来的。"

李寻欢道："哦？"

赵正义冷冷道："林姑娘为了躲避梅花盗，今天下午已搬出了冷香小筑。"

李寻欢道："纵然如此，阁下先问清楚了再下毒手也不迟。"

赵正义道："对付梅花盗这种人，只有先下手为强，等问清楚再出手，就已迟了。"

他句句话都说得合情合理，无懈可击。

李寻欢大笑道："好个先下手为强！如此说来，李某今日若死在赵大爷手上，也只能算我活该，一点也怨不得赵大爷。"

龙啸云干咳两声，赔笑道："黑夜之间，无论谁都会偶然看错的，何况……"

赵正义忽又冷冷道："何况，也许我并没有看错呢？"

李寻欢道："没有看错？难道赵大爷认为李某就是梅花盗？"

赵正义冷笑道："那也难说得很，大家只知道梅花盗轻功很高，出手很快，至于他究竟是姓张，还是姓李，就谁也不知道了。"

李寻欢悠然道："不错，李某轻功既不低，出手也不慢，梅花盗重现江湖，也正是李某再度入关的时候，李寻欢若不是梅花盗，那才是怪事一件。"

他笑了笑，瞪着赵正义缓缓道："但赵大爷既然认定了李某就是梅花盗，此刻为何还不出手？"

赵正义道："早些出手，迟些出手都无妨，有田七爷和摩云兄在这里，今日你还想走得了么？"

龙啸云脸色这才变了，强笑道："大家只不过是在开玩笑，千万不可认真，龙啸云敢以身家性命担保，李寻欢绝不是梅花盗！"

赵正义沉着脸道："这种事自然万万开不得玩笑的，你和他已有十年不见，怎能保证他？"

龙啸云涨红了脸，道："可是……可是我深知他的为人……"

一人忽然冷笑道："知人知面不知心，这句话龙四爷总该听说过吧。"

这人瘦如竹竿，面色蜡黄，看来仿佛是个病夫，但说起话来却是语声清朗，正是以"摩云十四式"名震天下的"摩云手"公孙摩云。

他背后一人始终面带着笑容，背负着双手，看来又仿佛是个养尊处优的富家翁，此刻忽然哈哈一笑，道："不错，我田七和李探花也是数十年的交情了，但现在既然发生了这种事，我也只好将交情搁在一边。"

李寻欢淡淡道："我朋友虽不少，但像田七爷这么有身份的朋友我却一个也没有，田七爷也用不着跟我攀交情。"

田七脸色一沉，目中立刻现出了杀机。

江湖中人人都知道田七爷翻脸无情，脸上一瞧不见笑容，立刻就要出手杀人，谁知此番他非但没有出手，而且连话都不说了。

只见公孙摩云、赵正义、田七三个人将李寻欢围在中间，三个人俱是脸色铁青，咬牙切齿。

但三人却只是瞪着李寻欢手里的刀，看来谁也没有抢先出手之意。

李寻欢连眼角也不瞧他们一眼，悠然道：“我知道三位此刻都恨不得立刻将我置之于死地，只因杀了我这梅花盗之后，非但立刻荣华富贵，美人在抱，而且还可换得个流芳百世的美名。”

赵正义板着脸道：“黄金美人，等闲事耳，我们杀你，只不过是为了要替江湖除害而已。”

李寻欢大笑道：“好光明呀，好堂皇，果然不愧为铁面无私，侠义无双！”

他轻抚着手里的刀锋，徐徐道：“但阁下为何还不出手呢？”

赵正义的目光随着他的手转来转去，也不开口了。

李寻欢道：“哦，我知道了，田七爷‘一条棍棒压天下，三颗铁胆镇乾坤’，赵大爷想必是在等着田七爷出手，田七爷自然也是义不容辞的了，是么？”

田七双手背负在身后，似乎根本没有听到他的话。

李寻欢道：“田七爷难道也在等着公孙先生出手？嗯，不错，公孙先生‘摩云十四式’矢矫变化，海内无双，自然是应该让公孙先生先出手的。”

公孙摩云就好像忽然变成了个聋子，连动都不动。

李寻欢仰天大笑道：“这倒怪了，三位都想将我杀之而后快，却又都不肯出手，莫非三位都不愿抢先争功，在互相客气？”

公孙摩云等三人倒也真沉得住气，李寻欢无论如何笑骂，这三人居然还是充耳不闻。

其实三人心里早已都恨不得将李寻欢踢死，但“小李神刀，例不虚发”，李寻欢只要一刀在手，有谁敢先动？

他们三人不动，别人自然更不敢动了。

龙啸云忽然笑道：“兄弟，你到现在难道还看不出他们三位只不过是在跟你开玩笑？走走走，我们还是喝杯酒去挡挡寒气吧。”

他大笑着走过去，揽住了李寻欢的肩头。

李寻欢面色骤变，失声道：“大哥你……”

他想推开龙啸云，却已迟了！

就在这时，只听“呼”的一声，田七的手已自背后抽出一条四尺二寸长的金丝夹藤软棍，毒蛇般抽在李寻欢腿上。

李寻欢掌中空有独步天下，见者丧胆的“小李神刀”，但身子已被龙啸云热情的手臂揽住，这飞刀哪里还能发得出去。

但闻“啪”的一声，他两条腿已疼得跪了下去，公孙摩云出手如风，已点了他背后七处大穴。

赵正义跟着飞起一腿，将他踢得滚出两丈外。

龙啸云跳了起来，大吼道：“你们怎能如此出手？快放了他！”

他狂吼着向李寻欢扑了过去。

赵正义冷冷道：“纵虎容易擒虎难，放不得的。”

田七道：“龙四爷，得罪了！”

公孙摩云已横身挡住了龙啸云的去路，龙啸云双拳齐出，但田七的金丝夹藤软棍已兜住了他的腿。

软棍一抖，龙啸云哪里还站得住脚，赵正义不等他身子再拿桩站稳，已在他软肋上点了一穴。

龙啸云扑地跪倒，哽声道：“赵大哥，你……你怎能如此……”

赵正义沉着脸道：“你我虽然义结金兰，但江湖道义却远重于兄弟之情，但愿你也能明白这道理，莫要再为这武林败类自讨苦吃了。”

龙啸云道：“但他绝不是梅花盗，绝不是！”

赵正义叱道：“你还要多嘴？你怎能证明他不是梅花盗？”

田七面上又露出了他那和蔼的微笑，道：“连他自己都承认了，龙四爷又何苦再为他辩白？”

公孙摩云道：“龙四爷，你是有家室、有身份、有地位的人，若是被这种淫棍拖累，岂非太不值得了么？”

龙啸云嘶声道：“只要你们先放了他，无论多大的罪，龙啸云都宁愿替他承当。”

赵正义厉声道：“你愿为他承当？可是你的妻子呢？你的儿女呢？你难道也忍心眼看他们被你连累？”

龙啸云骤然一震，全身都发起抖来。

只见李寻欢双腿弯曲，扑在雪地上，正在不停地咳嗽，已咳得上气不接下气，掌中却仍紧紧握着那柄飞刀，就像是一个已将被溺死的人，手里还紧紧握着一根芦苇，全不知道这根芦苇根本救不了他！

飞刀虽仍在手，怎奈已是永远再也发不出去的了！

这一身傲骨，一生寂寞的英雄，难道竟要落得个这样的下场！

龙啸云目中不禁流下泪来，颤声道："兄弟，全是我害了你，我对不起你，对不起你……"

黎明前的一段时候，永远是最黑暗的。就连大厅里辉煌的灯光，也都冲不破这无边无际的黑暗。

一群人聚在厅外的石阶上，正窃窃私议。

"田七爷果然了不起，你看他那一棍出手有多快，就算龙四爷不在那里挡着，我看李寻欢也躲不开。"

"何况旁边还有公孙大侠和赵大爷呢。"

"不错，难怪别人说赵大爷的两条腿可值万两黄金，你瞧他踢出去的那一腿，要多漂亮就有多漂亮。"

"常言道，南拳北腿，咱们北方的豪杰，腿法本就高强。"

"但公孙大爷的掌法又何尝弱了，若非他及时出手，李寻欢就算挨了一棍子，也未必会倒下去。"

"田七爷，赵大爷，再加上公孙大侠，嘿，李寻欢今日撞着他们三位，真是倒了楣了。"

"话虽是这么说，但若非龙四爷……"

"龙四爷又怎样？他对李寻欢还不够义气吗？"

"龙四爷可真是义气干云，李寻欢能交到他这种朋友，真是运气！"

龙啸云坐在大厅里的红木椅上，听到了这些话，心里就好像在被针刺着一样，满头汗出如雨。

只见李寻欢伏在地上，又不停地咳嗽起来。

龙啸云忍不住流泪道："兄弟，全是我该死，你交到我这朋友，实在是……是你的不幸，你……你这一生全是被我拖累的。"

李寻欢努力忍住咳嗽，勉强笑道："大哥，我只想要你明白一件事，若让我这一生重头再活一次，我还是会毫不考虑就交你这朋友的。”

龙啸云但觉一阵热血上涌，竟放声大哭道：“可是……若非我阻住了你出手，你又怎会……怎会……”

李寻欢柔声道：“我知道大哥你无论做什么，都是为了我好，我只有感激。”

龙啸云道：“但你为什么不告诉他们，你不是梅花盗！你为什么……为什么要……”

李寻欢笑了笑道：“生死等闲事耳，我这一生本已活够了，生有何欢？死有何惧？为什么还要在这些匹夫小人面前卑躬屈膝！”

田七一直含笑望着他们，此刻忽然抚掌笑道：“骂得好，骂得好！”

公孙摩云冷笑道：“他明白今日无论说什么，我们都不会放过他，也只好学那泼妇骂街，临死也落得个嘴上爽快了！”

李寻欢淡淡道：“不错，事已至此，我但求一死而已，但此刻李某掌中已无飞刀，各位为何还是不肯出手呢？”

公孙摩云那张枯瘦蜡黄的脸居然也不禁红了红。

赵正义却仍是脸色铁青，沉声道：“我们若是此刻就杀了你，江湖中难免会有你这样的不肖之徒，要说我们是假公济私，我们要杀你，也要杀得公公道道。”

李寻欢叹了口气，道：“赵正义，我真佩服你，你虽然满肚子男盗女娼，但说起话来却是句句仁义道德，而且居然一点也不脸红。”

田七笑道：“好，姓李的，算你有胆子，你若想快点死，我倒有个法子。”

李寻欢叹道：“我本来也想骂你几句，只不过却怕骂脏了我的嘴。”

田七听而不闻，还是微笑道：“你若肯写张悔罪书，招供你的罪行，我们现在就让你舒舒服服地一死，你也算求仁得仁，死得不冤了。”

李寻欢想也不想，立刻道：“好，我说，你写……”

龙啸云失声道：“兄弟，你招不得！”

李寻欢也不理他，接着道：“我的罪孽实是四曲难数，罄竹难书，我假冒伪善，内心奸诈，夹私陷构，挑拨离间，趁人不备，偷施暗算，不仁不义，卑鄙无耻的事我几乎全都做尽了，但却还是大模大样，自命不凡！”

只听“啪”的一声，赵正义已反手一掌，掴在他脸上！

龙啸云大吼道：“士可杀不可辱，你们不能如此折磨他！”

李寻欢却还是微笑道：“无妨，他打我一巴掌，我只当被疯狗咬了一口而已。”

赵正义怒吼道：“姓李的，你听着，就算我还不愿杀你，但我却有本事让你求生不得，求死不能，你信不信？”

李寻欢纵声大笑道：“我若怕了你们这些卑鄙无耻、假仁假义的小人，我也枉为男子汉了！你们有什么手段，只管使出来吧！”

赵正义喝道：“好！”

他一反手，已甩脱了刚穿起来的长衫。

龙啸云坐在椅上，全身直抖，颤声道：“兄弟，原谅我，你是英雄，但我……我却是个懦夫，我……”

李寻欢微笑道：“这怨不得大哥你，我若也有妻有子，也会和大哥同样做法的。”

这时赵正义的铁掌早已捏住了他的软骨酸筋，那痛苦简直非人所能忍受，李寻欢虽已疼得流汗，但还是神色不变，含笑而言。

站在大厅外的那些人有的已忍不住扭过头去，江湖豪杰讲究的就是“有种”，李寻欢这么有种的人却实在少见。

就在这时，突听大厅外有人道：“林姑娘，你是从哪里回来的？……这位是谁？”

只见林仙儿衣衫零乱，云鬓不整，匆匆从外面走了进来。

她身旁还跟着个少年，在如此严寒的天气里，他身上只穿着件很单薄的衣衫，但背脊却仍挺得笔直，仿佛世上绝没有任何事能令他弯腰。

他的脸就像是用花岗石雕成的，倔强、冷漠、坚定，却又带着种令人难以抗拒的奇异魅力。

他身上竟背着个死尸。

阿飞！

阿飞怎会忽然来了？

李寻欢心里一阵激动，也不知是惊是喜？但他立刻扭转头，因为他不愿被阿飞看到他如此模样。

他不愿阿飞为他冒险出手。

阿飞还是看到他了。

他冷漠坚定的脸，立刻变得激动起来，大步冲了过去，赵正义并没有阻拦他，因为赵正义也已领教过这少年的剑法。

但公孙摩云却不知道，已闪身挡住了他的去路，厉声道："你是谁？想干什么？"

阿飞道："你是谁？你想干什么？"

公孙摩云怒道："我想教训教训你！"

喝声中，他已出了手。

没有人拦住他。这并不奇怪，因为赵正义就唯恐他们打不起来；田七也想借别人的手，来看看这少年的武功深浅；林仙儿呢，她只是吃惊地望着李寻欢，根本没有注意到别人；至于龙啸云，他似已无心再管别人的闲事了。

奇怪的是，阿飞居然也没有闪避。

只听"砰"的一声，公孙摩云的拳头已打在阿飞胸膛上，阿飞连动都没有动，公孙摩云自己却疼得弯下腰去。

阿飞再也不瞧他一眼，自他身旁走过，走到李寻欢面前，道："他是你的朋友？"

李寻欢微笑道："你看我会不会有这种朋友。"

这时公孙摩云又怒吼着扑了上来，一掌拍向阿飞的背心，阿飞突然转身，只听又是"砰"的一声。

公孙摩云的身子突然飞了出去。

群豪面上全都变了颜色，谁也想不到名动江湖的"摩云手"在这少年面前，竟变得像是个稻草人般不堪一击！

只有田七却大笑道："朋友好快的出手，当真是长江后浪推前浪，江湖英雄出少年。"

他抱拳一揖，笑道："在下田七，不知阁下高姓大名，可愿和田七交个朋友？"

阿飞道："我没有名字，也不愿交你这种朋友。"

别人的面色又变了，田七却仍是满面笑容，道："少年人倒真是快人快语，只可惜交的朋友却选错了。"

阿飞道："哦？"

田七指着李寻欢道："他是你的朋友？"

阿飞道："是。"

田七道："你可知道他是谁？"

阿飞道："知道。"

田七笑了笑，道："你也知道他就是梅花盗？"

阿飞动容道："梅花盗？"

田七道："这件事说来的确令人难以相信，只不过事实俱在，谁也无法否认。"

阿飞瞪着他，锐利的目光就像是要刺入他心里。

田七只觉得身上有些凉飕飕的，勉强笑道："阁下若不信，不妨问问他自己……"

阿飞冷冷道："我不必问他，他绝不是梅花盗！"

田七道："为什么？"

阿飞忽然将胁下挟着的死尸放了下来，道："因为这才是梅花盗！"

群豪又一惊，忍不住都逡巡着围了过来。

只见这死尸又干又瘦，脸上刀疤纵横，也看不出他本来是何面貌，身上穿的是件紧身黑衣，连肋骨都凸了出来。

他紧咬着牙齿，竟是死也不肯放松，身上也瞧不见什么伤痕，只有咽喉已被刺穿了个窟窿。

田七又笑了，大笑道："你说这死人才是真正的梅花盗！"

阿飞道："不错。"

田七笑道："你毕竟太年轻，以为别人也和你同样容易上当，若是大家都去弄个死人回来，就说他是梅花盗，那岂非天下大乱了么？"

阿飞腮旁的肌肉一阵颤动，道："我从来不骗人，也从来不会上当！"

田七沉下了脸，道："那么，你怎能证明这死人是梅花盗？"

阿飞道："你看看他的嘴！"

田七又大笑起来，道："我为何要看他的嘴，难道他的嘴还会动还会说话？"

别的人也跟着笑了起来，他们虽未必觉得很好笑，但田七爷既然笑得如此开心，他们又怎能不笑。

林仙儿忽然奔过来，大声道："我知道他说的不错，这死人的确就是梅花盗。"

田七道："哦？难道是这死人自己告诉你的？"

林仙儿道："不错，的确是他自己告诉我的！"

她不让别人笑出来，抢着又道："秦重死的时候，我已看出他是中了一种很恶毒的暗器，但秦重躲不开这种暗器犹有可说，为何连吴问天那样的高人也躲不开这种暗器呢？我一直想不通这道理，因为这就是梅花盗的秘密。"

田七目光闪动，道："你现在难道已想通了么？"

林仙儿道："不错，梅花盗的秘密就在他嘴里。"

她忽然抽出了柄小刀，用刀撬开了这死人的嘴。

这死人的嘴里，竟咬着根漆黑的钢管。

林仙儿道："只因他跟别人说话的时候，暗器忽然自他嘴里射出来，所以别人根本没有警觉，也就无法闪避！"

田七道："他嘴里咬着暗器钢筒，又怎能再和别人说话？"

林仙儿道："这就是他秘密中的秘密！"

她眼波四下一转，缓缓接着道："他并不用嘴说话，却用肚子来说话，他的嘴是用来杀人的！"

这句话听来虽很荒唐可笑，但像田七这样的老江湖，却反而一点也不觉得好笑了，因为老江湖都知道世上的确有种神秘的"腹语"术，据说是传自波斯天竺一带，本来只不过是江湖卖艺者的小技，声音听来也有些滑稽，但武功高手再加以真气控制，说出来的声音自然就不大相同了。

林仙儿道："田七爷在和人动手之前，眼睛会瞧在什么地方呢？"

田七道："自然是瞧住对方身上。"

林仙儿道："身上什么地方？"

田七沉吟着道："他的肩头，和他的手！"

林仙儿笑了笑，道："这就对了，高手相争，谁也不会瞪在对方的嘴，只有两条狗打架时，才会瞪住对方的嘴，因为人不像狗，绝不会用嘴咬人。"

别的人又跟着笑了，像林仙儿这样的美人说出来的话，他们若是觉得不好笑，岂非显得自己不懂风趣。

谁知林仙儿却已沉下了脸，叹道："但梅花盗却偏偏是用嘴来杀人的，就因为谁也想不到世上会有这种事，所以才会被他暗算……愈是高手，愈容易被他暗算，因为高手对敌，眼睛绝不会瞧到对方肩头以上。"

田七道："这秘密你怎会知道的？"

林仙儿道："我也是等他暗器发出之后才知道……"

田七微笑道："那么，这位少年朋友难道是狗，一直在瞪着他的嘴么？"

第十四章

有口难言

林仙儿嫣然道："田七爷难道未看出他身上穿了金丝甲？"

田七眼睛一亮，抚掌道："不错，这就难怪摩云兄方才打人反而自己手痛了。"

林仙儿道："今天我本来不准备到冷香小筑去的，但到了晚上，我忽然想起忘了拿件东西，但我再也想不到，一回到冷香小筑，梅花盗就出现了。"

她美丽的面靥上露出了恐惧之色，道："严格说来，那时我并没有看到他，只觉得有个人忽然到了我身后，我想转身，他已点住了我的穴道。"

田七道："如此说来，这人的轻功也不错！"

林仙儿叹了口气，道："他身法简直和鬼魅一样，我糊里糊涂就被他挟在胁下，腾云驾雾般被他挟了出去，那时我已想到他就是梅花盗，就问他，想将我怎样？为何不杀我？"

田七道："他怎么说？"

林仙儿咬着嘴唇，道："他什么话也没有说，只是阴森森地笑。"

田七目光闪动，道："原来他并没有告诉你他就是梅花盗。"

林仙儿道："他用不着告诉我，那时我只想早些死了算了，但全身偏偏连一点力气都没有，就在那时候，我突然见到人影一闪已出现在我们面前。"

田七道："来的人想必就是这位少年朋友了？"

林仙儿道："不错，就是他。"

她瞟了阿飞一眼，目中充满了温柔感激之色，道："他来得实在太快了，梅花盗似也吃了一惊，立刻将我抛在地上，我就听到他说：'你是不是梅花盗？’又听到梅花盗说：‘是又怎样？不是又怎样？你反正已是快死的人了’……”

“他的话还未说完，就忽然有一蓬乌星自他嘴里射了出来，我又是吃惊，又是害怕，眼见着乌光全都射在这……这位公子身上，我只当他也要和别人一样，死在梅花盗手里了，谁知他竟连一点事都没有……”

“接着，我就见到剑光一闪，梅花盗就倒了下去，那一剑出手之快，我实在没法子形容得出。”

她说到这里，每个人都不禁瞪大了眼睛去瞧阿飞腰带上的那柄剑，谁也不相信这么样的一柄剑能杀得死人，能杀得死梅花盗。

田七背负着双手，也在凝视着这柄剑。

他嘴角忽又露出了微笑，道：“如此说来，阁下莫非早已等在那里了？”

阿飞道：“不错。”

田七微笑道：“阁下一见到他，就飞身过去挡住了他，就问他是不是梅花盗？”

阿飞道：“不错。”

田七微笑道：“难道阁下总是守候在暗中，一见到夜行人，就过去问他是不是梅花盗？”

阿飞道：“我还没那么多工夫。”

田七微笑道：“阁下若是偶尔有工夫时，偶尔见了个夜行人，会如何问他？”

阿飞道：“我为何要问他？他是谁与我何关？”

田七忽然一拍巴掌，笑道：“这就对了，阁下纵然要问，也只会问他是谁？譬如说，阁下方才问公孙摩云时，也只问‘你是谁？’，并没有问‘你是不是梅花盗？’……”

阿飞道：“我明知他不是梅花盗，为何还要问他？”

田七忽然沉下脸，指着地上的死人道：“那么，阁下为何要如此问这人呢？难道阁下早已知道他就是梅花盗？阁下既已知道他就是梅花盗，为何还要问？”

阿飞道：“只因已有人告诉我，梅花盗这两天必定会在那附近出现。”

田七眼睛瞅着李寻欢，缓缓道：“是谁告诉你的？是梅花盗自己？还是梅花盗的朋友？”

他似乎明知阿飞绝不会回答这句话，事实上，他只要问出这句话，目的便已达到，也根本不需要别人回答。

大家听了这话，眼睛不约而同在阿飞和李寻欢身上一转，心里已都认定这只不过是李寻欢和他串通好的圈套，无论阿飞再说什么，也不会有人再相信地上这人真是“梅花盗”了。

只见田七忽然转身走到一个锦衣少年面前，厉声道：“你是不是梅花盗？”

那少年吃了一惊，讷讷道：“我……我怎会是他……”

话未说完，田七忽然出手点住了他的穴道，喃喃道：“好家伙，又有个梅花盗被我捉住了。”

他转过头来一笑，悠然道：“各位只怕也想不到捉拿梅花盗竟如此容易吧。”

群豪又不禁放声大笑起来，纷纷互道：“你是不是梅花盗？”

“我看你才是梅花盗！”

“梅花盗怎地愈来愈多了？”

“抓梅花盗既然如此容易，我为何不抓一个来玩玩？”

阿飞铁青着脸，手已缓缓触及剑柄。

李寻欢忽然叹了口气，道：“兄弟，你还是走吧！”

阿飞目光闪动道：“走？”

李寻欢微笑道：“有田七爷和赵大爷这样的大侠在这里，怎肯将梅花盗让给你这初出茅庐的少年人杀死？你无论再说什么，都没有用的。”

阿飞的手紧握着剑柄，冷冷道：“我也不想再跟这种人说话了，可是我的剑……”

李寻欢道：“你就算将他们都杀了也没有用，还是没有人会承认你杀了梅花盗，这道理你难道还不明白么？”

阿飞发亮的眼睛渐渐变成灰色，缓缓道：“不错，我明白了，我明白了……”

李寻欢笑了笑道：“你若想成名，最好先明白这道理，否则你就会像我一样，迟早还是要变成梅花盗。”

阿飞道：“你的意思是说，我若成名，最好先学会听话，是么？”

李寻欢笑道：“一点也不错，只要你肯将出风头的事都让给这些大侠们，这些大侠们就会认为你‘少年老成’，是个‘可造之材’，再过个十年二十年，等到这些大侠们都进了棺材，就会轮到你成名了。”

阿飞沉默了半晌，忽然笑了笑。

这笑容看来是那么潇洒，却又是那么寂寞。

他微笑着道：“如此看来，我只怕是永远也不会成名的了。”

李寻欢道：“那倒也未尝不是好事。”

看到阿飞的微笑，李寻欢的笑容就更开朗了，他们笑得就像是正在说着世上最有趣的事。

大家正在奇怪，不知道这两人有什么毛病，谁知忽然间阿飞已到了李寻欢身旁，挽起李寻欢的手，道：“成名也罢，不成名也罢，你我今日相见，好歹总得喝杯酒去。”

李寻欢笑道：“喝酒，我从来也没有推辞过的，只不过今日……”

田七微笑着道：“今日他只怕是不能奉陪的了。”

阿飞脸色一沉，冷冷道：“谁说的？”

田七微笑着挥了挥手，大厅外就立刻有两个大汉扑了进来，一人板肋虬髯，手提钢刀，厉声道：“是田七爷说的，田七爷说的话，就是命令！”

另一人较高较瘦，喝道：“谁若敢违抗田七爷的命令，谁就得死！”

这两人虽然一直垂手站在厅外，宛如奴仆，但此刻身形展动开来，竟是彪悍矫健，在江湖中已可算是一流身手。

喝声中，两柄钢刀已化为两道飞虹，带着凌厉的刀风，一左一右，一上一下，闪电般向阿飞劈了过去。

阿飞冷冷地瞧着他们出手，仿佛连动都没有动，但忽然间，寒光一闪，再一闪，接着就是两声惊呼，两道刀光忽然冲天飞起，“哆”的一声，同时钉入大厅的横梁上，两个大汉左手紧握着右腕，面上已疼得变了颜色，过了半晌，一丝鲜血自掌缝间沁出，滴了下来。

再看阿飞的剑，仍在腰带上，谁也没有看清他是否拔出过这柄剑，但却都已看清剑尖上凝结着的一点鲜血。

好快的剑！

田七面上的笑容也凝结住了。

阿飞淡淡道："田七爷的话是命令，只可惜我的剑却听不懂任何人的命令，它只会杀人！"

两条大汉倒退几步，松开左手，只见右腕一点血痕，竟都不偏不倚，恰在两条筋络的中间，只要剑锋再偏半分，两人的筋脉便断，这条手臂也就算废了，这少年一剑出手，不但快得吓人，也准得吓人。

两人面上都不禁露出惊惧之色，又倒退了几步，忽然转身夺门而出，利剑虽不会说话，但却比世上任何人的命令都有效。

阿飞又挽起李寻欢的手，道："走吧，喝酒去，我不信还有人敢来拦我们。"

李寻欢还未说话，龙啸云忽然嗄声道："你要他走，为何还不解他的穴道？"

阿飞嘴角的肌肉仿佛跳了跳，在这刹那之间，李寻欢的心也跳了跳，忽然想起了那天的事——

那天，阿飞为他擒住了洪汉民，留在孙逵的厨房里，还将洪汉民反绑在椅子上。

那天，李寻欢就已在奇怪，阿飞为何不索性点住这人的穴道？现在他心念一闪，顿时恍然！

这快剑无双的少年，竟不会点穴！

李寻欢的心沉了下去，但面上却不动声色，微笑着道："今天我请不起你喝酒。"

阿飞沉默了半晌，才一字一字道："我请你。"

李寻欢道："不是我自己买来的酒，我也绝不喝的。"

阿飞凝注着他，冷漠的目光中忽然露出一丝痛苦之色。

他也知道李寻欢这是不愿他冒险。

因为他既不能解开李寻欢的穴道，就只有将李寻欢背出去，他若将李寻欢背在身上，就未必能冲得出去了。

田七目光闪动，在他们脸上搜索着，忽然微笑道："李寻欢是条好汉，绝不肯连累别人的，小兄弟，你还是自己走吧。”

李寻欢知道这老狐狸已看出了阿飞的弱点，立刻也微笑道：“你用不着激他，他绝不会上你当的，何况，就算他将我背在身上，你们也未必是他的对手。”

他接着又道：“何况，你们也知道我根本不会走的，今天我若走了，你们这些大侠岂非更咬定了我是梅花盗？”

他这话自然是说给阿飞听的。

阿飞又沉默了半晌，缓缓道：“他们说你是梅花盗，你就是梅花盗了么？”

李寻欢笑道：“有些人说的话，和放屁也相差无几。”

阿飞道：“既然是放屁，你又何必再管他们说什么？”

他突然一俯身，将李寻欢背在背上，也就在这时，田七负着的双手忽然伸出，只见棍影点点，一出手就点向阿飞前胸十一处大穴，只要被他竹藤棍碰着一点，阿飞就再也休想出手了。

阿飞并没有拔剑。

他也和李寻欢一样，一剑刺出，绝不空回。

但此刻他的剑却已没有伤人的把握。

赵正义一直铁青着脸不言不动，此刻忽然厉喝道：“对梅花盗用不着讲江湖道义，各位还不出手！”

大家望着阿飞在田七的棍影中闪动，还在犹疑着，田七的藤棍点穴虽是江湖一绝，也未能制住这少年。

赵正义道：“杀死梅花盗，可是天大的光彩，这机会各位何必错过？”

这句话刚说完，已有七八件兵刃一起向阿飞背后的李寻欢劈了下去，林仙儿冲过去拉住龙啸云的手，道：“四哥，你为何不拦住他们？”

龙啸云黯然道：“你难道未看出我也被人点了穴道。”

就在这时，只听一连串惨呼声响起，三个人踉跄倒退。

阿飞的剑终于已出手！

他的剑此刻虽无把握能伤田七，但别人要来送死，他就不客气了，只见鲜血随着剑光飞激出去，李寻欢的貂裘上已染上了血花。

所有的兵刃立刻又全不见了，只有田七的一条藤棒仍毒蛇般缠住他们，每一招都不离阿飞的要穴。

他这条藤棍比阿飞的剑长得多，阿飞若要照顾身后的李寻欢，就无法欺身而入，既无法欺身而入，就只有招架闪避，只有挨打。

林仙儿忽然长长叹了口气，道：“毕竟是赵大爷侠义无双，绝不肯以多为胜！”

赵正义目光一闪，冷冷道：“只不过老夫已说过，对梅花盗这种人讲江湖道义也无用！”

他一步蹿到厅侧，自兵器架上抄了柄长枪，随手一抖，就抖起了斗大的枪花，直刺李寻欢背脊。

“铁面无私”赵正义在武林中能享大名，倒也并非全是沽名钓誉，这柄长枪一施展开来，确有摄人之处。

枪乃百兵之祖，棍乃百兵之王，何况一寸长一寸强，阿飞以一柄短剑，周旋在这两样至强至霸的兵刃间，已是吃亏不少，何况他身后还背着一个人，更何况他根本不知道对方点的是自己何处穴道。

田七以己之长，击人之短，本已占尽先机，但也不知怎地，那最后一击，总是差了一些，总是无法将对方击倒。

数十招过后，他忽然发觉这少年虽未还手，但步法之神妙，却是自己前所未见，自己每招部位力量明明都拿得恰到好处，明明已可点住对方的穴道，但这少年脚步也不知怎么一滑，自己这一招就落空了。

田七虽然见多识广，却也看不透这步法的来历，当下暗忖道：“这少年的来头必定不小，我又何苦多结冤家。”

一念至此，立刻微笑道：“小兄弟，我看你还是放下他吧，否则他未连累你，你反倒连累他了。”

林仙儿道：“不错，你还是放下他的好，我可以保证田七爷非但绝没有伤你之心，也绝不会杀了他的。”

她语声既温柔，又诚恳，充满了关切焦急之意。

阿飞咬了咬牙道：“你们既然要我放下他，自己为何不住手？”

田七一棍点出，人已退后七尺，赵正义枪已刺出，收势不及，突然掉转枪尖，向地上刺了下去。

只听“铮”的一声，火星四溅，枪尖折断，飞了出去。

阿飞连看都没有看他一眼，将李寻欢扶到椅子上坐下，只是李寻欢胸膛起伏，苍白的脸上又泛起一种凄艳的红色，显然一直在强忍着，没有咳出来，只因他生怕咳嗽会影响阿飞的出手。

阿飞只觉胸中热血上涌，咬了咬牙，缓缓道："我错了，我只顾自己逞强，却忘了你。"

李寻欢笑了笑，道："无论你是对是错，我都同样感激你。"

他一开口说话，就不停地咳嗽起来。

阿飞凝注着他，过了半晌，缓缓转过身，面对着赵正义，道："我只后悔一件事，上次我为何不杀了你！"

他嘴里说着话，剑已刺了出去。

这一剑之快，简直不可思议，赵正义哪里还能闪避得开，眼见就要血溅当地，谁知就在这时，突听大厅外有人口宣佛号，"阿弥陀佛"这四个字只说了一个字时，已有一股劲风带着串黑影打了进来。

说到第二个字时，劲风和黑影已将要击上阿飞的后背，阿飞剑势明明已疾出，但在这刻不容缓的刹那间，突然回剑转身。

只听"锵"的一响，剑尖挑起了黑影，竟是串佛珠。

直到这时"阿弥陀佛"这短短四个字才说完，佛珠已被剑尖挑飞，但剑尖犹在嗡嗡作响，震动不绝。

这小小一串佛珠，竟似有千钧之力。

剑仍在震动，阿飞的人却如花岗石般动也不动。

天已亮了。

熹微的晨光中，只见五个芒鞋、白袜的灰袍僧人自大厅外缓缓走了进来，当先一人须眉俱已苍白，在晨光中看来宛如银丝，但脸仍是红中透白，一双眼睛更是目光炯炯，顾盼生威。

他双手合十，那串佛珠不知怎地又回到他手上，两只手合在一起，厚如门板，显然已将佛家掌力练至炉火纯青。

赵正义惊魂初定，见到这白眉僧人，立刻躬身道："不知大师法驾光临，有失远迎，多请恕罪。"

白眉僧人只笑了笑，目光就盯在阿飞脸上，沉声道："这位檀越好快的剑。"

阿飞道："我的剑若不快，只怕就要大师来超度亡魂了。"

白眉僧人道："老僧不愿檀越多造杀孽，是以才出手，须知檀越的剑虽快，却仍快不过我佛如来的法眼。"

阿飞道："大师的佛珠难道就能快得过如来的法眼吗？我若死在大师的佛珠下，岂非也要多一重杀孽！"

赵正义厉声道："好大胆，在少林护法大师面前，你也敢如此无礼？"

白眉僧人笑了笑，道："无妨，少年的口舌本就利于刀剑，老僧倒还能承受得起。"

林仙儿忽然笑道："心眉大师既然并不怪罪，你还不快走？"

赵正义冷冷道："他方才不走，此刻想走只怕太迟了！"

阿飞道："哦，你难道还拦得住我？"

他嘴唇说着话，已大步走了出去。

赵正义面色又变了，道："大师……"

田七抢着笑道："心眉大师素来慈悲为怀，怎会难为这种无知少年，让他走吧。"

赵正义叹了口气，喃喃道："让他走容易，再要他来，只怕就很难了。"

心眉大师目光闪动，沉声道："敝派掌门师兄接到自法陀寺转去的飞鸽传书，知道本门俗家弟子秦重负了重伤，立刻就令老僧兼程赶来。"

赵正义叹了一声，瞪着李寻欢，道："只可惜大师还是来迟了一步。"

天已很亮了，街道上行人已不少，阿飞走在昨夜的积雪中，他的步履虽轻快，心情却无比沉重。

突听一人唤道："等一等……等一等……"

这声音又清脆又娇美，阿飞不用回头，已知是谁来了。

只因街道上的人都已睁大了眼睛，痴痴地望着他身后，正在走路的都停下了脚，正在说话的也忘了自己在说什么。

阿飞没有回头，但也不由自主停下了脚步。

只听一阵轻微的喘息声到了他身后，一阵醉人的香气，也已飘入他心头，他也不能不回头了。

林仙儿犹在喘息着，美丽的面靥上带着淡淡的一抹晕红，天畔虽已有朝霞初露，但朝霞也已失却了颜色。

阿飞的眼睛却仍冷漠得如同地上积雪。

林仙儿垂下了头，红着脸道："我……我是来向你道歉的，我……"

阿飞道："你根本没有什么好道歉的。"

林仙儿咬着嘴角，轻轻跺脚道："但那些人实在太无聊，也太无礼。"

阿飞道："那也与你无关。"

林仙儿道："可是你救了我，我怎么能……"

阿飞道："我救了你，却没有救他们，我救你，也并不是为了要你替他们来道歉的。"

林仙儿的脸更红了，她就像是撞到了一面石墙，每句话还没有说，就被冷冰冰地撞了回去。

阿飞道："你还要说什么？"

林仙儿实在也不知该说什么了，她这一辈子从来也没有见过这样的人，她总认为就算是冰山，在她面前也会融化。

阿飞道："再见。"

他扭头就走，但刚走了两步，林仙儿突又唤道："等一等，我还有话说。"

阿飞这次根本连头都不回了。

林仙儿冷冷道："我……我想问你，在什么地方可以找得到你。"

阿飞道："你不必找我。"

林仙儿眼皮转动，道："那么，李寻欢有什么不测，我该去告诉谁呢？"

阿飞骤然回过头，道："你知不知道西门外的沈家祠堂？"

林仙儿嫣然道："你莫忘了，我在这城里已住了五六年。"

阿飞道："我就住在那祠堂里，日落之前，我绝不离开。"

林仙儿："日落之后呢？"

阿飞默然半晌，仰面望天，缓缓道："你莫忘了，李寻欢是我的朋友，我的朋友并不多，像他这样的朋友更找不出第二个，他若死了，这世界就无趣极了。"

林仙儿叹了口气，幽幽道："我早就知道今夜你还会回来救他的，可是你要知道，无论多好的朋友，也没有自己的性命重要。"

阿飞霍然低下头，瞪着她，一字字道："我只希望你以后永远莫要说这种话，这次我只当没有听到！"

第十五章

情深意重

下了多天的雪，今天总算有了阳光。

但阳光并没有照进这间屋子，李寻欢也并不失望，因为他已知道，世上本就有许多地方是永远见不到阳光的。

何况，对于“失望”，他也久已习惯了。

他全不知道田七、赵正义这些人要对他怎么样，他甚至连想都懒得去想，现在，田七他们已将少林寺的僧人带去见秦孝仪父子了，却将他囚禁在这阴湿的柴房里，龙啸云居然也并没有替他说什么。

但李寻欢也没有怪他。

龙啸云也有他的苦衷，何况他已根本无能为力。

现在，李寻欢只希望阿飞永远莫要再来救他，因为他已发现阿飞剑虽快，但武功却有许多奇怪的弱点，和人交手的经验更差，遇着田七、心眉大师这样的强敌，他若不能一剑得手，也许就永远无法得手！

只要再过三年，阿飞就能把他武功的弱点全弥补过来，到那时他也许就能无敌于天下。

所以他必须再多活两三年。

地上很潮湿，一阵阵寒气砭入肌骨，李寻欢又不停地咳嗽起来，他只希望能有杯酒喝。

可是，此刻连喝杯酒竟都已变成不可企求的奢望，若是换了别人，只怕难免要忍不住痛哭一场。

但李寻欢却笑了，他觉得世事的变化的确很有趣。

这地方本是属于他的，所有一切本都属于他的，而现在他却被人当作贼，被人像条狗似的锁在柴房里，这种事有谁能想得到？

门忽然开了。

难道赵正义连一刻都等不得，现在就想要他的命？

但李寻欢立刻就知道来的人不是赵正义——他闻到了一股酒香，接着，就看到一只手拿着杯酒自门缝里伸了进来。

这只手很小，手腕上露出一截红色的衣袖。

李寻欢道："小云，是你？"

酒杯缩了回去，红孩儿就笑嘻嘻地走了进来，用两只手捧着酒杯，放在鼻子下嗅着，笑道："我知道你现在一定很想喝酒，是吗？"

李寻欢笑了，道："你知道我想喝酒，所以才替我送酒来的？"

红孩儿点了点头，将酒杯送到李寻欢面前，李寻欢刚想张开嘴，他却忽又将酒杯缩了回去，笑道："你能猜得出这是什么酒，我才给你喝。"

李寻欢闭上眼睛，长长吸了口气，笑道："这是陈年的竹叶青，是我最喜欢喝的酒，我若连这种酒的味道都嗅不出，只怕就真的该死了。"

红孩儿笑道："难怪别人都说小李探花对女人和酒都是专家，这话真是一点都不错，但你若真想喝这杯酒，还得回答我一句话。"

李寻欢道："什么话？"

红孩儿脸上孩子气的笑容忽然变得很阴沉。

他瞪着李寻欢道："我问你，你和我母亲究竟是什么关系？她是不是很喜欢你？"

李寻欢的脸色立刻也变了，皱眉道："这也是你应该问的话么？"

红孩儿道："我为什么不该问，母亲的事，儿子当然有权知道。"

李寻欢怒道："你难道不明白你母亲全心全意地爱着你，你怎敢怀疑她？"

红孩儿冷笑道："你休想瞒我，什么事都瞒不住我的。"

他咬着牙，又道："她一听到你的事，就关上房门，一个人躲着偷偷地哭，我快死的时候她都没有哭得这么伤心，我问你，这是为了什么？"

李寻欢的心已绞住了，他整个人都似已变成了一团泥，正在被人用力践踏着，过了很久，他才沉重地叹了口气，道："我告诉你，你可以怀疑任何人，但绝不能怀疑你的母亲，她绝没有丝毫能被人怀疑之处，现在你快带着你的酒走吧。”

红孩儿瞪着他，道：“这杯酒我是带来给你的，怎么能带走？”

他忽然将这杯酒全都泼在李寻欢脸上。

李寻欢动都没有动，甚至也没有看他一眼，反而柔声道：“你还是个孩子，我不怪你……”

红孩儿冷笑道：“我就算不是孩子，你又能对我怎么样？”

他忽然拔出一柄刀，在李寻欢眼前扬了扬大声道：“你看清了么？这是你的刀，她说我有了你的刀，就等于有了护身符，但现在你还能保护我么？你根本连自己都无法保护自己了。”

李寻欢叹了口气，道：“不错，刀，本来是伤害人的，并不是保护人的。”

红孩儿脸色发白，嘶声道：“你害得我终身残废，现在我也要让你和我受同样的罪，你……”

突听门外一人道：“小云？是你在里面吗？”

这声音温柔而动听，但李寻欢和红孩儿一听到这声音，脸色立刻又变了，红孩儿赶紧藏起了刀，面上突然又露出了那种孩子气的笑容，道：“娘，是我在这里，我带了杯酒来给李大叔喝，娘在外面一叫，吓了我一跳，害得我把酒都泼在李大叔身上了。”

他说着话时，林诗音已出现在门口，她一双美丽的眼睛果然已有些发红，充满了悲痛，也带着些愤怒。

但等到红孩儿依偎过去时，她目光立刻变得柔和起来，道：“李大叔现在不想喝酒，你现在却该躺在床上的，去吧。”

红孩儿道：“李大叔一定受了别人冤枉，我们为何不救他？”

林诗音轻叱道：“小孩子不许乱说话，快去睡。”

红孩儿回头向李寻欢一笑，道：“李大叔，我走了，明天我再替你送酒来。”

李寻欢望着他脸上孩子气的笑容，手心已不觉沁出了冷汗。

只听林诗音幽幽地叹息了一声，道：“我本来只担心这孩子会对你怀恨在心，现在……现在我才放心了，他有时虽然会做错事，但却并不是个坏孩子。”

李寻欢只有苦笑。

听到她充满了母爱的声音，他还能说什么？他早已知道“爱”本就是盲目的，尤其是母爱。

林诗音也没有看他，又过了很久，才缓缓道：“你本来至少还是个很守信的人，现在为何变了？”

李寻欢只觉喉头似已被塞住，什么话都说不出。

林诗音道：“你已答应过我绝不去找仙儿，但他们却是在仙儿的屋子里找到你的。”

李寻欢笑了——他自己也不知道自己怎么还能笑得出来，但他的确笑了，他望着自己的脚尖笑道：“我记得这间屋子是十多年前才盖起来的，是不是？”

林诗音皱了皱眉，道：“嗯。”

李寻欢道：“但现在这屋子却已很旧了，屋角已有了裂缝，窗户也破烂了……可见十年的时光的确不短，在十年中屋子都会变破烂，何况人呢？”

林诗音紧握着双手，颤道：“你……你现在难道已变成了个骗子？”

李寻欢道：“我本来就是个骗子，只不过现在骗人的经验更丰富了些而已。”

林诗音咬着嘴唇，霍然扭转身，冲了出去。

李寻欢还在笑着，他的目的总算已达到。

他就是要伤害她，要她快走，为了不让别人被自己连累，他只有狠下心，来伤害这些关心他的人。

因为这些人也正是他最关心的。

当他伤害他们的时候，也等于在伤害自己，他虽然还在笑着，但他的心却已碎裂……

他紧闭着眼睛，不让眼泪流出来，等他再张开眼睛时，他就发现林诗音不知何时已回到屋子里，正在凝注着他。

李寻欢道：“你……你为何还不走？”

林诗音道：“我只想问清楚，你……你究竟是不是梅花盗？”

李寻欢忽然大笑起来，道：“我是梅花盗？……你问我是不是梅花盗？”

林诗音颤声道：“我虽然绝不信你是梅花盗，但还是要亲耳听到你自己说……”

李寻欢大笑道：“你既然绝不信，为何还要问？我既然是骗子，你问了又有何用？我能骗你一次，就能骗你一百次、一千次！”

林诗音的脸色愈来愈苍白，身子也在发抖。

过了很久，她忽然跺了跺脚，道：“我放你走，不管你是不是梅花盗，我都放你走，只求你这次走了后，莫要再回来了，永远莫要再回来了！”

李寻欢嗄声道：“住手！你怎么能做这种事？你以为我会像条狗似的落荒而逃？你将我看成什么人了？”

林诗音根本不理他，扳过他身子，就要解他的穴道。

就在这时，突听一人厉声道：“诗音，你想做什么？”

这是龙啸云的声音。

林诗音霍然转身，瞪着站在门口的龙啸云，一字字道：“我想做什么，你难道不知道？”

龙啸云脸色变了变，道：“可是……”

林诗音道：“可是什么？这件事本来应该你来做的！你难道忘了他对我们的恩情？你难道忘了以前的事？你难道能眼看他被人杀死？”

她身子抖得更厉害，嘶声道：“你既然不敢做这件事，只有我来做，你难道还想来拦住我？”

龙啸云紧握着双拳，忽然用拳头重重地捶打着胸膛，道：“我是不敢，我是没胆子，我是懦夫！但你为何不想想，我们怎能做这件事！我们救了他之后，别人会放过我们么？”

林诗音望着他，就好像从来也没有见过这个人似的，她缓缓往后退，缓缓道：“你变了，你也变了……你以前不是这种人的……”

龙啸云黯然道：“不错，我也许变了，因为我现在已有了妻子、孩子，我无论做什么，都要先替他们着想，我不忍让他们为了我而……”

他话未说完，林诗音已失声痛哭起来——世上绝没有任何话能比“孩子”这两字更能令慈母动心的了。

龙啸云忽然跪倒在李寻欢面前，流泪道：“兄弟，我对不起你，只求你能原谅我……”

李寻欢道：“原谅你？我根本不明白你们在说什么？我早已告诉过你，这根本不关你们的事，我若要走，自己也有法子走的，用不着你们来救我。”

他还是在望着自己的脚尖，因为他已实在不能再看他们一眼，他生怕自己会忍不住流下泪来。

龙啸云道：“兄弟，你受的委屈，我全都知道，但我可以保证，他们绝不会害死你的，你只要见到心湖大师，就会没事了。”

李寻欢皱眉道：“心湖大师？他们难道要将我送到少林寺去？”

龙啸云道：“不错，秦重虽是心湖大师的爱徒，心湖大师也绝不会胡乱冤枉好人的，何况，百晓生前辈此刻也在少林寺，他一定会为你主持公道。”

李寻欢没有说话，因为他看到田七了。

田七正在望着他微笑。

就在田七出现的那一瞬间，林诗音已恢复了镇静，向田七微微颔首，缓缓走了出去。

晚风刺骨，她走了两步，忽然道：“云儿，你出来。”

红孩儿闪缩着自屋角后溜了出来，赔笑道：“娘，我睡不着，所以……所以……”

林诗音道：“所以你就将他们全都找到这里来了？是不是？”

红孩儿笑着奔过来，忽然发现他母亲的脸色几乎就和黎明前的寒夜一样阴沉，他停下脚步，头也垂了下来。

林诗音静静地望着他，这是她亲生的儿子，这是她的性命、她的骨血，她刚擦干的眼睛又不禁流下了两滴眼泪。

过了很久，她才黯然叹息了一声，仰面向天，喃喃道：“为什么仇恨总是比恩情难以忘却……”

要忘记别人的恩情仿佛很容易，但若要忘记别人的仇恨就太困难了，所以这世上的愁苦总是多于欢乐。

铁传甲紧握着双拳，在祠堂中来来回回地走着，也不知走过多少遍了，火堆已将熄，但谁也没有去添柴木。

阿飞只是静静地坐在那里，动也不动。

铁传甲恨恨道："我早已想到就算你杀死了梅花盗，那些'大侠'们也绝不会承认的，一群野狗若是看到了肥肉，怎肯再让给别人。"

阿飞道："你劝过我，我还是要去，只因我非去不可！"

铁传甲叹道："幸好你去了，否则你只怕永远也不会了解这些大侠们的真面目。"

他忽然转过身，凝视着阿飞道："你真的没有见到我们家的少爷么？"

阿飞道："没有。"

铁传甲望着将熄的火堆，呆呆地出了会儿神，喃喃道："不知他现在怎么样了……"

阿飞道："他永远用不着别人为他担心的。"

铁传甲展颜笑道："不错，那些'大侠'们虽然将他看成肉中刺、眼中钉，但却绝没有一个人敢动他一根手指的。"

阿飞道；"嗯。"

铁传甲又兜了两个圈子，望着门外的曙色，道："天已亮了，我要动身了。"

阿飞道："好。"

铁传甲道："你要是见到我家少爷，就说，铁传甲若能将恩仇算清，一定还会回来找他的。"

阿飞道："好。"

铁传甲望着他瘦削的脸，抱拳道："那么……就此别过。"

他目中虽有依恋之意，但却头也不回地走了出去。

阿飞还是没有动，甚至没有抬头看一眼，但是他那双冷酷明亮的眸子里，却仿佛泛起了一阵潮湿的雾。

能将恩情看得比仇恨还重的人，这世上又有几个？

阿飞闭起眼睛，仿佛睡着了，眼角却已沁出了一滴泪珠，看来就像是凝结在花岗石上的一滴冷露。

他没有对铁传甲说出李寻欢的遭遇，只因他不愿见铁传甲去为李寻欢拼命，他要自己去为李寻欢拼命！

为了朋友的义气，一条命又能值几何？

祠堂的寒意愈来愈重，火也熄了，石板上似已结了霜，阿飞就坐在结霜的石板上。

他穿的衣衫虽单薄，心里却燃着一把火。

永恒不灭的火。

就因为有些人心里燃着这种火，所以世界才没有陷于黑暗，热血的男儿也不会永远寂寞。

也不知过了多久，朝阳将一个人的影子轻轻地送了进来，长长的黑影盖上了阿飞的脸。

阿飞并没有张开眼睛，只是问道："是你？有消息了么？"

这少年竟有着比野兽更灵敏的触觉，门外来的果然是林仙儿，她美丽的脸上似已因兴奋而发红，微微喘着道："是好消息。"

"好消息？"

阿飞几乎已不能相信，这世上还有好消息。

林仙儿道："他虽然暂时还不能脱身，但至少已没有危险了。"

阿飞道："哦？"

林仙儿道："因为田七他们也只得依从心眉大师的主意，决定将他送到少林寺去，少林派的掌门大师心湖和尚素来很正直，而且听说平江百晓生也在那里，这两人若还不能洗刷他的冤名，就没有别人能了。"

阿飞道："百晓生？百晓生是什么人？"

林仙儿笑了笑，道："这人乃是世上第一位智者，无所不知，无所不晓，而且据说只有他能分得出梅花盗的真假。"

阿飞沉默了半晌，忽然张开眼来，瞪着林仙儿道："你可知道世上最讨厌的是哪种人么？"

林仙儿似也不敢接触他锐利的目光，眼波流转，笑道："莫非是赵正义那样的伪君子？"

阿飞道："伪君子虽可恨，万事通却更讨厌。"

林仙儿道："万事通？你说的莫非是百晓生。"

阿飞道："不错，这种人自作聪明，自命不凡，自以为什么事都知道，凭他们的一句话就能决定别人的命运，其实他们真正懂得的事又有多少？"

林仙儿道："但别人都说……"

阿飞冷笑道："就因为别人都说他无所不知，到后来他也只有自己骗自己，硬装成无所不知了。"

"你……你不信任他？"

阿飞道："我宁可信任一个什么都不知道的人。"

林仙儿嫣然一笑，道："你说话真有意思，若能时常跟你说话，我一定也会变得聪明些的。"

一个人若想别人对他有好感，最好的法子就是先让别人知道自己很喜欢他——这法子林仙儿也不知用过多少次了。

但这次她并没有用成功，因为阿飞似乎根本没有听她在说什么，他站起来走到门口，望着门外的积雪沉思了很久，才沉声问道："他们准备什么时候动身？"

林仙儿道："明天早上。"

阿飞道："为什么要等到明天？"

林仙儿道："因为今天晚上他们要设宴为心眉大师洗尘。"

阿飞霍然回首，闪闪发光的眼睛瞪着她，道："除此之外就没有别的原因了么？"

林仙儿道："为什么一定还要有别的原因？"

阿飞道："心眉绝不会只为了吃顿饭就耽误一天的。"

林仙儿眼珠一转，道："他虽然并不是为了吃这顿饭而留下来的，但却非留下来吃这顿饭不可，因为今天的晚筵上还有一位特别的客人。"

阿飞道："谁？"

林仙儿道："铁笛先生。"

阿飞道："铁笛先生？这是什么人？"

林仙儿睁大了眼睛，仿佛很吃惊，道："你连铁笛先生都不知道？"

阿飞道："我为什么一定要知道他？"

林仙儿叹了口气，道："因为这位铁笛先生就算不是今日江湖中最负盛名的人，也差不多了。"

阿飞道："哦？"

林仙儿道：“据说此人武功之高，已不在武林七大宗派的掌门之下。”

阿飞冷冷道：“成名的武林高手，我倒也见过不少。”

林仙儿道：“但这人却不同，他绝不是徒负虚名之辈，非但武功精绝，而且铁笛中还暗藏一十三口摄魂钉，专打人身穴道，乃是当今武林中的第一位点穴名家！”

她一面说着话，一面留意阿飞面上的神色。

但阿飞这次又令她失望了。

他脸上根本没有露出丝毫惊惧之色，反而笑了笑，道：“原来他们找这铁笛先生来就是对付我的。”

林仙儿垂下眼帘，道：“心眉大师做事一向很谨慎，他怕……”

阿飞道：“他怕我去救李寻欢所以就找铁笛先生来做保镖。”

林仙儿道：“纵然他们不找，铁笛先生也非来不可。”

阿飞道：“为什么？”

林仙儿道：“因为铁笛先生的爱妾‘如意’已死在梅花盗手上。”

阿飞的眼睛更深沉，凝视着腰带上的剑柄，缓缓道：“他什么时候到？”

林仙儿道：“他说他要赶来吃晚饭的。”

阿飞道：“那么，他们也许吃过晚饭就动身了。”

林仙儿想了想，道：“也许……”

阿飞道：“也许他们根本永远不会动身了。”

林仙儿道：“永远不会动身？为什么？”

阿飞一字字道：“我的妻子若死在一个人身上，我绝不会让他活着到少林寺去的。”

林仙儿动容道：“你是怕铁笛先生一来了就对李寻欢下毒手？”

阿飞道：“嗯。”

林仙儿怔半晌，长长吐出口气，道：“不错，这也有可能，铁笛先生从来不买别人账的，他若要出手，心眉大师也未必能拦得住他。”

阿飞道：“你的话已说完，可以走了。”

林仙儿道：“可是……你难道想在铁笛先生赶来之前，先去将李寻欢救出来？”

阿飞道："我怎么想都与你无关，请。"

林仙儿道："可是……可是就凭你一人之力，是绝对救不了他的！"

她不让阿飞说话，抢着又道："我知道你的武功很高，但田七、赵正义也都不弱，心眉大师更是当今少林的第二把高手，内功早已炉火纯青……"

阿飞冷冷地望着她，什么话也没有说。

林仙儿喘了口气，道："兴云庄此刻可说是高手云集，你若想在白天去下手救人，实在是……实在是……"

阿飞突然道："实在是发疯，是不是？"

林仙儿垂下了头，不敢接触他的眼睛。

阿飞却笑了又笑，道："每个人偶尔都会发一次疯的，有时这并不是坏事。"

林仙儿垂着头，弄着衣角，过了半晌，她眼睛里忽然发出了光，道："我明白你的意思了。"

阿飞道："哦？"

林仙儿道："就因为别人都想不到你敢在白天去下手，所以防范一定不严密，何况，他们昨天晚上都忙了一夜，说不定都会睡个午觉……"

阿飞淡淡道："你的话已说得太多了。"

林仙儿嫣然道："好，我闭上嘴就是，但你……你还是应该小心些，万一出了什么事，莫忘记兴云庄里还有个欠你一条命的人。"

冷天的暮色总是来得特别早，刚过午时没多久，天色就已渐渐黯淡了下来，但燃灯又还嫌太早了一些。

对大多数人来说，这段时候正是一天中最宁静的时候。

阿飞在兴云庄对面的屋脊后已足足等了一个时辰。

他伏在那里，就像一只专候在鼠穴外的猫，由头到脚，绝没有丝毫动弹，只有一双锐利的眼睛始终在闪闪地发着光。

风刮在身上，冷得像是刀。

但他却一点也不在乎，他十岁的时候，为了要捕杀一只狐狸，就曾动也不动地在雪地上等了两个时辰。

那次，他忍耐是为了挨饿，捉不到那只狐狸，他就可能挨饿。一个人为了自己要活着而忍受痛苦，并不太困难。

一个人若为了要让别人活着而忍受痛苦，就不是件容易事了，这件事通常很少有人能办得到。

兴云庄的大门也就和往日一样，并没有关上，但门口却冷清清的，非但瞧不见车马，也很少有人走动。

阿飞却还是不肯放松，在荒野中的生活，已使他养成了野兽般的警觉，无论任何一次出击之前，都要等很久，看很久。

他知道等得愈久，看得愈多，就愈不会发生错误——他也知道无论多么小的错误，都可能是致命的错误。

这时已有一个人大摇大摆自兴云庄里走了出来，虽然隔了很远，阿飞却也看清这人是个麻子。

他自然想不到这麻子就是林仙儿的父亲，他只看出这麻子一定是兴云庄里一个有头有脸的佣人。

因为普通的小佣人，绝不会像这样趾高气扬的——若不是佣人，也不会如此趾高气扬了。

瓶子里没有醋，固然不会响，若是装满了醋，也摇不响的，只有半瓶子醋才会晃荡晃荡。

这位林大总管肚子里醋装的虽不多，酒装得却不少。

他大摇大摆地走着，正想到小茶馆里去吹牛，谁知刚走到街角，就忽然发现一柄剑已指着他的咽喉。

阿飞并不愿对这种人用剑，但用剑说话，却比用舌头有效得多，他更不愿对这种人多费唇舌，冷冷道："我问一句，你答一句，你答不出，我就杀你，答错了我也杀你，明白了么？"

林麻子想点头，却怕剑刺伤下巴，想说话，却说不出，肚子里的酒已变成冷汗流得满头。

阿飞道："我问你，李寻欢是不是还在庄子里？"

林麻子道："是……"

他嘴唇动了好几次，才说出这个字来。

阿飞道："在哪里？"

林麻子道："柴……柴房。"

阿飞道："带我去！"

林麻子大骇道："我……我怎么带你去……我没……我没法子……"

阿飞道："你一定能想得出法子来的。"

他忽然反手一剑，只听"吃吃"的一声，剑锋已刺入墙里。

阿飞的眼睛早已透入林麻子血管里，冷冷道："你一定能想出法子的，是不是？"

林麻子牙齿打战，道："是……是……"

阿飞道："好，转过身，一直走回去，莫忘了我就在你身后。"

林麻子转过身，走了两步，忽又一颤声道："衣服……小人身上这件破皮袄……大爷你穿上……"

阿飞身上穿的只是一套用硝过的小薄羊皮做成的衣服，这种衣服实在太引人注目，林麻子要他穿上自己的皮袄，的确是个好主意——世上有很多好主意，本都是在剑锋逼着下想出来的。

而林总管显然并不是第一次带朋友回来，所以这次阿飞跟在他身后，门口的家丁也并没有特别留意。

柴房离厨房不远，厨房却离主房很远，因为"君子远庖厨"，这兴云庄昔日的主人正是位真正的君子。

林麻子从小路走到柴房，并没有遇见什么人，就算遇见人，别人也以为他是到厨房去拿下酒菜的。

阿飞倒也未想到这件事成功得如此容易。

只见孤零零的一个小院子里，有间孤零零的小屋子，破旧的小门外却加了柄很坚固的大锁。

林麻子道："李……李大爷就被锁在这屋里，大爷你……"

阿飞瞪着他，冷冷道："我想你也不敢骗我。"

林麻子赔笑道："小人怎敢说谎，小人怎敢拿自己的脑袋开玩笑？"

阿飞道："很好。"

这两个字说完，他已反手一击，将这麻子击晕在地上，一步蹿过去，一脚踢开了门。

第十六章

假仁假义

门外并没有人看守，这也许是因为任何人都想不到阿飞敢在白天来救人的，也许是因为大家都想趁机睡个午觉。

这间柴房只有个很小的窗子，就像是天生的牢房一样，阴森森而黑暗，堆得像是小山般的柴木下，蜷伏着一个人，也不知是已晕迷，还是已睡着。

一见到他身上那件貂裘，阿飞胸中的热血就沸腾了起来，连他自己也不明白自己怎会对这人生出如此深厚的友情。

他一步蹿过去，嗄声道：“你……”

就在这时，貂裘下忽然飞起了道剑光。

剑光如电，急削阿飞双足。

这变化实在太出人意料之外，这一剑也实在很快。

幸好阿飞手上还握着剑，他的剑更快，快得简直不可思议，那人的剑虽已先刺出，阿飞的剑后发却先至。

只听“锵”的一声，阿飞的剑尖竟点在对方的剑脊上。

那人骤然觉得手腕一裂，掌中剑已被敲落。

但这人也是少见的高手，临危不乱，身子一翻，已滚出丈外，这时才露出脸来，居然是游龙生去而复返。

阿飞不认得他，也没有看他一眼，一剑出手，身子已往后退，他退得虽快，怎奈却已迟了。

门外已有一条藤棍，一柄金刀封住了退路。

阿飞刚顿住身形，只听“哗啦啦”一声大震，小山般堆起来的柴木全都崩落，现出了十几个人来。

这十几个人俱都疾装劲服，手持弩匣，对准了阿飞，这种诸葛弩在近距离内威力之强，无可比拟。

无论是什么人，无论有多大的本事，若在一间柴房里被十几口诸葛弩围住，再想脱身，只怕就比登天还难了。

田七微笑道："阁下还有什么话说？"

阿飞叹了口气，缓缓坐了下去，道："请动手。"

田七仰面大笑道："好，阁下倒不愧是个痛快的人，田某就索性成全了你吧！"

他挥了挥手，弩箭便已如急雨般射出。

就在这刹那间，阿飞突然就地一滚，左手趁势抄起了方自游龙生掌中跌落的夺情剑。

剑光飞舞，化做光圈，弩箭竟被四下震飞，光圈已滚珠一般滚到门口，赵正义怒吼一声，紫金刀"立劈华山"，急砍而下。

谁知他一刀尚未砍下，光圈中突又飞出一道剑光。

这一剑之快，快如闪电。

赵正义大惊变招，已来不及了，"哧"的一声，剑已刺入了他的咽喉，鲜血溅出，如旗花火箭。

田七倒退半步，反手一棍抽下。

但这时光圈又已化作一道飞虹，向门外蹿了出去。

田七要想追，突又驻足，只见赵正义手掩住咽喉，喉咙里咯咯作响，居然还没有断气。

阿飞夺路为先，伤人还在其次，是以这一剑竟刺偏了两寸，恰巧自赵正义气管与食道间穿出，并没有伤着他的要害。

再看阿飞已掠到小院门外，反手一掷，夺情剑标枪般飞向田七，田七刚想追出，又缩了回去。

长剑"哆"的一声钉入了对面墙壁。

游龙生到这时才长长叹了口气，道："这少年好快的身手！"

田七微微一笑，道："他的运气不错。"

游龙生道："运气？"

田七道："少庄主方才难道未瞧见他身上已挨了两箭么？"

游龙生道："不错，我已看出他左手舞剑，剑光中仍有破绽，必定挡不住七爷属下的神弩，奇怪的是，他居然没有受伤。"

田七道：“这只因他身上穿了金丝甲，我千算万算，竟忘了这一着，否则他纵有天大的本事，今日也休想能活着走出这间柴屋。”

游龙生出神地望着插在墙上的剑，沉重地叹息了一声，道：“他今天不该来的。”

田七笑道：“胜负兵家常事，少庄主又何必懊恼，何况，那厮纵然闯过了我们这一关，第二关他还能闯得过去么？”

阿飞刚掠出门，突听一声“阿弥陀佛”，清朗的佛号声竟似自四面八方同时响了起来。

接着，他就被五个灰袍、芒鞋、白袜的少林僧人团团围住。

这五人俱是双手合十，神情庄穆，行动时脚下如行云流水，一停下来就立刻重如山岳。

当先一人白眉长髯，不怒自威，左手上缠着一串古铜色的佛珠，正是少林的护法大师心眉。

阿飞目光四扫，居然神色不变，只是淡淡道：“出家人原来也会埋伏。”

心眉大师沉声道：“老僧并无伤人之心，檀越何必逞口舌之利，需知利在口舌，损在心头，不能伤人，徒伤自己。”

他缓缓道来说得似乎很平和，但传入阿飞耳中后，每个字都变得有如洪钟巨鼓，震得他耳朵嗡嗡作响。

阿飞道：“和尚的口舌之利，似乎也不在我之下吧！”

他嘴里说着话，人已斜斜冲出。

他知道自己若是凌空跃起，下盘便难免空门大露，心眉的佛珠扫来，他两条腿就算废了。

是以他只有乘机自旁边两人之间的空隙中冲出。

谁知他身子刚动，少林僧人们也忽然如行云流水般转动起来，五个人围着阿飞转动不休。

阿飞脚步停下，少林僧人的脚步也立刻停下来。

心眉大师道：“出家人不愿杀生，檀越你掌中有剑，脚下有足，只要能冲出老僧这小小的罗汉门，老僧便心悦诚服，恭送如仪。”

阿飞长长呼吸了一次，身子却动也不动。

他已看出这些少林僧人们非但功夫深厚，而且身形之配合更是天衣无缝，简直滴水不漏。

阿飞八九岁的时候，就看到一只仙鹤被一条大蟒蛇困住，那仙鹤之喙虽利，但却始终不敢出击。

他本来觉得很奇怪，后来才知道仙鹤最知蛇性，因为这蟒蛇盘成蛇阵后，首尾相应，如雷击电闪，它钢啄若是向蛇首直啄下，双腿就难免被蛇尾卷住，它若啄向蛇尾，便难免被蛇首所伤。

所以这仙鹤一直站着不动，等到蟒蛇不耐，忍不住先出击时，仙鹤的钢啄有如闪电般啄住了蟒蛇的七寸。

阿飞在旁边树上看了一夜，这才明白“首尾相应”固然是行兵的要诀，但若能做到“以静制动，以逸待劳”这八字，便能稳操胜券了。

这道理他始终未曾忘记。

是以少林僧人不动，阿飞也绝不动。

心眉大师自己似有些沉不住气了，道：“檀越难道想束手就缚？”

阿飞道：“不想。”

他的回答素来很干脆，绝不肯浪费一个字。

心眉大师道：“既不愿就缚，为何不走？”

阿飞道：“你不杀我，我也不能杀你，就冲不出去。”

心眉大师淡淡一笑，道：“檀越若能杀得了老僧，老僧死而无怨。”

阿飞道：“好。”

他居然动了！一动就快如闪电。

但见剑光一闪，直刺心眉大师的咽喉。

少林僧人身形也立刻动了，八只铁掌一起向阿飞拍下！

谁知阿飞剑方刺出，脚下忽然一变，谁也看不出他脚步是怎样变的，只觉他身子竟忽然变了个方向。

那一剑本来明明是向心眉刺出的，此刻忽然变了方向，另四人就像是要将自己的手掌送去让他的剑割下。

心眉大师沉声道：“好！”

“好”字出口，他衣袖已卷起一股劲，“少林铁袖”，利于刀刃，这一招正是攻向阿飞必救之处。

四个少林僧人虽遇险招，但自己根本不必出手解救，这也就是

"少林罗汉阵"威力之所在。

谁知就在这刹那间，阿飞的剑方向竟又变了。

别人的剑变招，只不过是出手部位改变而已，但他的剑一变，却连整个方向都改变了。

本是刺向东的一剑，忽然就变成刺向西。

其实他的剑根本未变，变的只是他的脚步，变化之快，简直令人不相信世上会有这么样一双腿。

只听"哧"的一声，心眉大师衣袖已被击中。

接着，剑光忽然化作一溜青虹，人与剑似已结为一体，青虹划过，人已随着剑冲了出去。

他行险侥幸，居然得手，但却忘了背后空门已露出。

只听心眉大师沉声道："檀越慢走，老僧相送。"

阿飞只觉背后一股大力撞来，好像被铁锤打在他的背脊上般，他身上虽有金丝甲，但也被打得胸一热。

他的人就像断线纸鸢般飞了出去。

一个胡茬子发青的少林僧人道："追！"

心眉大师道："不必。"

少年僧人道："他已逃不远了，师叔为何要放他逃走。"

心眉大师道："他既已逃不了，为何还要追？"

那少年僧人想了想，面露微笑，垂首道："师叔说得是。"

心眉大师边望着阿飞逃走的方向，缓缓道："出家人慈悲为怀，能不伤人，还是不伤人的好。"

田七一直在远远瞧着，此刻"哧"的一笑，喃喃道："好个出家人慈悲为怀，若有别人替他杀人，他自己就不肯动手了。"

阿飞借着掌力飞起，也借着飞起之势来消解掌力。

少林护法的掌力果然是雄浑沉厚，不同凡响，阿飞直掠过两重屋脊，才勉强站起来。

等他再次掠起时，才发现自己的内力已受了伤，但这点伤他相信自己还能禁得起。

刻苦的锻炼，艰难的岁月，已使他变成了个不容易倒下去的人，他的身子几乎就像是铁打的。

暮色渐深。

四面看不到人踪，但每株树上，每重屋脊后，每个角落里都可能有敌人潜伏着。

阿飞若能逃出去，已是万幸——在少林护法和四大高手的围攻之下，天下本就很少有人能冲出来的。

只是阿飞并不想逃走。

一件事若还没有成功，他绝不肯半途放弃。

田七他们将李寻欢藏到什么地方呢?

阿飞的目光鹰一般四下搜索着，狸猫般掠下屋脊，蹿入后园。一个人在屋脊上的目标太大，后园中却多的是藏身之地。

突然间，他听到有人在笑。

笑声并不高，却距离很近，仿佛就在他身旁发出来的，他一转头，才发现笑的人竟距离他很远。

数丈外有座小亭，这人就坐在亭子里，倚着栏杆看书，看得很出神，似乎根本没有留意到别的事。

他穿着件很破旧的棉袍子，一张脸很瘦、很黄，胡子很稀疏，看来就像是个营养不良的老学究。

但老学究若在数丈外发笑，别人绝不会以为笑声就发自身旁的，只有内功绝顶的高手，才能将笑声传得这么远。

阿飞停下脚，静静地望着他。

这老学究似乎没有看到阿飞，用手指蘸了点口水，将书翻过了一页，又津津有味地看了下去。

阿飞一步步向后退，退了十步，霍然转身。

一转身他就已到了三丈外，再也不回头，急掠而出，三两个起落，已蹿入了梅林。

梅花开得正盛，一阵阵梅香沁心。

阿飞长长吸了口气，将喉头一点血腥味压了下去。

他已发现自己伤势比想象中重得多，方才一动真气，胸中便似有鲜血要涌出，只怕已难和人交手了。

但就在这时，突听一阵笛声响起。

笛声悠扬而清冽，梅花上的积雪被笛声所摧，一片片飘落下来，一片片落在阿飞身上。

雪花飘飞间，可以看到一个人正倚在数丈外一株梅树下吹笛，身上穿着件破旧的棉袍，赫然就是方才看书的老学究。

笛声渐渐自高亢转为低迷，曲折婉转，荡人幽思。

阿飞这次不再走了，凝视着他，一字字道："铁笛先生？"

笛声骤顿。

铁笛先生抬起头，一双眼睛忽然变得寒星般闪闪生光，就在刹那间，这萎靡的老人似已年轻了十岁。

他盯着阿飞看了很久，忽然道："你受了伤？"

阿飞也有些意外："这人好厉害的眼力。"

铁笛先生道："伤在背后？"

阿飞道："你已看出，何必再问？"

铁笛先生道："是心眉和尚下的手？"

阿飞道："哼。"

铁笛先生笑了笑，摇着头道："少林护法原来也不过如此。"

阿飞道："不过怎样？"

铁笛先生淡淡道："以他的身份，本不该在背后出手伤人，既已伤了你，便不该还让你能活着走到我面前。"

他忽又一笑，喃喃道："老和尚这难道是想借刀杀人么？"

阿飞道："我告诉你三件事：第一，若不在背后出手，他根本出不了手；第二，他纵然出手也杀不死我；第三，你更杀不死我！"

铁笛先生纵声大笑道："少年人好大的口气。"

他的笑声一发即收，厉声道："你既已受伤，我本不愿出手，但你的口气太大，我不能不教训你。"

阿飞似已觉得话说得太多，连一个字都不愿再说。

铁笛先生道："念在你已受伤，我让你三招。"

阿飞望着他，忽然笑了。

他微笑着将剑插回腰带上，扭头就走。

铁笛先生纵声长笑，飞身而起，棉袍的衣襟在空中展开，苍鹰般落到阿飞面前，叱道："既已见到了我，你还想走？"

阿飞连看都没有看他一眼，冷冷道："我不走，你就得死！"

铁笛先生大笑道："是我死，还是你死？"

阿飞道："没有人能让我三招。"

铁笛先生道："我若让你三招，就非死不可？"

阿飞道："是。"

铁笛先生道："你为何不试试？"

阿飞不再说话，转过目光，盯着他。

铁笛先生骤然觉得有股寒意自心底升起。

他享受盛名并非侥幸，而是经过大大小小无数次血战得来的，每次血战中，他都会面对一双眼。

各式各样的眼睛，有的眼睛里充满了怨毒凶恶，也有的眼睛里充满畏惧和乞怜之意。

但他从未见过这样的眼睛。

这双眼睛里几乎完全没有任何感情，这少年的眼珠子也像是用石头塑成的，这双眼睛瞪着你时，就好像一尊神像在神案上漠然俯视着苍生。

铁笛先生竟不由自主后退了半步。

就在这时，阿飞的剑已出手。

一剑刺出，绝不空回。

这是阿飞的信条，没有绝对把握时，他的剑绝不出手！

铁笛先生的身子突又凌空掠起冲上梅梢，只听"哗啦啦"一片声响，雪花、梅花飞满天。

白雪和红梅在半空中交织成一幅绮丽的图案，从下面望上去，只见铁笛先生的身子在白云红梅中飘飘飞舞。

阿飞根本没有抬头，剑已收起。

铁笛先生已轻飘飘落了下来，他落得那么慢，看来就像一个纸扎的人，他身子还在空中，雪地上已多了一串鲜血。

阿飞凝视着地上的血，缓缓道："没有人能让我三招，一招都不能！"

铁笛先生倚着梅树，喘息着，他的脸苍白，咽喉之下，胸口之上，血迹淋漓。

他那支名震天下的铁笛根本没有机会出手！

阿飞道："但你没有死，也因为你让我三招，你没有失信。"

他忽又笑了笑道："你至少比心眉强得多。"

心眉说绝不伤人，只要他冲出罗汉阵，但后来还是伤了他，这教训他发誓永远也不忘记。

铁笛先生喘息着，忽然道："还有两招。"

阿飞道："还有两招？"

铁笛先生咬牙忍受着痛苦，勉强笑道："我让你三招，你只出手一招。"

阿飞再次转过身来凝视着他，凝视了很久很久，道："好！"

他轻轻出手，在铁笛先生面前击了两掌，道："现在三招都已……"

就在这时，只听"叮"的一声轻响，十余点寒星暴雨般自铁笛先生手上的铁笛中飞射而出！

阿飞凌空一个翻身，掠出三丈，等到落下来时，人已站不住了，两条腿一软扑地坐下。

铁笛先生苍白的脸上泛起一阵兴奋的红光，喘息着道："今天我已学会了一件事，绝不让任何人三招，你也该学会一件事……若要出手，就一定要令对方倒下，否则你就绝不要出手！"

阿飞咬着牙，瞧着钉在他腿上的一点寒星，一字字道："这件事我一定忘不了的！"

铁笛先生道："好，你走吧。"

阿飞还未说话，已听得一阵脚步声响起。

有人在呼唤着道："前辈，铁老前辈，你得手了么？"

铁笛先生道："快走，我已无力杀你，也不愿你死在别人手上！"

阿飞就地一滚，滚出两丈。

他的腿虽已不能走，他的手却同样有力。

但他也知道自己是走不远的，这一片白银般的雪地，就是他致命的对头，他已无力消灭自己在雪地上留下来的痕迹。

田七他们迟早都会追上来的。

何况他此刻喉头又已感觉到一阵阵血腥气，他虽然在勉强忍耐着，但这口血迟早还是难免要吐出来。

用不着别人来追，他自己已支持不了多久，他只想见李寻欢最后一面，告诉李寻欢他已尽了力。

就在这时，已有一条人影向他扑了过来。

屋子里只燃着一支烛。

烛光映着李寻欢苍白而带着病态嫣红的脸，他不停地咳嗽着，咳得几乎喘不过气来。

龙啸云默默地望着他，等他咳完了，才递过一杯酒去，递到他嘴边，慢慢地倒入他的嘴里。

喝完了这杯酒，李寻欢就笑了，道："大哥，你看我一滴酒都没有漏出来吧？我就算被人悬空倒着吊起来，但若有人喂我喝酒，我也绝不会漏出来的。"

龙啸云想笑，却没有笑出来，黯然道："你为什么不让我解开你的穴道？"

李寻欢笑道："我是个禁不起诱惑的人，你若解开我的穴道，我说不定就想跑了。"

龙啸云道："现在……现在他们都不在这里，你若……"

李寻欢打断了他的话，道："大哥，你到现在还不明白我的意思么？"

龙啸云叹道："我明白，可是……"

李寻欢笑了笑，道："我知道你又想说那句话了，但你实在并没有什么对不起我的地方，你将我从柴房搬到这里来，又有酒喝，这已不愧我们兄弟一场了。"

第十七章

原形毕露

龙啸云听了李寻欢的话，垂下了头，沉默了很久，黯然道：“明天……明天你就要走了，我……”

李寻欢道：“你千万莫要再来送我，我从来不喜欢送人，也不愿别人来送我，我看到别人送行时那种如丧考妣的模样就觉得恶心。”

他又笑了笑道：“何况我这次去的地方又不远，说不定三五天就会回来。”

龙啸云也打起了精神，展颜笑道：“不错，你回来我一定接你，那时我们再好好醉一场。”

突听一人幽幽道：“你们明知这一去永远也不会回来了，又何必还要自己骗自己。”

林诗音缓缓走了过来，美丽的面容似又憔悴了许多。

李寻欢目中立刻露出了痛苦之色，却还是笑着道：“我为何不会回来？你们都是我最好的朋友，我……”

林诗音没有让他说完这句话，冷冷道：“谁是你的好朋友，这里根本没有你的朋友。”

她忽然指着龙啸云，道：“你以为他是你的朋友么？他若是你的朋友，就该立刻让你走。”

龙啸云道：“可是他……”

林诗音道：“他不走，是怕连累了你，但你为何不放他？走不走是他的事，放不放却是你的事。”

她没有听龙啸云答复，就头也不回地冲了出去。

龙啸云霍然长身而起，嗄声道：“她说得对，无论你走不走，我都该放了你的。”

李寻欢忽然大笑起来。

龙啸云愣了愣道：“你……你笑什么？”

李寻欢叫道：“你几时学会听女人的话了？我交的是龙啸云，是条好汉子，可不是怕老婆的可怜虫。”

龙啸云紧握着双拳，热泪已不禁夺眶而出，颤声道：“兄弟，你……对我太好了，我并不是不懂你的苦心，可是……可是却叫我这一生如何报答你？”

李寻欢道：“我正有件事想求你。”

龙啸云一把抓住他肩头，道：“什么事？你只管说，快说。”

李寻欢道：“昨天来的那少年阿飞，大哥你总该还记得他吧？”

龙啸云道：“当然记得。”

李寻欢道：“他若有了什么危险，大哥你一定要助他一臂之力。”

龙啸云的手缓缓松开，仰面长叹道：“到了这种时候，你还只记着他，你难道从来不肯为自己想想？”

李寻欢道：“我只问你答不答应？”

龙啸云道：“我当然答应，只不过，也许我再也见不着他了。”

李寻欢失色道：“为什么，他难道已……”

龙啸云勉强一笑，道：“你昨天看到他走的，他怎么还会再来？”

李寻欢叹了口气，道：“我也希望他莫要再来，只不过他一定会再来的。”

龙啸云道：“他若会来救你，为何直到现在还没有来？”

他长长叹了一声，道：“兄弟，你对别人虽然义重如山，但别人对你却未必一样。”

李寻欢笑了笑，道：“他对我怎样是他的事，但我还是要求大哥，以后无论在什么地方遇见他，都莫要忘了他是我的朋友。”

龙啸云道：“好，你的朋友，就是我的朋友。”

突然外面有人唤道：“龙四爷……龙四爷。”

龙啸云站起来，又坐下去，道：“兄弟，你……”

李寻欢笑道：“我的酒已喝够了，大哥你只管去吧，只不过千万要记着，明天早上千万莫要再来送我。”

龙啸云缓缓走到门口，但一走出门，他的脚立刻就快了，只见田七站在园子里的树影下，向他招手。

他快步赶了过去，压低声音道："得手了么？"

田七道："没有。"

龙啸云变色道："没有？你们十几个人，再加上心眉大师和铁笛先生，难道竟对付不了一个小伙子？"

田七苦笑道："这小伙子可实在太厉害了，简直有些可怕，赵老大被他伤了不说，连铁笛先生都已伤在他剑下。"

龙啸云连连跺脚，道："我早知道这小子不好惹，你偏说铁笛先生一定可以对付他。"

田七道："他虽然逃走，却还是中了心眉大师一掌。"

龙啸云道："既是如此，他一定逃不了的，你们为何不追？"

田七道："少林寺的人已追下去了，我特地赶来通知你一声。"

龙啸云道："我去看看，你去叫人到这里来守着。"

树的后面，有座假山。

他们两人刚走，假山后就幽灵般出现了条人影，她美丽的眼睛里充满了惊讶和怀疑，也充满了悲哀和愤恨。

她整个人都在颤抖着泪流满面。

自己的丈夫竟是个出卖朋友的贼。

林诗音的心都碎了，她轻轻啜泣着，然后，像是下了很大的决心，大步向李寻欢那屋子走过去。

但就在这时，已有阵急骤的脚步声传了过来，林诗音身子一闪，立刻又退入假山后的阴影里。

田七已带着七八条劲装疾服的大汉赶过来了，沉声道："守住门，莫要让任何人进去，否则格杀勿论。"

他自己显然也急着想去追捕阿飞，话未说完，已纵身掠出，大汉们立刻张弓搭箭，守住了门窗。

林诗音紧紧咬着嘴唇，已咬得出血。

她只恨自己以前为何总是轻视武功，不肯下苦功去学武，她总认为世上有很多事不是武力可解决的。

现在她才知道有很多事的确非用武力解决不可。

她想不出如何走入那间屋子。

突听一阵轻微的喘息声，一条人影走了过来，他脚步虽然有些不稳，但还是走得很快。

林诗音认得这人就是今天才赶到的铁笛先生。

只听铁笛先生厉声道：“姓李的是不是在这间屋子里。”

大汉们面面相觑，道：“我们不大清楚。”

铁笛先生道：“好，闪开，我进去瞧瞧。”

大汉道：“田七爷的吩咐，无论谁都不能进去。”

铁笛先生怒道：“田七？田七是什么东西，你们可认得我是谁？”

那大汉眼睛盯着他身上的血迹，道：“无论谁也不能进去。”

铁笛先生道：“很好。”

他的手忽然抬了抬，“叮”的一声寒星暴射而出。

李寻欢闭着眼睛，似已睡着了。

忽然间，他听到一声惨呼，呼声并不响，而且很短促。

李寻欢知道只有被一种很尖锐的暗器钉入咽喉时，才会连惨呼都发不出来，这种情况他当然已看得很多。

他皱了皱眉：“难道又有人来救我了么？”

接着，他就看到一个手提着铁笛的青袍人大步走了进来，脸上虽已全无血色，却满含着杀机。

李寻欢目光停留在他手里的铁笛上，道：“铁笛先生？”

铁笛先生盯着他的脸，道：“你被人点了穴道？”

李寻欢笑了笑，道：“你看到我面前有酒都没有喝的时候，一定是动也不能动了。”

铁笛先生道：“你既然已全无抵抗之力，我本不该杀你的，可是我却非杀你不可。”

李寻欢道：“哦。”

铁笛先生瞪着他，道：“你不问我为何要杀你。”

李寻欢又笑了笑，道：“我若问了反而难免要生气，要向你解释，你一定还是不信，还是要杀我，我又何必多费口舌。”

铁笛先生愣了愣，大声道："不错，无论你说什么，我都要杀你的……"

他面上泛起一阵激动痛苦之色，嗄声道："如意，你死得虽惨，但我总算为你报仇了！"

铁笛又已抬起。

李寻欢叹了口气，喃喃道："如意，你见到我时一定会大吃一惊的，因为你既不认得我，我也不认得你……"

忽然间，林诗音冲了进来，大声道："等一等，我有话说。"

铁笛先生一惊回头，道："夫人，是你？你最好莫要拦住我，谁也拦不住我的。"

林诗音脸色发青，道："我并不想拦你，但这是我的家，要杀人至少总得让我先动手。"

铁笛先生皱眉道："你也要杀他？为什么？"

林诗音道："我要杀他的理由比你更大，你只不过是为妻子报仇，我却是为儿子报仇，我……我只有一个儿子。"

她言下之意，自然是说："你却不止一个妻子。"

铁笛先生沉默了很久，道："好，我等你先出手之后再出手。"

他自信他的铁笛银钉快如闪电，纵然后发，也可先至，谁知林诗音走过他面前，忽然反手一掌，向他胸膛击出。

林诗音虽然武功不高，但毕竟不是弱不禁风的弱女子。这一掌她已用了全力，铁笛先生猝不及防，竟被打得撞到墙上。

要知他伤势本已难支，全凭暗器伤人，此刻身子一震，伤口迸裂，鲜血又飞溅而出，人也晕了过去。

林诗音心头一阵激动，几乎也倒了下去。

李寻欢知道她一生中简直连只蚂蚁都未踩死过，此刻见到她居然出手伤人，心里也不知是疼是喜，却硬下心肠冷冷道："你又跑来干什么？"

林诗音深深地呼吸了几次，身子才停止发抖，道："我来放你走。"

李寻欢叹了口气，道："我难道还没有说清楚么？我不走，绝不走。"

林诗音道："我知道你是为了龙啸云而不肯走，但你知不知道他……他……"

她又颤抖了起来，而且抖得比刚才更厉害，她用力捏紧双拳，指甲都已刺入肉里，用尽了全身力气，挣扎着道："他已出卖了你，他本来就和那些人串通一气的……"

说完了这句话，她已全身脱力，若非倚着桌子，就已倒了下去，她以为李寻欢听了这话，必定也难免要吃一惊。

谁知李寻欢的神色却没有丝毫变化，甚至连眼角的肌肉都没有跳动，反而笑了笑，淡淡道："你只怕是误会了他，他怎会出卖我？"

林诗音用力抓着桌子，桌子上的杯盏叮当直响。

她嘶声道："我亲眼看到的，亲耳听到的。"

李寻欢道："你看错了，也听错了。"

林诗音道："你……你到现在还不相信？"

李寻欢柔声道："这两天你太累，难免会弄错很多事，还是去好好睡一觉吧，到了明天，你就会知道你的丈夫是个很可靠的男人。"

林诗音望着他，失神地睁大了眼睛，看了很久很久，忽然倒在桌子上，放声大哭起来。

李寻欢闭起眼睛，似乎已不忍再看她，嗄声道："你为什么……"

话未说完，忽然喷出了一口鲜血。

林诗音也控制不住自己，十几年来一直压制着的情感，此刻就像是山洪般全都暴发了出来。

她踉跄扑向李寻欢，道："你不走，我就死在你面前。"

李寻欢咬紧了牙关，一字字道："你是死是活，对我又有何关？"

林诗音霍然抬头，瞪着他，嗄声道："你……你……你……"

她每说一个"你"字，就后退一步。

忽然间，她发觉她已倒在一个人的身上。

龙啸云的脸色沉重如铁。

他紧紧地揽住了林诗音的柔肩，像是生怕自己一松手，林诗音便要从他身旁消失，而且永不复返。

林诗音看到他的手，神情忽然镇定了下来，冷冷道："拿开你的手，请你以后永远也莫要再碰我。”

龙啸云的脸忽然起了一阵痉挛，就像是给人抽了一鞭子。

他的手终于缓缓松开，凝视着林诗音，道：“你已全部知道了？”

林诗音冷冷道：“世上绝没有能永远瞒得过人的事。”

龙啸云道：“你……你已全部告诉了他。”

李寻欢忽然笑了笑，道：“其实用不着她告诉我，我也早就知道了。”

龙啸云似乎一直不敢面对他，此刻才霍然抬头，道：“你知道？”

李寻欢道：“嗯。”

龙啸云道：“你什么时候知道的？”

李寻欢叹了口气，道：“就在你拉住我的手，让田七点中我穴道的时候，只不过——我虽然知道，却并不怪你。”

龙啸云颤声道：“你……你既然知道，为何不说出来？”

李寻欢淡淡一笑，道：“我为何要说？”

林诗音凝注着他，身子忽又颤抖起来，道：“你不走，是不是为了我？”

李寻欢皱眉道：“为了你？”

林诗音道：“你怕我知道了会伤心，你不愿将我们这家拆散，因为我们这家本就是你……你……”

她话未说完，已又泪流满面。

李寻欢忽然大笑起来，大笑道：“女人为什么总是这样自我陶醉？我不说，只不过因为说了也无用；我不走，只因为明白他不会让我走的。”

他不停地笑，不停地咳嗽，目中有热泪夺眶而出，也不知是笑出了眼泪还是咳出了眼泪。

林诗音凄然道：“现在无论你怎么说都没关系了，我反正已知道……”

李寻欢骤然顿住笑声，厉声道：“你知道，你知道什么，你可知道龙啸云这样做是为了谁，你可知道他就是怕我来将你们的家拆散，所以这样做的！只因为他将这个家看得比什么都重，更将你看得比什么都重……”

林诗音望着他，忽也嘶声笑了起来，道：“他害了你，你还要替他说话，很好，你的确很够朋友，但你知不知道我也是人……你对不对得起我？”

说到后来，谁也分不清她究竟是笑，还是哭？

李寻欢又剧烈地咳嗽起来，咳出了血。

龙啸云瞪着他，嗄声道：“你说得不错，我的确是为了这个家，为了我的儿子，我们本来活得好好的，你一来就全都变了！”

他疯狂般大吼道：“我本来是这家的主人，但你一来，我就觉得好像只不过是在这里作客，我本来有好儿子，但你来，就叫他变得半死不活。”

李寻欢黯然叹道：“你说得不错，我……我的确是不该来的。”

龙啸云忽又紧紧握住了林诗音，嗄声道：“但最主要的，我还是为了你，我将所有的一切全部还给他也没关系，但我却不能失去你……”

他话未说完，也已泪流满面。

林诗音闭着眼睛，眼角的泪珠如珍珠般落下，道：“你若还有一分为我着想，就不该这样做。”

龙啸云道：“我也知道不该这样做，但我却实在害怕。”

林诗音道：“你怕什么？”

龙啸云道：“我怕你离开我，因为你虽然不说，我也知道你……你并没有忘记他，我只怕你又回到他那里去。”

林诗音忽又跳起来，大声道：“拿开你的手！你不但手脏，心更脏，你将我看成什么样的人了？你将他看成什么样的人！”

她扑倒地上，放声痛哭道：“你难道已忘了我……我毕竟是你的妻了！”

龙啸云站在那里，似乎已变成了个木头人，唯有眼泪还是在不停地流。

李寻欢看着他们，黯然自语道：“这是谁的错……这究竟是谁的错……”

阿飞只觉得身子软绵绵的，仿佛躺在云堆里，空气里飘荡着一种若有若无、如兰如馨的香气。

他醒了过来，却宛如还在梦里。

他简直不愿醒来，因为他这一生，从来也没有到过如此温软馨香的地方，他甚至连这样的梦都没有做过。

在他梦里，也永远只有冰雪、荒原、虎狼或一连串无穷无尽的灾祸、折磨、苦难……

只听一人说道："你醒过来了么？"

这声音是如此温柔，如此关切。

阿飞张开眼，就看到了一张绝美的脸，脸上带着世上最温柔、最可爱的笑容，眼波里带着最深厚的情意。

这张脸温柔美丽得几乎就像是他的母亲。

他记得小时候生病的时候，他的母亲也是这样坐在他身边，也是这样温柔地看守着。

但这已是许久许久以前的事了，久远得连他自己都已几乎忘记……

阿飞挣扎着要跳下床，嗄声道："这是什么地方？"

他身子刚坐起，又倒下。

林仙儿温柔地替他拉起了被，柔声道："你莫要管这是什么地方，就将这里当作你自己的家吧。"

阿飞道："我的家？"

他从来也不了解"家"这个字代表的是什么意思。

他从来没有家。

林仙儿嫣然道："我想你的家一定很温暖，因为你有那么样一个好母亲，她一定很温柔、很美丽，也很爱你。"

阿飞沉默着，也不知过了多久，才缓缓道："我没有家，也没有母亲。"

林仙儿愣了愣，道："可是……可是你昏迷的时候却一直呼唤着她。"

阿飞没有动，面上也没有表情，道："我七岁的时候，她就过世了！"

他脸上虽没有表情，眼睛却已湿润。

林仙儿垂下头，道："对不起，我……我不该提起了你的伤心事。”

又沉默了半晌，阿飞道：“是你救了我？”

林仙儿道：“那时你已昏了过去，所以我就暂时将你搬到这里来，但你只管安心养伤，绝没有人敢闯到这里来的。”

阿飞道：“我母亲临死的时候，再三吩咐我，叫我永远莫要受别人的恩惠，这句话我永远也没有忘记，可是现在……”

他岩石般的脸忽然激动起来，嗄声道：“现在我却欠了你一条命！”

林仙儿柔声道：“你什么也不欠我，莫忘了，我这条命也是你救回来的。”

阿飞长长叹息了一声，喃喃道：“你为何要救我？为何要救我？”

林仙儿含情脉脉地望着他，情不自禁伸出手，轻抚着他的脸，柔声道：“你现在什么也不要想，以后……以后你就会知道我……我为什么要这样对你。”

她的手柔若无骨，温如美玉。

她美丽的脸上已泛起了一阵朝霞般的红晕。

阿飞闭上了眼睛。

他的心本来也坚如岩石，但此刻，也不知怎地，竟连心底最深处都震动了起来，宛如一湖静水，忽然起了无数的涟漪。

他从来也未想到，自己竟也会有这种感情。

但他却只是闭上了眼睛，道：“现在是什么时候了？”

林仙儿道：“还不到三更。”

阿飞又挣扎着要坐起来。

林仙儿道：“你……你想到哪里去？”

阿飞咬紧牙关，道：“我绝不能让他们将李寻欢带走。”

林仙儿道：“但他已经走了。”

阿飞“噗”地倒在床上，汗如雨下道：“你说现在还没有到三更？”

林仙儿道：“现在是还没有到三更，但李寻欢昨天凌晨已走了。”

阿飞失声道：“昨天凌晨？我难道已昏睡了一天一夜？”

林仙儿用一条淡红的丝巾轻轻擦拭他额头上的汗，道：“你伤得很重，除了你之外，只怕没有别人能挨得住的，所以你现在一定要乖乖地听话，好好地养伤。”

阿飞道：“但是李……”

林仙儿轻轻掩住了他的嘴，道：“我不许你再提他，因为他的处境远不如你危险，就算你要救他，也得等你养好了伤再说。”

她将他扶正在枕上，道：“你放心，心眉大师既然说要将他带到少林寺去，那么他这一路上就绝不会再有什么危险的。”

李寻欢斜倚在车厢里，瞧着对面的心眉大师和田七，似乎瞧得很有趣，忽然忍不住笑了。

田七瞪着他道：“你觉得我们很滑稽？”

李寻欢悠然道：“我只是觉得很有趣。”

田七道：“有趣？”

李寻欢打了个呵欠，闭上眼，似乎要睡着了。

田七一把揪住了他，道：“我哪点有趣？”

李寻欢淡淡道：“抱歉，我说的不是你，世上虽然有很多人都很有趣，但你却是例外，你实在无趣极了。”

田七脸色变了，瞪了他半晌，终于缓缓松开手。

心眉大师一直都好像没有在听他们说话，此刻却忍不住道：“你觉得老僧很有趣？”

他这辈子还没有遇见过一个说他有趣的人。

李寻欢又打了个呵欠，懒洋洋笑道：“我觉得你有趣，只因我还未见过一个坐车的和尚，我总认为出家人既不能骑马也不能坐车的。”

心眉大师居然也笑了笑，道：“和尚也是人，不但要坐车，还要吃饭。”

李寻欢道：“你既然已坐在车上，为何不坐得舒服些，我看你这样坐着，总忍不住以为你长了痔疮。”

心眉大师脸色也沉了下去，道：“你难道想我塞住你的嘴？”

李寻欢道：“你若要塞我的嘴，我建议你用酒瓶，最好是装满了酒的酒瓶。”

心眉大师望了田七一眼，田七的手缓缓伸到李寻欢的哑穴上，悠然笑道："我这只手一按，你知道就会怎么样？"

李寻欢笑了笑，道："你这只手若一按，就听不到很多有趣的话了。"

田七道："那么就算我……"

刚说到这里，他的手还未按下去，突听健马一声惊嘶，赶车的连声怒叱，马车骤然停了下来。

车马奔行甚急，此刻骤然停住，车子里的人都不禁从座位上弹了起来，脑袋几乎撞在车顶上。

田七怒道："什么事？难道你们……"

他的头探出车窗，嘴就闭上了，脸色也变了！

积雪的道路旁直挺挺地站着一个人，右手拉了马辔头，健马长嘶跳跃，他的手却如铁铸的，动也不动！

第十八章

一日数惊

那人身上穿着件青布袍，大袖飘飘，这件长袍无论穿在谁身上都会嫌太长，但穿在他身上，布还盖不到他的膝盖。

他本就已长得吓人，头上却偏偏还戴着顶奇形怪状的高帽子，骤然望去，就像是一棵枯树。

一只手就能力挽奔马，这份力量实在大得可怕，但更可怕的却是他的眼睛，那简直不像是人的眼睛。

他的眼睛竟是青色的，眼球是青色的，眼白也是青色，一闪一闪地发着光，就像是星火。

田七的头刚伸出去，又缩了回来，嘴唇已有些发白。

心眉大师道："外面有人？"

田七道："嗯。"

心眉大师的眉皱了皱，道："什么人？"

田七道："伊哭！"

李寻欢笑了，道："原来是找我的。"

心眉大师道："青魔手也是你的朋友？"

李寻欢笑道："只可惜这朋友也像我别的朋友一样，只想要我的脑袋。"

心眉大师面色凝重，缓缓推开门走过去，合十道："伊檀越？"

青魔手碧森森的目光，上下一扫，冷冷道："是心湖，还是心眉？"

心眉大师道："老僧心眉。"

伊哭道："车上的人是谁？"

心眉大师道："出家人不打诳语，车上除了田七爷外还有一位李檀越。”

伊哭道：“好，你将李寻欢交出来，我放你走。”

心眉大师道：“老僧将李某带回少林，也是为了要惩戒于他，檀越与我等同仇敌忾，便不该为难相阻。”

伊哭道：“你将李寻欢放出来，我放你走。”

他说来说去还是那句话，别人无论说什么，他全都充耳不闻，碧森森的一张脸更好像是死人的脸，一点表情都没有。

心眉大师道：“老僧若不答应，又要如何？”

伊哭道：“那就先杀你，再杀李寻欢！”

他左臂一直是垂着的，大袖飘飘，盖住了他的手。

此刻他的手忽然伸了出来，但见青光一闪，迎面向心眉大师抓了过来，正是江湖上闻名丧胆的青魔手。

心眉大师一声怒叱，身后已有四条灰影扑了过来，心眉闪过了这一着，四个灰衣僧人已将伊哭围住。

伊哭厉声笑道：“好，我早就想见识见识少林寺的罗汉阵了！”

凄厉的笑声中，突有一缕青烟射出，“波”的一响，一缕青烟化作了满天青雾。

心眉大师变色道：“快闭气！”

他只顾警告门下弟子，却忘了自己，这“快”字正是个开口音，“快”字说出，他已觉得一股腥气流入了嘴里。

少林僧人看到他面色惨变，也都大惊失色。

只见心眉大师凌空一个翻身，掠出三丈，立刻盘膝坐地，要以数十年保命交修的真气，将这股毒气逼出来。

少林僧人身形闪动，一排挡在他身前，到了这时，他们只有先顾全心眉再作打算，将李寻欢暂抛一边不顾。

伊哭却连看也不再看他们一眼，一步蹿到车门前。

李寻欢仍斜坐在那里，田七却已不见了。

伊哭瞪着李寻欢一字字道：“丘独是你杀的？”

李寻欢道：“嗯。”

伊哭道：“好，丘独一命换李寻欢一命，也算死得不冤了！”

青魔手又已扬起——

阿飞望着屋顶，已有很久很久没有说话了。

林仙儿柔声道：“你在想什么？”

阿飞道：“你说他路上绝不会有危险？”

林仙儿笑道：“绝不会，有心眉大师和田七保护他，谁敢碰他一根手指？”

她轻抚着阿飞的头发，道：“你要相信我，就放心睡吧，我就在这里，绝不会走的。”

阿飞凝视着她，她眼波是那么温柔，那么真挚。

阿飞的眼帘终于缓缓阖起。

伊哭瞪着李寻欢，狞笑道：“你还有什么话说？”

李寻欢望着他青光闪闪的青魔手，缓缓道：“只有一句话。”

伊哭道：“什么话？你说？”

李寻欢叹了口气，道：“你何必来送死？”

他的手忽然挥出！

刀光一闪，伊哭已凌空侧翻了出去。

雪地上已多了滴鲜血！

再看伊哭的身影已远在数丈外，嘶声道：“李寻欢，你记着，我……”

说到这里，他声音突然停顿。

寒风如刀，天地肃杀，雪地上变得死一般静寂。

然后突有一阵掌声响起，田七自车厢后钻了出来，拍手笑道：“好，好，好，小李飞刀，果然刀无虚发，名不虚传。”

李寻欢默然半晌，淡淡道：“你若肯将我的穴道全解开，他就跑不了。”

田七笑道：“我若将你的穴道全都解开，你就要跑了。”

他拍了拍李寻欢的肩，又笑道：“你只有一双手能动，一柄刀可发，却还是能令伊哭负伤而逃，像你这种人，我对你怎能不特别小心，分外留意。”

这时少林僧人已将心眉大师扶了过来。

心眉大师脸色蜡黄，一上车就喘着气道："快，快走。"

等到车马启行，心眉长长叹了口气，道："好歹毒的青魔手。"

田七笑道："更歹毒的却是小李飞刀。"

心眉大师望向李寻欢，道："阁下居然肯出手相救，倒出了老僧意料之外。"

李寻欢笑了笑道："我救的不是你而是我自己，你用不着意外，也用不着谢我。"

田七道："我只问他是情愿和我们到少林寺去，还是情愿落在伊哭手里，然后又解开了他双臂的穴道给了他一柄飞刀。"

他微微一笑，道："我想这就已足够了。"

心眉大师默然了半晌，喃喃道："小李神刀……唉，好快的刀！"

心眉大师的反应虽不够快，但内力却的确深沉，天黑时就已将毒气驱出，脸色又恢复了红润。

然后他们就找了家清静的客栈歇下，晚饭的时候也已到了——和尚不但要吃饭，还要睡觉。

田七将李寻欢扶到椅上，微笑道："我解开你一只手的穴道，是让你拿筷子，不是让你乱动的；我没有塞住你的嘴，是让你吃饭，不是让你乱说话的，你明白了么？"

李寻欢叹了口气，道："吃饭时没有酒，就像是没有加盐的菜，淡而无味，无趣极了。"

田七道："有饭给你吃已不错了，我看你就马虎些吧。"

少林寺果然是门规森严，这些少林僧人们吃饭时非但不说话，而且一点声音都没有。桌子上虽只有几样蔬菜，但他们本就粗菜淡饭惯了，再加上连日奔波，腹中饥饿，所以都吃得很多。

只有心眉大师内伤初愈，喝了碗用糖拌的稀粥，便不再举箸，田七早已叫了几样精致的菜，准备一个人慢慢享用，此刻他留着肚子。

李寻欢挟了块红烧豆腐，刚挟到嘴旁，忽又放下，变色道："这菜吃不得。"

田七悠然道："探花爷若吃不惯这些粗菜，看来就只有挨饿了。"

李寻欢沉声道："菜中有毒！"

田七大笑道："不让你喝酒，你的花样果然来了，我就知道你……"

他笑声骤然顿住，就像是忽然被人扼住了喉咙。

只因他发现那四个少林僧人的脸已变成死灰色，但他们却似毫无感觉，仍然低着头在吃饭。

心眉大师也已悚然失色，嗄声道："快以丹田之气护住心脉。"

那些少林僧人居然还不知道是怎么回事，赔笑道："师叔是在吩咐我们？"

心眉大师急着道："自然是吩咐你们，你们中了毒难道连一点都感觉不出？"

少林僧人道："中了毒？谁中了毒？……"

四人对望了一眼，同时叫了起来："你的脸怎的……"

一句话未说完，四个人已同时倒了下去，等心眉大师再看他们，四张脸都已变了形状，眼鼻五官都已抽搐到一起。

他们中的毒非但无色无味，而且中毒的人竟会无丝毫感觉，等到他们发觉时，便立刻无救了。

田七忍不住打了个寒噤，嗄声道："这是什么毒？怎地如此厉害？"

心眉大师虽然修为极深，此刻也不禁怒急攻心，一步蹿了出去，提小鸡般提了个店伙进来，厉声道："你们在菜里下了什么毒？"

那店伙瞧见地上的四个死人，早已吓得连骨头都酥了，牙齿"咯咯"地打战，哪里还说得出话来？

李寻欢叹了口气，喃喃道："笨蛋，若是我下的毒，我早就跑了，还在这里瞧什么热闹？"

心眉大师一掌方待拍下，突又顿住，撩起衣衫，箭步蹿出——他听李寻欢这么一说，也想到这店伙绝不会是下毒的人了。

田七跟着蹿了出去，刚蹿出门又掠回来将李寻欢挟起，冷冷道："就算我们全都被毒死，你也跑不了的，我无论如何都会要你陪着我，我活你也活，我死你也得死。"

李寻欢笑了笑，道："想不到你对我倒真是深情款款，只可惜你不是个绝色的美人，我对男人又偏偏全无兴趣。"

吃饭的时候已过了，厨房已空闲下来，大师傅炒了两样菜，二师傅弄来一壶酒，两人正跷着腿在那里享受着这一天中最愉快的一个时辰，他们活着，也就因为每天还有这样的一个时辰。

心眉大师虽是急怒交加，一见到他们，却呆住了。

这两人的脸竟也已赫然变成死灰色！

大师傅已有了两分酒意，笑着招呼道："大师莫非也想来偷着喝两盅么？欢迎欢迎……"

话未说完，人已仰天跌倒在炉灶上，灶上的铁锅碰倒了油瓶，油都流在铁锅里，闪闪地发着油光。

发光的油里竟有条火红的蜈蚣。

毒，原来下在油里。

大师傅用这油炒菜给少林僧人吃过后，又用这油炒菜给自己吃，所以也不明不白地送了命。

毒总算找出来了，但下毒的人是谁呢？

李寻欢望着油锅里的蜈蚣，长叹道："我早就知道他迟早总会来的。"

田七厉声道："谁？你知道下毒的人是谁？"

李寻欢道："世上的毒大致可分两种，一种是草木之毒，一种是蛇虫之毒，能自草木中提炼毒药的人较多，能提取蛇虫之毒的人较少。能以蛇虫之毒杀人于无形的，普天之下，也只不过仅有一两人而已。"

田七失声道："你……你说的难道是苗疆'极乐峒'的五毒童子？"

李寻欢叹道："我也希望来的不是他。"

田七道："他怎会到中原来了？他来干什么？"

李寻欢道："来找我。"

田七道："找你？他是你的……"

他也知道李寻欢绝不会有这种朋友的，话说到一半，就改口道："看来你的朋友并不多，仇人却不少。"

李寻欢淡淡道："仇人倒无妨，多多益善，朋友只要一两个便已足够，因为有时朋友比仇人还要可怕得多。"

心眉大师忽然道："菜中有毒，你是怎么看出来的？"

李寻欢道："我也不知道是怎么看出来的，反正我看出来了。"

他笑了笑，道："这就好像我押牌九一样，我若觉得那一门要赢，那门就有赢无输，别人若问我怎么知道的，我也回答不出。"

心眉大师凝视了他半晌，缓缓道："这一路上他吃什么，我们就吃什么。"

还有两天的路程就到嵩山了，这两天却必定是最长的两天，因为江湖中人人都知道，极乐峒主若是已决心要下手杀一个人，那就非杀死不可，世上绝没有任何事能令他半途撤手。

心眉大师将他师侄们的尸身交给附近一个寺院后，就匆匆上路，一路上谁也不愿再提起吃喝两字。

但他们可以不吃不喝，赶车的却不愿陪他们挨饿，正午时就找了个小镇，自己一个人去吃喝起来。

心眉大师和田七却只有留在车里，若为了碗牛肉面和几个馍馍就去冒中毒之险，岂非太不值得。

过了半晌，只见赶车的用衣襟兜了几个馍馍，一面啃，一面走了过来，似乎啃得津津有味。

田七盯着他的脸，看了很久，忽然道："这馍馍几枚钱一个？"

赶车的笑道："便宜得很，味道也不错，大爷要不要尝尝？"

田七道："好，你分给我们几个，晚上我请你喝酒。"

赶车的立刻就将馍馍全都从车窗里递了进来，又等了半晌，车马已启行，赶车的并没有什么异状。

田七才笑道："这馍馍里总不会有毒了吧，大师请用。"

心眉大师沉吟着，缓缓道："李檀越请。"

李寻欢笑道："想不到两位居然也客气起来了。"

他用左手拿了个馍馍，因为他只有左手能动，只见他刚拿起馍馍，突又放下，叹息着道："这馍馍也吃不得。"

田七皱眉道："但赶车的吃了却没有事。"

李寻欢道："他吃得我们却吃不得。"

田七道："为什么？"

李寻欢道："因为五毒童子想毒死的并不是他。"

田七冷笑道："你是想害我们挨饿？"

李寻欢道："你若不信，为何不试试？"

田七瞪了他半晌，忽然吩咐停车，将赶车的叫了下来，分了半个馍馍给他，看着他吃下去。

赶车的三口两口就将馍馍咽下，果然连一点中毒的迹象都没有，田七用眼角瞟着李寻欢，冷笑道："你还敢说这馍馍吃不得？"

李寻欢道："还是吃不得。"

他懒洋洋地打了个呵欠，竟似睡着了。

田七恨恨道："我偏要吃给你看。"

他嘴里虽这么说，却毕竟还是不敢冒险，只见一条野狗正在车窗前夹着尾巴乱叫，似也饿疯了。

田七眼珠子一转，将半个馍馍抛给狗吃，这条狗却对馍馍没什么兴趣，只咬了一口，就没精打采地走开了。

谁知它还没有走多远，忽然狂吠一声，跳了起来，倒在地上一阵抽搐，就动也不动了。

田七和心眉大师这才真的吃了一惊。

李寻欢叹了口气，喃喃道："我说得不错吧，只可惜毒死的是条狗，不是你。"

田七一向以喜怒不形于色自傲，此刻面上也不禁变了颜色，恶狠狠地瞪着那赶车的，厉声道："这是怎么回事？"

赶车的身子发抖，颤声道："小人不知道，馍馍是小人方才在那面店里买的。"

田七一把揪住他，狞笑道："狗都被毒死了，为何没毒死你？莫非是你下的毒？"

赶车的牙齿打战，也吓得说不出话了。

李寻欢淡淡道："你逼他没有用，因为他的确不知道。"

田七道："他不知道谁知道？"

李寻欢道："我知道。"

田七愣了愣，道："你知道？你知道这是怎么回事？"

李寻欢道："馍馍里有毒，面汤里却有解药。"

田七愣了半晌，恨恨道："早知如此，我们先前为何不吃面？"

李寻欢道："你若吃面，毒就在面里了。"

极乐峒主下毒的本事的确防不胜防，遇着这种对手，除了紧紧闭着嘴之外，还有什么别的法子？

心眉大师沉声道："好在只有一两天就到了，我们拼着两日不吃不喝又何妨？"

田七叹道："纵然不吃不喝，也未必有用。"

心眉大师道："哦？"

田七道："他也许就要等到我们饿得无力时再出手。"

心眉大师默然无语。

田七目光闪动，忽又道："我有个主意。"

心眉大师道："什么主意？"

田七压低语声，沉声道："他要毒死的人既非大师，亦非在下……"

他瞟了李寻欢一言，住口不语。

心眉大师沉下了脸，道："老僧既已答应将此人带回少林，就万万不能让他在半途而死！"

田七没有再说什么，但只要一看到李寻欢，目中就充满杀机，心里似乎已打定了主意——

"和尚不但要吃饭睡觉，也要方便的。"

谁知心眉大师似也窥破了他的心意，无论干什么，无论到哪里去，都绝不让李寻欢落在自己视线之外。

田七虽然又急又恨，却也无计可施。

车行甚急，黄昏时又到了个小镇，这次赶车的也不敢再说要吃要喝了，车马走上长街时，突有一阵阵油煎饼的香气扑鼻而来，对一个已有十几个时辰水米未沾的人说来，这香气之美，实是无法形容。

只见街角果然有油煎饼的摊子，生意好得很，居然有不少人在排队等着，买到手的立刻就用大葱蘸甜面酱就着热饼站在摊子旁吃，有的已吃完了正在用袖子抹嘴，一个人也没有被毒死。

田七忍不住道："这饼吃不得么？"

李寻欢道："别人都吃得，唯有我们吃不得，就算一万个人吃了这油煎饼都没有事，但我们一吃，就要被毒死！”

这话若在前两天说，田七自然绝不相信，但此刻他只要一想到那极乐峒主下毒手段之神奇难测，就不禁毛骨悚然，就算吃了这油煎饼立刻就能成佛登仙，他也是万万不敢再尝试的了。

突听一个孩子哭嚷着道：“我要吃饼……娘，我要吃饼。”

只见两个七八岁的小孩子站在饼摊旁，一面跳，一面叫，饼摊旁的杂货店里就有个满身油腻的肥胖妇人走了出来，一人给了他们一耳光，拎起他们的耳朵往杂货铺里拖，嘴里还骂骂咧咧地道：“死不了的小囚囊，有面饽饽给你们吃，已经是你们的造化了，还想吃油煎饼？等你那死鬼老子发了财再吃油煎饼吧。”

那孩子哭着道：“发了财我就不吃油煎饼了，我就要吃蛋炒饭。”

李寻欢听得暗暗叹息。

这世上贫富之不均，实在令人叹息。在这两个小小孩子的心目中，连蛋炒饭都已是了不得的享受了。

街道很窄，再加上饼摊前人又多又挤，是以他们的车马走了半天还未走过去，这时那两个孩子已捧着个粗茶碗走了出来，坐在道旁，眼巴巴地望着别人手里的油煎饼，还在淌眼泪。

田七望着他们碗里的面饽饽，忽然跳下车，抛了锭银子在饼摊上，将刚出锅的十几个油饼拿了就走。

后面等的人虽然生气，但瞧见他这种气派，也不敢多说话了，只有在嘴里暗骂：“直娘贼。”

田七将一叠油煎饼都捧到那两个孩子面前，笑道：“小弟弟，我请你吃饼，你请我吃面饽饽，好吗？”

那两个孩子瞪大了眼睛，似乎不敢相信世上有这种好人。

田七道：“我再给你们一吊钱买糖吃。”

那两个孩子发了半天愣，将手里的碗往田七手上一递，一个拿饼，一个拿钱，站起来转身就跑。

心眉大师目中已不觉露出一丝笑意，看到田七已捧着两碗饽饽走上车来，心眉大师忍不住一笑，道：“檀越果然是足智多谋，老僧佩服。”

田七笑道：“在下倒不是好吃，但晚上既然还要赶路，就非得吃饱了才有精神，否则半路若又有变，体力不支，怎闯得过去？”

心眉大师道：“正是如此。”

田七将一碗饽饽送了过去，道：“大师请。”

心眉大师道：“多谢。”

这碗饽饽虽然煮得少油无盐，又黄又黑，但在他们说来，却已无疑是山珍海味，龙肝凤髓。

因为谁都可以确定这饽饽里必定是没有毒的。

田七眼角瞟着李寻欢，笑道：“这碗饽饽你说吃不吃得？”

李寻欢还未说话，又咳嗽起来。

田七大笑道：“极乐童子若能先算准那孩子要吃油煎饼，又能算准我会用油饼换他的面，能先在里面下了毒，那么我就算被毒死也心甘情愿。”

他大笑着将一碗饽饽都吃了下去！

心眉大师也认为极乐童子纵有非凡的手段，但毕竟不是神仙，至少总不能事事未卜先知！

第十九章

百口莫辩

心眉大师吃着田七由小孩手上换来的那碗饽饽，他也吃得很放心，只不过出家人一向讲究细嚼慢咽，田七一碗全都下了肚，他才吃了两口。

这时车马已驶出小镇，赶车的只希望快将这些瘟神送到地头，好吃一顿，是以将马打得飞快。

田七笑道："照这样走法，天亮以前，就可以赶到嵩山了。"

心眉大师面上也露出一丝宽慰之色，道："这两天山下必有本门弟子接应，只要能……"

他语声突然停顿，身子竟颤抖起来，连手里端着的一碗面饽饽都拿不稳了，面汤泼出，玷污了僧衣。

田七变色道："大师你……你莫非也……"

突听"波"的一声，面碗被心眉大师捏碎。

田七大骇道："这碗面饽饽里难道也有毒？"

心眉大师长长叹息了一声，黯然无语。

田七一把揪住李寻欢的衣襟，嗄声道："你看看我的脸，我的脸是不是也……"

他也骤然顿住语声，因为这句话已用不着再问了。

李寻欢叹了口气道："我虽然一向都很讨厌你，却也不愿看着你死。"

田七面如死灰，全身发抖，恨恨地瞪着李寻欢，眼珠子都快凸了出来，过了半晌，忽然狞笑道："你不愿看着我死，我却要看着你死！我早就该杀了你的！"

李寻欢道："你现在杀我不嫌太迟了么？"

田七咬牙道：“不错，我现在要杀你的确已迟了，但也还不太迟。”

他的手已扼住了李寻欢的脖子。

阿飞已站了起来。

他脸色还是很难看，但身子却已能站得笔直。

林仙儿脉脉含情地望着他，眼波中充满了爱慕之意，嫣然道：“你这人真是铁打的，我本来以为你最少要过三四天才能起床，谁知你不到半天就已下了地。”

阿飞在屋子里缓缓走了两圈，忽然道：“你看他能不能平安到达少林寺？”

林仙儿嘟着嘴，道：“你真是三句不离本行，说来说去只知道他、他，你为什么不说说我，不说说你，你自己。”

阿飞静静地望着她，缓缓道：“你看他能不能平安到达少林寺？”

无论林仙儿说什么，他还是只有这一句话。

林仙儿“扑哧”一笑，道：“你呀！我拿你这人真是没法子。”她温柔地拉着阿飞坐下，柔声道：“但你只管放心，他现在说不定已坐在心湖大师的方丈室喝茶了，少林寺的茶一向很有名。”

阿飞神色终于缓和了些，居然也笑了笑，道：“据我所知，他就算被人扼住，也绝不肯喝茶的。”

李寻欢已喘不过气来。

田七自己的面色也愈来愈可怕，几乎也已喘不过气来。但他一双青筋暴露的手却死也不肯放松。

李寻欢只觉眼前渐渐发黑，田七的一张脸似已渐渐变得很遥远，他知道“死”已距离他渐渐近了。

在这生死俄顷之间，他本来以为会想起很多事，因为他听说一个人临死前总会忽然想起很多事来的。

可是他却什么也没有想起，既不觉得悲哀，也不觉恐惧，反而觉得很好笑，几乎忍不住要笑了出来。

因为他从来也未想到居然会和田七同时咽下最后一口气，纵然在黄泉路上，田七也不是个好伴侣。

只听田七嘶声道："李寻欢，你好长的气，你为何还不死？"

李寻欢本来想说："我还在等着你先死哩！"

可是现在他非但说不出话，连气都透不出来了，只觉田七的语声似也变得很遥远，就仿佛是自地狱边缘传来的。

他已无力挣扎，已渐渐晕过去。

突然间，他隐隐约约听到一声惊呼，呼声似也很遥远，但听来又仿佛是田七发出来的。

接着，他就觉得胸口顿时开朗，眼前渐渐明亮。

于是他又看到了田七。

田七已倒在对面的车座上，头歪到一边，软软地垂了下来，只有一双死鱼般的眼睛似乎仍在狠狠地瞪着李寻欢。

再看心眉大师正在喘息着，显然刚用过力。

李寻欢望着他，过了很久，才叹息着道："是你救了我？"

心眉大师没有回答这句话，却拍开了他的穴道，嗄声道："趁五毒童子还没有来，你快逃命去吧。"

李寻欢非但没有走，甚至连动都没有动，沉沉道："你为何要救我？你已知道我不是梅花盗？"

心眉大师叹道："出家人临死前不愿多造冤孽，无论你是否梅花盗，都快走吧，等五毒童子一来，你再想逃就迟了。"

李寻欢凝注着他已发黑的脸，轻轻叹息了一声，道："多谢你的好意，只可惜我什么都会，就是不会逃命。"

心眉大师着急道："现在不是你逞英雄的时候，你体力未恢复，也万万不是五毒童子的对手，只要他一来，你就……"

突听拉车的马一声嘶，赶车的一声惨呼，车子斜斜冲了出去，"轰"地撞上了道旁的枯树。

心眉大师撞在车壁上，嘶声道："你为何还不去？难道还想救我？"

李寻欢淡淡道："你能救我，我为何不能救你？"

心眉大师道："可是——可是我已离死不远，迟早总是一死。"

李寻欢道："你现在还没有死，是么？"

他不再说话，却自田七怀中搜出了一柄刀。

一柄很轻、很薄的小刀。

一柄小李飞刀！

李寻欢嘴角似乎露出了一丝微笑。

车厢已倾倒，车轮犹在不停地滚动着，发出一阵阵单调而丑恶的声音，在这荒凉的黑夜里听来分外令人不愉快。

李寻欢喃喃道："这车轴早就该加油了……"

此时此刻，他居然还会想起车轴该不该加油的问题，心眉大师愈来愈觉得这人奇怪得不可思议。

他活了六十多岁，从未见过第二个这样的人。

这时李寻欢已扶着他出了车厢，刺骨的寒风猛然吹上了他们的脸，那感觉就好像刀割一样。

心眉大师叹道："你本不必这样做的，你……你还是快走吧。"

李寻欢却倚着车厢坐了下来，天上无星无月，大地一片沉寂，寒风吹着枯树，宛如鬼魅在迎风起舞。

心眉大师用尽目力，也瞧不见一个人的影子。

只听李寻欢朗声道："极乐峒主，你来了么？"

寒风呼啸，却听不见人声。

李寻欢道："你既不来，我就要走了。"

他忽然将心眉半拖半抱地拉了起来。

心眉大师道："你……你想到哪里去？"

李寻欢道："自然是少林寺。"

心眉大师失声道："少林寺？"

李寻欢道："我们这一路拼命地赶，岂非就是为了要赶到少林寺么？"

心眉大师道："但……但现在你已不必去了。"

李寻欢道："现在我更非去不可。"

心眉大师道："为什么？"

李寻欢道："因为只有少林寺或许还有救你的解药。"

心眉大师道："你……你为何要救我？我本是你的敌人。"

李寻欢道："我救你，就因为你毕竟还是个人。"

心眉大师默然半晌，长叹道："若是真的能赶到少林，我一定会设法证明你的无辜，现在我已可断定你绝非梅花盗了。”

李寻欢只笑了笑，什么也没说。

心眉大师黯然道：“只可惜你若带着我，就永远也无法赶到少林寺的，五毒童子现在虽然还未现身，但他绝不会放过你。”

李寻欢轻轻地咳嗽。

心眉大师道：“以你的轻功，一个人走也许还有希望，又何必要我来拖累你？只要你有此心意，老僧已是死而无憾的了。”

突听一人吃吃笑道：“道貌岸然的少林和尚，居然会和狂嫖乱饮的风流探花交上朋友了，这倒真是天下奇闻。”

笑声忽远忽近，也不知究竟是从哪里传来的。

心眉大师的身子骤然僵硬了起来，道：“极乐峒主？”

那声音咯咯笑道：“我煮的面饽饽味道还不错么？”

李寻欢微笑道：“阁下既然想要我这风流探花的命，为何又不敢现身呢？”

极乐峒主道：“我用不着现身，也可要你的命。”

李寻欢道：“哦？”

极乐峒主笑道：“到今夜为止，死在我手上的人已有三百九十三个，非但从来没有一人见到过我，根本连我的影子都看不到。”

李寻欢笑道：“我也早已听说阁下是个侏儒，丑得不敢见人，想不到江湖传说竟是真的。”

那忽远忽近，缥缥缈缈的笑声忽然停顿。

过了半晌，才听到极乐峒主的声音道：“我若让你在天亮之前就死了，算我对不起你。”

李寻欢大笑道：“我在天亮前自然不会死的，阁下却难说得很了。”

他笑声还未停顿，突听一阵奇异的吹竹声响起。

雪地上忽然出现了无数条蠕蠕而动的黑影，有大有小，有长有短，黑暗中也看不出究竟是些什么，只能嗅到阵阵扑鼻的腥气。

心眉大师骇然道：“五毒一出，人化枯骨，你此时不走，更待何时？”

李寻欢像是根本没听到他说什么，朗声笑道：“据说极乐峒中的毒物成千上万，我怎地只不过看到几条小毛虫而已，难道其他的已全都死光了么？”

吹竹之声更急，雪地上的黑影已将李寻欢和心眉围住，有几条已渐渐爬到他们的脚旁。

心眉大师几乎已忍不住要呕吐出来。

这时才听得极乐峒主咯咯笑道：“我这‘极乐虫’乃七种神物交配而成，非血肉不饱，等到两位连皮带骨都已进了它们的肚子，你就不会嫌它小了。”

他话未说完，突见刀光一闪。

小李飞刀已发出。

心眉大师几乎忍不住要失声惊呼出来。

他也知道李寻欢手里的飞刀乃是他们唯一的希望，现在李寻欢却连对方的影子都未看到，飞刀便已出手。

这一刀不中，他们便要化为枯骨。

这是李寻欢的孤注一掷，却拿他自己的生命作赌注。

这一注赢的机会实在不大。

心眉大师再也想不到李寻欢竟会如此冒失。

但就在这时，刀光一闪而没，没入黑暗中，黑暗中却响起了一阵短促但却刺耳的惨呼。

接着，一个人自黑暗中冲了出来。

他身形矮小如幼童，身上穿着条短裙，露出一双腿，虽在如此严寒中，也一点不觉得冷。

他的头也很小，眼睛却亮如明灯。

此刻这双眼睛里仿佛充满了惊惧与怨毒，狠狠地瞪着李寻欢，像是想说什么，但喉咙里只是咯咯地发响，一个字也说不出。

心眉大师赫然发现小李飞刀正刺在他的咽喉上——小李飞刀，果然是例不虚发！

极乐峒主只觉一口气憋在喉咙里，实在忍不住，反手拔出了飞刀，一拔出飞刀，这口气就吐了出来。

鲜血也随之飞溅而出。

极乐峒主狂吼道：“好毒的刀。”

这时雪地上的毒虫，已有的爬上了李寻欢的腿。但李寻欢却连动都不动，心眉大师也不敢动。

他只觉身子发软，几乎已站不住了。

小李飞刀虽霸绝天下，但他们还是免不了要喂饱毒虫。

谁知极乐峒主一声狂吼，鲜血刚溅出，数十百条毒蛇突然箭一般蹿了回去，一条条全都叮在极乐峒主的咽喉上。

只听沙沙之声不绝于耳，极乐童子已化为一堆枯骨，但毒虫饱食了他的血肉后，也软瘫在地，不能动了。

他以毒成名，终于也以身殉毒！

这景象实在令人惨不忍睹。

心眉大师瞑目合十，暗诵佛号，过了很久，才长长叹息了一声，张开眼来，望着李寻欢叹道："檀越不但飞刀天下无双，定力也当真是天下无双。"

李寻欢笑了笑，道："不敢当，我只不过早已算准这些吃人的毒虫一嗅到血腥气就会走的，其实我心里也害怕得很。"

心眉大师道："檀越你也会害怕？"

李寻欢笑道："除了死人外，世上哪有不会害怕的人？"

心眉大师长叹道："临危而不乱，虽惧而不馁。檀越之定力，老僧当真是心服口服，五体投地了。"

他语声渐渐微弱，终于也倒了下去。

天已亮了。

李寻欢坐在昏迷不醒的心眉大师身旁，似已睡着。

他将极乐童子和那些"极乐虫"都埋了起来，走了一个多时辰，才在小镇上雇了这辆骡车。

骡车颠簸得很厉害，但他还是睡得很香，因为他已精疲力竭，喝了两碗豆汁后，世上就再也没有什么事能令他的眼睛不闭上。

也不知过了多久，骡车突然停下。

李寻欢几乎立刻就张开眼来，掀起车篷后的大棉布帘子，寒风扑面，他顿觉精神一爽。

只听车夫道："嵩山已到了，骡车上不了山，大爷你只好自己走吧。”

这赶车的被李寻欢从热被窝里拉起来，又被老婆逼着接这趟生意，正是满肚子不高兴。

再加上脚力钱也都被他老婆“先下手为强”了，若不是车上有个和尚，他只怕半路就停了车。

嵩山附近数十县，对出家人都尊敬得很。

李寻欢抱着心眉下了车，忽然塞了锭银子在赶车的手里，笑道：“这是给你留作私房钱打酒喝的，我知道娶了老婆的男人若没有几个私房钱，那日子真是难过得很。”

赶车的喜出望外，还未来得及道谢，李寻欢已走了；睡觉固然是非睡不可，时间也万万耽误不得。

冰雪封山，香客绝迹。

李寻欢展开身法，觅路登山。

山麓下有个小小的庙宇，几个灰袍、芒鞋、白袜的少林僧人正在前殿中烤火取暖，还有两人躲在门后的避风处瞭望。

瞧见有人以轻功登山，这两人立刻迎了出来。

一人道：“檀越是哪里来的？是不是……”

另一人见到李寻欢身后背着的是个和尚，立刻抢着道：“檀越背的可是少林弟子？”

李寻欢脚步放缓，到了这两人面前，突然一掠三丈，从他们头顶上飞掠了过去，脚尖沾地，再次掠起。

在这积雪的山道上，他竟还能施展“蜻蜓三抄水”的绝顶轻功，少林僧人纵然眼高于顶，也不禁为之悚然动容。

等庙里的僧人追出来时，李寻欢早已去得远了。

嵩山本是他旧游之地，他未走正道，却自后面的小路登山，饶是如此，还是走了一个多时辰才看到少林寺恢宏的殿宇。

自菩提达摩于梁武帝时东渡中土，二十八传至神僧迦叶，少林代出才人，久已为中原武林之宗主。

远远望去，只见重檐积雪，高耸入云，殿宇相连，也不知有几多重，气象之宏大，可称天下第一。

李寻欢自山后入寺，只见雪地上林立着大大小小的舍利塔，他知道这正是少林寺的圣地“塔林”，也就是少林历代祖师的埋骨处，这些大师们生前名传八方，死后又何曾多占了一尺地。

无论谁到了这里，都不禁会油然生出一种摒绝红尘，置身方外之念，又何况久已厌倦名利的李寻欢。

他忍不住又咳嗽起来。

突听一人沉声道：“擅闯少林禁地，檀越也未免太目中无人了吧？”

李寻欢朗声道：“心眉大师负伤，在下专程护送回来疗治，但求贵派方丈大师赐见。”

惊呼声中，少林僧人纷纷现身，合十道：“多谢檀越，不知高姓大名？”

李寻欢叹了口气，缓缓道：“在下李寻欢。”

庭院寂寂，雪在竹叶上融化。

竹林深处，是间精雅的禅舍，从撑开的窗子里望进去，可以看到有两个人正在下棋。

右面的是位相貌清癯的老和尚，他的神情是那么沉静，就像是已和这静寂的天地融为一体。

左面的是位枯瘦矮小的老人，目光炯炯，隆鼻如鹰，使人全忘了他身材的短小，只能感觉到一种无比的权威和魄力。

普天之下，能和少林掌门心湖大师对坐下棋的人，除了这位“百晓生”之外，只怕已寥寥无几。

这两人下棋时，天下只怕也没有什么事能令他们中止，但听到“李寻欢”这名字，两人竟都不由自主长身而起。

心湖大师道：“此人现在哪里？”

蹑着脚进来通报的少林弟子躬身道：“就在二师叔的禅房外。”

心湖大师道：“你二师叔怎样了？”

那少林僧人道：“二师叔伤得仿佛不轻，四师叔和七师叔正在探视他老人家的伤势。”

李寻欢负手站在檐下，遥望着大殿上雄伟的屋脊，寒风中隐隐有梵唱之声传来，天地间充满了古老而庄严的神秘。

他已感觉到有人走过来，但他并没有转头去瞧，在这庄严而神秘的天地中，他已不觉神游物外。

心湖大师和百晓生走到他身外十步处就停下，心湖大师虽然久闻“小李探花”的名声，但直到此刻才见着他。

他似乎想不到这懒散而潇洒，潇洒却沉着，充满了诗人气质的落魄客，就是名满天下的浪子游侠。

他仔细观察着他，绝不肯错过任何一处地方，尤其不肯错过他那双瘦削、纤长的手。

这双手究竟有什么魔力？

为何一柄凡铁铸成的刀，到了这双手里就变得那么神奇？

百晓生十年前就见过他的，只觉得这十年来他似乎并没有什么改变，又似乎已改变了许多。

也许他的人并没有什么改变，改变的只是他的心，他似乎变得更懒散，更沉着，也更寂寞。

无论和多少人在一起，他都是孤独的。

百晓生终于笑了笑，道：“探花郎别来无恙？”

李寻欢也笑了笑，道：“想不到先生居然还认得在下。”

心湖大师合十道：“却不知探花郎认得老僧否？”

李寻欢长揖道：“大师德高望重，天下奉为泰山北斗，在下江湖末学，常恨无缘得识，今日得见法驾，何幸如之？”

心湖大师道：“探花郎不必太谦，敝师弟承蒙檀越护送回寺，老僧先在此谢过。”

李寻欢道：“不敢。”

心湖大师再次合十，道：“待老僧探过敝师弟的伤势，再来陪檀越叙话。”

李寻欢道：“请。”

等心湖走进屋子，百晓生忽又一笑，道：“出家人的涵养功夫果然非我等能及，若换了是我，对阁下只怕就不会如此多礼了。”

李寻欢道：“哦？”

百晓生道：“若有人伤了你的师弟和爱徒，你会对他如此客气？”

李寻欢道："阁下难道认为心眉大师是被我所伤的？"

百晓生背负着双手，仰面望天，悠然道："除了小李探花外，还有谁能伤得了他？"

李寻欢道："若是我伤了他，为何还要护送他回寺？"

百晓生道："这才正是阁下的聪明过人之处。"

李寻欢道："哦？"

百晓生道："无论谁伤了少林护法，此后只怕都要永无宁日，少林南北两支的三千弟子，是绝不会放过他的，这力量谁也不敢忽视。"

李寻欢道："说的是。"

百晓生道："但阁下既已将心眉师兄护送回来，别人非但不会再怀疑他是伤在你手下的，也不会再怀疑你是梅花盗，你伤了他之后，还要少林弟子感激于你，这手段实在高明已极，连我都不禁佩服得很。"

李寻欢又笑了，仰面笑道："百晓生果然是无所不知，无所不晓，难怪江湖中所有的大帮大派都要交你这朋友，和你交朋友的好处实在不少。"

百晓生居然神色不变，道："我说的只不过是公道话而已。"

李寻欢道："只可惜阁下却忘了一件事，心眉大师还没有死，他自己总知道自己是被谁所伤的，到那时阁下岂非要将自己说出来的话吞回去了么？"

百晓生叹息了一声，道："若是我猜得不错，心眉师兄还能说话的机会只怕已不多了。"

突听心湖大师厉声道："敝师弟若非伤在你的手下，是伤在谁的手下？"

他不知何时已走了出来，面上已笼起一阵寒霜。

李寻欢道："大师难道看不出他是中了谁的毒？"

心湖大师没有回答这句话，却回头唤道："七师弟。"

江湖中人人都知道少林乃武林正宗，讲究的是心法内功，自不以暗器和下毒为能事，只有首座七弟子中排名最末的心鉴大师乃是半路出家，带艺投师的，未入山林前，人称"七巧书生"，却是位使毒的大行家。

只见这心鉴大师面色蜡黄，终年都仿佛带着病容，但一双眼睛却是凛凛有威，闪电般在李寻欢面前一扫，沉声道："二师兄中的毒乃是苗疆极乐峒主精炼成的'五毒水晶'，此物无色无味，透明如水晶，中毒的人若得不到解药，全身肌肤也会渐渐变得透明如水晶，五脏六腑都历历可数，到了那时，便已毒发无救。"

李寻欢道："大师果然高明……"

心鉴大师冷冷道："贫僧只知道二师兄中的乃是'五毒水晶'，但下毒的人是谁，贫僧却不知道。"

百晓生道："说得好，毒是死的，下毒的人却是活的……"

心鉴大师道："极乐峒主虽然行事恶毒，但人不犯他，他也绝不犯人，本门与他素无纠葛，他为何要不远千里而来暗算二师兄？"

李寻欢叹了口气，道："这只因他的对象并非心眉大师，而是我。"

百晓生道："这话更妙了，他要害的人是你，你却好好地站在这里；他并没有加害心眉师兄之意，心眉师兄反而中了毒。"

他盯着李寻欢，一字字道："你若还能说得出这是什么道理，我就佩服你。"

李寻欢沉默了很久忽又笑了，道："我说不出，只因我无论说什么，你们都不会相信。"

百晓生道："阁下说的话确实很难令人相信。"

李寻欢道："我虽说不出，但还是有人能说得出的。"

心湖大师道："谁？"

李寻欢道："心眉大师，为何不等他醒来之后再问他。"

心湖大师凝视着他，目光冷得像刀。

心鉴大师的脸上也笼着层寒霜，一字字道："二师兄永远也不会醒过来了！"

第二十章

人心难测

冷风如刀，积雪的屋脊上突有一群寒鸦惊起，接着，屋脊后就响起了一阵清亮却凄凉的钟声。

连钟声都似乎在哀悼着他们护法大师的圆寂。

李寻欢仿佛第一次感觉风中的寒意，终于忍不住剧烈地咳嗽起来，心里也不知是愤怒还是难受。

等他咳完了，就发现数十个灰衣僧人一个接着一个自小院的门外走了出来，每个人脸上却像是凝结着一层寒冰。

每个人的眼睛都盯着他，嘴都闭得紧紧的，钟声也不知何时停顿，所有的声音都似已在寒气中凝结，只有脚踏在雪地上，沙沙作响。

等到这脚步声也停止了，李寻欢全身都仿佛已被冻结在一层又一层比铅还沉重的寒冰里。

这古老而森严的天地，骤然充满了杀机。

心湖大师沉声道："你还有何话说？"

李寻欢沉默了很久，长长叹息了一声，道："没有了。"

说出来也无用的话，不说也罢。

百晓生道："你本不该来的。"

李寻欢又沉默了很久，忽然一笑，道："也许我的确不该来的，但时光若能倒转，我只怕还是会这样做。"

他淡淡接着道："我平生虽然杀人无数，却从未见死不救。"

心湖大师怒道："到了此时，你还是想狡辩？"

李寻欢道："出家人讲的是四大皆空，不可妄动嗔念，久闻大师修为极深，怎地和在下一样沉不住气。"

百晓生道："久闻探花郎学识渊博，怎地却忘了连我佛如来也难免要作狮子吼。”

李寻欢道：“既是如此，各位请吼吧。”

心鉴大师厉声叱道：“到了此时，你还要逞口舌之利，可见全无悔改之心，看来今日贫僧少不得要破破杀戒了。”

李寻欢笑了笑，道：“你尽管破吧，好在杀人的和尚并不止你一个人！”

心鉴大师怒道：“我杀人并非为了复仇，而是降魔！”

他身形方待作势扑起，突见刀光一闪，李寻欢掌中不知何时已多了柄寒光闪闪的刀，小李飞刀。

只听李寻欢冷冷道：“我劝你还是莫要降魔的好，因为你绝不是我的对手！”

心鉴大师就像是忽然被钉子钉在地上，再也动弹不得，因为他知道只要一动，小李飞刀就要贯穿他的咽喉。

心湖大师厉声道：“你难道还想作困兽之斗？”

李寻欢叹了口气，道：“日子虽不好过，我却还未到死的时候。”

百晓生道：“小李飞刀纵然例不虚发，但又有几柄飞刀？能杀得了几人？”

李寻欢笑了笑，什么话也没有说。

因为他知道在这种时候不说话比说任何话都可怕得多。

心湖大师目光一直盯着李寻欢的手，忽然道：“好，且待老衲来领教领教你的神刀！”

他袍衣一展，大步走出。

但百晓生却拉住了他，沉声道：“大师你千万不可出手！”

心湖大师皱眉道：“为什么？”

百晓生叹了口气，道：“天下谁也没有把握能避开他这出手一刀！”

心湖大师道：“没有人能避得开？”

百晓生道：“没有！一个也没有！”

心湖大师长长呼出口气，瞑目道：“我不入地狱！谁入地狱。”

心鉴大师也赶了过来嗄声道：“师兄你——你一身系佛门安危，怎能轻身涉险？”

李寻欢道：“不错，你们都不必来冒险的，反正少林门下有三千弟子，只要你们一声号令，会替你们送死的人自然不少。”

心湖大师脸上变了变颜色，厉声道：“未得本座许诺，本门弟子谁也不许妄动，否则以门规处治，绝不宽贷……知道了么？”

少林僧人一起垂下了头。

李寻欢微笑道：“我早就知道你绝不肯眼见门下弟子送死的，少林寺毕竟和江湖中那些玩命的帮会不同，否则我这激将法怎用得上？”

百晓生冷冷道：“少林师兄们纵然犯不上和你这种人拼命，但，你难道还走得了么？”

李寻欢笑了笑，道：“谁说我想走了？”

百晓生道：“你……你不想走？”

李寻欢道：“是非未明，黑白未分，怎可一走了之！”

百晓生道：“你难道能令极乐洞主到这里来自认是害死心眉师兄的凶手？”

李寻欢道：“不能，只因他已死了！”

百晓生道：“是你杀了他？”

李寻欢淡淡道：“他也是人，所以他没有躲过我出手一刀！”

心湖大师忽然道：“你若能寻出他的尸身，至少也可证明你并非完全说谎。”

李寻欢只觉心里有些发苦，苦笑道：“纵然寻得他的尸骨，也没有人能认得出他是谁了。”

百晓生冷笑道：“既是如此，天下还有谁能证明你是无辜的？”

李寻欢道：“到目前为止，我还未想出一个人来。”

百晓生道：“那么现在你想怎样？”

李寻欢默然半晌，忽又笑了笑，道：“现在我只想喝杯酒。”

阿飞坐的姿势很不好看，他从来也不会像李寻欢那样，舒舒服服地坐在一张椅子里。

他这一生中几乎很少有机会能坐上一张真的椅子。

屋子里燃着炉火，很温和，他反而觉得很不习惯，林仙儿蜷伏在火炉旁，面靥被炉火烤得红红的。

这两天，她似乎连眼睛都没有阖过，现在阿飞的伤势似奇迹般痊愈了，她才放心地睡着。

她睡着时仿佛比醒时更美，长长的睫毛覆盖在眼帘上，浑圆的胸膛温柔地起伏着，面颊红得像桃花。

阿飞静静地望着她，似已痴了。

屋子里只有她均匀的呼吸声，炉火的燃烧声，外面的雪已在融化，天地间充满了温暖和恬静。

阿飞的目中却渐渐露出了一丝痛苦之色。

他忽然站了起来，悄悄穿起了靴子。

美丽的事物往往就如同昙花，一现即逝，谁若想勉强保留它，换来的往往只有痛苦和不幸。

阿飞轻轻叹息了一声，在屋角的桌上寻回了他的剑，墙上挂着一幅字，是李寻欢的手笔，其中有一句是："此情可待成追忆！"

两天前，阿飞还绝不会了解这句诗的意思，可是现在他却已知道，只有回忆才是真正永恒的。

只有回忆中的甜蜜，才能永远保持。

阿飞轻轻将剑插入了腰带。

突听林仙儿道："你……你要做什么？"

她忽然惊醒了，美丽的眼睛吃惊地望着阿飞。

阿飞却不敢回头看她，咬了咬牙，道："我要走了！"

林仙儿失声道："走？"

她站起来，冲到阿飞面前，颤声道："你连说都不说一声，就要悄悄地走了？"

阿飞道："既然要走，又何必说。"

林仙儿身子似乎忽然软了，倒退几步，倒在椅子上，望着阿飞，两滴泪珠已滚了下来。

阿飞突然觉得心里一阵绞痛，他从来未尝过这种既不是愁，也不是苦，既不是甜，也不是酸的滋味。

这难道就是情的滋味？

阿飞道："你……你救了我，我迟早会报答你的……"

林仙儿忽然笑了起来，道："好，你快报答我吧，我救你，就为的是要你报答我。"

她在笑，可是她的眼泪却流得更多。

阿飞黯然道：“我也知道你的心意，但我不能不去找李寻欢……”

林仙儿道：“你怎知我不愿去找他，你为何不带我走？”

阿飞道：“我……我不愿连累你。”

林仙儿流泪，道：“连累我？你以为你走了后，我就会很幸福么！”

阿飞想说话，但嘴唇却有些发抖。

他从未想到自己的嘴唇也会发抖。

林仙儿忽然扑过来抱住了他，紧紧抱住了他，像是要用全部生命抱住他，颤声道：“带我走，带我走吧，你若不带我走，我就死在你面前。”

这世上能在美丽的女人面前说“不”字的男人已不多，女人若是说要死的时候，能拒绝她的男人只怕就连一个都没有了。

夜很静。

阿飞走出屋子，就看到一片积雪的梅花。

原来这里就是“冷香小筑”，奇怪的是，这两天兴云庄已闹得天翻地覆，却没有一个人到这里来。

他们若要搜捕阿飞，为何未搜到这里。

他们为何如此信任林仙儿？

林仙儿紧紧拉着阿飞的手，道：“我要去跟我姐姐说一句才能走。”

阿飞道：“你去吧。”

林仙儿咬着嘴唇一笑，道：“我不放心留你一个人在这里，我要跟你一起走。”

阿飞道：“可是你的姐姐……！”

林仙儿道：“你放心，她也是李寻欢的好朋友。”

她拉着阿飞穿过梅林，奔过小桥，园中静无人声，灯火也很寥落，阿飞竟似再也无力抛脱她的手。

小楼上还有一点孤灯，却衬得这小楼更孤零萧索。

小楼上黄幔低垂，人却未睡。

林诗音正守着孤灯，痴痴地也不知在想什么。

林仙儿拉着阿飞悄悄走上来，轻轻唤道：“大姐……大姐你为何还没有睡？”

林诗音还是痴痴地坐着，连头都没有抬起。

林仙儿道：“大姐，我……我是来向你告别的，我要走了，可是……可是我绝不会忘了大姐对我的恩情，我很快就会回来看你的！”

林诗音似乎听不懂她在说什么，过了很久，才慢慢点了点头，道：“你走吧，走了最好，这里本已没有什么可留恋之处。”

林仙儿道：“姐夫呢？”

林诗音似又过了很久才听懂她的话，喃喃道：“姐夫？……谁的姐夫？”

林仙儿道：“自……自然是我的姐夫。”

林诗音道：“你的姐夫我不知道……我不知道……我不知道……”

林仙儿似乎呆住了，呆了半晌，才勉强一笑，道：“我们现在要由近路赶到少林去……”

林诗音突然跳了起来大声道：“你走吧，快走，快走……一个字都莫要说了，快走！快走！”

她挥着双手，将林仙儿和阿飞全部都赶了下去，又缓缓坐回灯畔，眼泪已流下了面颊。

低垂着的黄幔外缓缓走出一个人，竟是龙啸云。

他瞪着林诗音，嘴角泛起了一丝狞笑，冷冷道：“他们就算到了少林也没有用的，普天之下，已经没有任何人能救得了李寻欢了……”

阿飞吃得虽多，并不快，每一口食物进了嘴，他都要经过仔细的咀嚼后再咽下去。

但他又并不是像李寻欢那样在慢慢品尝着食物的滋味，他只是想将食物的养分尽量吸收，让每一口食物都能在他体内发挥最大的力量。

长久的艰苦生活，已使他养成了一种习惯，也使他知道食物的可贵，在荒野中，每餐饭都可能是最后的一餐。

他吃了一餐饭后，永远不知道第二餐饭在什么时候才能吃得到嘴，所以每一口食物他都绝不能浪费。

这客栈并不大，他们不停地走了一天之后，才在这里歇下，此刻饭铺都已打烊，他们只有在屋子里吃饭。

林仙儿托着腮，脉脉含情地望着他。

她从未见过一个对食物如此尊敬的人，因为只有知道饥饿可怕的人，才懂得对食物尊敬。

阿飞将盘子里最后一根肉丝和碗里最后一粒米都吃干净了之后，才放下筷子，发出了一声满足的叹息。

林仙儿嫣然笑道：“吃饱了？”

阿飞道：“太饱了！”

林仙儿笑道：“看你吃饭真有趣，你一餐吃的东西，我三天都吃不完。”

阿飞也笑了，道：“但我可以三天不吃饭，你能不能？”

他笑的时候，是眼睛先笑，然后笑意就缓缓自眼睛里扩散，最后到达他的嘴，就仿佛冰雪缓缓在融化。

林仙儿看着他的笑容，似也痴了。

过了很久，她忽然问道：“你忘了一件事。”

阿飞道：“哦？”

林仙儿道：“你的金丝甲还在我这里。”

她解开包袱，取出了金丝甲，在灯光下看来，这人人垂涎的武林重宝，的确是辉煌灿烂，不可方物。

林仙儿道：“为了看你的伤势，我只有替你脱下来，一直忘了还给你。”

阿飞看也没看一眼，道：“你留着吧！”

林仙儿目中露出欢喜之色，但却摇头道：“这是你所得来的东西，你以后也许还会需要它的，怎么能随随便便就送给别人？”

阿飞凝视着她，声音忽然变得很温柔，道：“我没有送给别人，也不会送给别人，我只是送给你。”

林仙儿痴痴地望着他，目光中充满了感激和欣喜，两人就这样无言地互相凝视着，也不知过了多久。

然后林仙儿忽然“嘤咛”一声，扑入了他怀里。

室外的风声呼啸，桌上的烛火在跳动，她的胴体是那么柔软，那么温暖，在不停地轻轻颤抖。

阿飞的心已剧烈地跳动了起来。

他一生中从未领略过，如此温柔也如此销魂的滋味。

他也是男人，而且正年轻。

虽然没有人教过他，但这种事永远不要别人教的，他缓缓垂下头，他的嘴唇覆上了她的嘴唇。

她的柔唇如火。

在这一刹那间，天地间所有其他的一切都已变得毫无意义，世间万物似乎都已焚化，时间似也停顿。

她颤抖着，发出一阵阵呻吟般的喘息。

她颤动的身子引导着他的手。

她的肌肤细致、光滑，火一般发烫。

她的发髻已凌乱，长裙已撩起，整个人都似在受着煎熬，她两条修长的、莹白的腿已纠缠在一起。

阿飞整个人都似乎已将爆裂。

在朦胧的灯光下，她莹白光滑的腿上已起了一粒粒寒栗，腿虽然是蜷曲着，纤巧的脚背却已挺直。

世上只怕再也不会有一种比这更诱人的景象。

她紧紧搂着他的脖子，滚烫的呼吸喷在他耳垂，咬得他灵魂都已崩溃。

汗珠一粒粒流过他的脸，他紧张得直抖——这是他的第一次，埋葬了二十年的情欲将在这一瞬间爆发。

他们不知何时已滚到床上。

阿飞本是个最能控制自己的人，但现在却再也控制不住了，到了这种时候，还有谁家少年能忍得住？

他解开了她的衣服。

她已完全赤裸。

他压上了她的胸膛，已能感觉到她坚挺的乳房在他胸膛上摩擦，他像是已变成了一只野兽。

但就在这时，林仙儿忽然推开了他，重重地推开了他。他骤然不意，竟被推倒在床下。

他呆住了。

只听林仙儿颤声道："我们不能这样做……不能这样做……"

她蜷曲在床上，紧紧抱着棉被，流泪道："我虽然也忍不住，可是我们现在若……若不能忍耐，以后一定会后悔的……以后你一定会将我看成一个淫荡的女人。"

阿飞没有说话，过了很久，才缓缓站起来。

他已完全冷却。

林仙儿忽也滚到地上，抱住了他的腿，流泪道："求求你，原谅我，我……我这样做只是为了我们以后的日子，我们以后的日子还很长，是么？"

阿飞咬着嘴唇，终于轻轻叹了口气，道："你这样做是对的，这是我的错，我怎会怪你？"

林仙儿道："我知道你……你现在一定很难受，你现在若一定要，我……我也可以给你，反正我迟早总是你的。"

阿飞抚着她的头发，柔声道："你可以忍，我为什么不能忍，我们以后的日子还长着哩！"

林仙儿偷偷地笑了。

因为她知道骄傲而倔强的少年，终于完全被她征服，此后必将永远臣服在她的脚下。

阿飞抱起了她，轻轻将她放在床上，替她盖起了被，在他心目中，她已是纯洁与美的化身。

她已成为他的神祇。

阿飞已走了。

林仙儿躺在床上，还在偷偷地笑。

能征服一个男人，的确是件很令人愉快的事。

突然间，窗子开了，冷风吹入。

林仙儿坐了起来道："什么人？"

她问过这句话，就立刻看到一张脸，脸上发着惨绿色的青光，在夜色中看来就像鬼魅。

夜深人静，忽然有这样一个人在窗外出现，就算是胆子很大的男人，只怕也要被吓得魂不附体。

但林仙儿又躺了下去，既没有惊呼，也没有被吓昏，只是静静地瞧着这个人，脸上甚至连一丝惊惧之色都没有。

这人也在瞧着她，一双眼睛就像是两点鬼火。

林仙儿反而笑了，悠然道："你既然来了，为何不进来？"

话刚说完，这人已到了她床前。

他身材高得可怕，脸很长，脖子也很长，脖子上却缠着一层白布，使得他全身都僵硬起来，像个僵尸。

但他的动作却灵活、轻巧，谁也看不出他是如何掠入窗户的，林仙儿瞧着他的脖子道："你受了伤？"

这人瞪着眼，却闭着嘴。

林仙儿道："是李寻欢伤了你？"

这人脸色变了变，厉声道："你怎么知道？"

林仙儿叹了口气，道："我本来以为你能杀死他的，谁知反而被他伤了。"

这人脸上的青气更盛，道："你怎知我要杀他？"

林仙儿道："因为他杀了丘独，丘独却是你的私生子！"

她淡淡一笑，接着道："你一定又在奇怪我怎会知道这件事的，其实这道理简单得很，'青魔'伊哭从来不收徒弟，丘独却不但传得了你的武功心法，还得到你一只青魔手。"

伊哭鬼火般的眼睛盯着她，过了半晌，才一字字道："我也认得你。"

林仙儿嫣然道："哦，那可真是荣幸得很。"

伊哭道："丘独死的时候，青魔手已经不见了。"

林仙儿道："的确不见了。"

伊哭道："他将青魔手送给了你？"

林仙儿道："好像是的。"

伊哭怒道："他若未将青魔手送给你，又怎会死在李寻欢手下？"

林仙儿道："你并未将青魔手送给我，却也伤在李寻欢手下了，是么？"

伊哭咬着牙，突然一把揪住了她的头发。

林仙儿非但还是不害怕，反而笑得更甜了，柔声道："就算他为我而死，也是他自己心甘情愿的，因为他认为很值得。"

烛火在她脸上闪动着，她的笑靥就像是蔷薇正在开放。

伊哭盯着她的脸，嘴角露出一丝狞笑，道："我倒要看看你是否值得？"

他突然将她身上的棉被掀了起来。

她赤裸的身子蜷曲着，就像是一只白玉。

伊哭的喉结上下滚动着，喉咙似已发干。

林仙儿媚笑道："你看我值得么？"

伊哭将她的头发缠在手上，愈缠愈紧，仿佛要将她头发全部拔下来，林仙儿虽已疼出了眼泪，但水汪汪的眼睛里却露出了一种兴奋的渴求之色，眯着眼瞧着伊哭，呻吟着喘息道："你为什么只敢抓我的头发？难道我身上有刺？"

这样的眼神，这样的话，有哪个男人能受得了？

伊哭突然反手一掌掴在她脸上，接着，就紧紧抓住了她的肩头，用力拧着她的身子……

林仙儿身子突然颤抖了起来，却不是痛苦的颤抖，而是兴奋的颤抖，她的脸又变得滚烫。

伊哭一拳打在她小肚上，嗄声道："贱货，原来你喜欢挨打。"

林仙儿被打得全身都缩成一团，呻吟着："你打，你再打，你打死我吧……"

她的声音里竟也没有痛苦之意，却充满了渴望。

伊哭道："你不怕我？"

林仙儿颤声道："我为什么要怕你？你虽然丑得可怕，但却还是男人。"

伊哭一把将她整个都拎了起来，重重掼在地上，再拎起她的头发，林仙儿反而紧紧抱住了他，喘着气道："我不怕你，我喜欢你，漂亮的男人已见得太多了，我就喜欢丑的男人。你……你还等什么？"

伊哭没有再等。

任何男人都不会再等了。

屋子里只剩下喘息声。

第二十一章

以友为荣

伊哭正站在床边穿衣裳，他俯视着床上的林仙儿，面上带着那种唯有征服者才有的骄傲和满足。

过了很久，林仙儿忽然望着他嫣然一笑，道：“现在你总该知道我是不是值得的？”

伊哭道：“我真该杀了你的，否则还不知有多少人要死在你手上。”

林仙儿道：“你本是来杀我的。”

伊哭道：“哼。”

林仙儿媚笑道：“你下得了手？”

伊哭又盯了她半晌，忽然问道：“跟你一起来的那小伙子是谁？”

林仙儿笑道：“你为什么要问他，是吃醋？还是害怕？”

伊哭冷冷笑着，拒绝回答。

林仙儿眼波流动，道：“他是个乖孩子，不像你这么坏，早就远远找了间屋子去睡觉了，他若在附近能听到声音的地方，怎会让你如此欺负我。”

伊哭冷笑道：“他听不到，是他的运气。”

林仙儿道：“哦？你难道还想杀了他？”

伊哭道：“哼。”

林仙儿笑道：“你杀不了他的，他的武功很高，而且是李寻欢的朋友，我也很喜欢他。”

伊哭面色立刻变了。

林仙儿眼珠一转，又笑道：“他就住在前面那排屋子最后一间，你敢去找他么？”

话未说完，伊哭已蹿了出去。

林仙儿道："小心些呀，你的咽喉上若再挨一剑，那就糟了。"

她吃吃地笑着，钻进了被窝，开心得就像是一个刚偷了糖吃，却没有被大人发觉的孩子。

比征服一个男人更愉快的事，那就是在同一天晚上征服两个男人，再让他们去互相残杀。

"他们究竟谁强些呢？"

想到伊哭的青魔手将阿飞头颅击破时的情况，她眼睛就发了光，想到阿飞的剑划入伊哭咽喉时的情况，她全身都兴奋得发抖。

想着想着，她居然睡着了，睡着了还是在笑，笑得很甜，因为无论谁杀死谁，她都很愉快。

今天晚上，她已很满足了。

床很柔软，被单也很干净，但阿飞却偏偏睡不着，他从未失眠，从不知道失眠的滋味竟如此可怕。

以前他只要累了，就算躺在雪地上都睡得着的，今天他虽然很累，但翻来覆去，总是想着林仙儿。

想起了林仙儿，他心里就觉得甜丝丝的，却又有些自责自愧，觉得自己实在冒犯了她。

他发誓今后一定要对她更尊敬，因为她不但美丽，而且可爱；不但可爱，而且又纯洁，又高贵。

能遇到这样的女孩子，他觉得自己实在很幸运。

也不知过了多久，他终于迷迷糊糊地睡着了，但突然间，他也不知为什么，竟从床上跳了起来。

大多数野兽一嗅到警兆时就会突然惊醒。

他刚将剑插入腰带，窗子已开了。

他看到一双比鬼还可怕的眼睛正在瞪着他。

伊哭道："你和林仙儿一起来的？"

阿飞道："是。"

伊哭道："好，你出来。"

窗外就是墙，墙和窗中间，只有条三尺多宽的空隙，阿飞和伊哭就面对面地站在那里。

阿飞没有说话，他不喜欢说话，从来不肯先开口。

伊哭道："我要杀你。"

他也不喜欢说话，只说了四个字。

阿飞又沉默了很久，才淡淡道："今天我却不愿杀人，你走吧。"

伊哭道："今天我也不想杀人，只想杀你。"

阿飞道："哦？"

伊哭道："你不该和林仙儿一起来的。"

阿飞目中突然射出了刀一般锐利的光，道："你若再叫她的名字，我只得杀你了。"

伊哭狞笑道："为什么？"

阿飞道："因为你不配。"

伊哭咯咯地笑了起来，道："我不但要叫她的名字，还要跟她睡觉，你又能怎样！"

阿飞的脸突然燃烧了起来。

他原是个很冷静的人，从来也没有如此愤怒过。

他的手已因愤怒而发抖。

一只发抖的手是拿不稳剑的，但他却已忘了，怒火已烧光了他的理智，他狂怒之下，剑已划出。

青魔手也已挥出！

只听"叮"的一声，剑已折断。

伊哭狂笑道："这样的武功，也配和我动手，林仙儿还说你武功不错。"

狂笑声中，青魔手已攻出了十余招。

这件兵器的确有它不可思议的威力，它看来很笨重，其实却很灵巧，使出的招式更是怪异绝伦。

阿飞几乎已连招架都无法招架了，他手上已只剩下四寸长的一截断剑，只能以变化迅速的步法勉强闪避。

伊哭狞笑道："你若肯老老实实地回答我两句话，我就饶了你。"

阿飞咬着牙，鼻子上已沁出了汗珠。

伊哭道："我问你，林仙儿是不是常常陪人睡觉的，她和你睡过觉没有？”

阿飞狂吼一声，手中利剑又刺出。

又是“叮”的一声，连这半截利剑都已被青魔手震得飞了出去，他的人也已被震得跌倒。

伊哭的青魔手已雷电般击下，阿飞连站起来的机会都没有，只有在地上打滚，避开几招，已显得不支。

青魔手的力道实在太大，大得可怕。

伊哭狞笑道：“说呀，说出我问你的话，我就饶你不死。”

阿飞道：“好，我说！”

伊哭的大笑声刚发出，出手稍慢，突有剑光一闪。

伊哭平生从未见过如此快的剑光。等他看到这剑光时，剑已刺入了他的咽喉，他喉咙里咯咯作响，面上充满了惊惧和怀疑不信之色。

他临死还不知道这一剑是哪里来的。

他死也不相信这少年能刺得出如此快的一剑！

阿飞用两根手指挟着方才被震断的半截剑尖，将剑尖一寸寸地自伊哭的咽喉里拔出来。

伊哭面上每一根肌肉都起了痉挛。

阿飞的目光如寒冰，瞪着他一字字道：“谁侮辱她，谁就得死。”

伊哭的喉咙还在“咯咯”地响，连眉毛和眼睛都扭曲起来，因为他想笑，这笑容却太可怕。

他想笑，还想告诉阿飞：“你迟早也要死在她手上的。”

只可惜他这句话永远都说不出来了。

林仙儿一醒，就看到窗纸有个人影，在窗外走来走去，她知道这人一定是阿飞，虽想进来，却不敢吵醒她。

若是伊哭就不会在窗外了。

林仙儿看着窗上的人影，心里觉得很愉快。

伊哭虽然是一个很奇特的男人，而且很有名，这种男人对她来说，自然也很新奇，很够刺激。

但阿飞却无疑更有趣得多。

她愉快地躺在床上，让阿飞在窗外又等了很久，才轻唤道：“外面是小飞吗？”

“小飞”，这名字是多么亲切。

阿飞的人影停在窗口，道：“是我。”

林仙儿道：“你为何不进来？”

阿飞轻轻一推，门就开了，皱眉道：“你没有闩门？”

林仙儿咬着嘴唇笑了笑，道：“我忘了……我什么都忘了。”

阿飞忽然赶到床前，盯着她的脸，她的脸有些发青，也有些发肿，阿飞的脸色也变了，急急道：“你……你出了事？”

林仙儿嫣然道：“我若没有睡好，脸就会肿的……昨天晚上我一直翻来覆去地睡不着……”

她的脸似又红了，“嘤咛”一声，用被盖住了头，娇笑道：“你为什么这样盯着人家看？我就是睡不着嘛，你……你……你又想到什么地方去了？”

阿飞又痴了，他的心已溶化。

林仙儿道：“你呢？你睡得好么？”

阿飞道：“我也没有睡好，有条疯狗一直在我窗子外乱叫。”

林仙儿眨了眨眼睛，道：“疯狗？”

阿飞道：“嘿，我已宰了它，将它抛在河里了。”

突听外面传入了一阵叮叮当当的敲打声，阿飞将窗子支开一些，就看到店伙正在院子里敲着水壶，大声道：“各位客官们，你们可想知道江湖中最轰动的消息，武林中最近发生的大事么？那么就请到饭厅，由南边来的孙老先生准午时开讲，保证既新鲜又紧张，各位还可以一边吃着饭喝着酒。”

阿飞放下窗子，摇了摇头。

林仙儿道：“你不想去听？”

阿飞道：“不想。”

林仙儿眼珠子一转，嫣然道：“我倒想去听听，何况，我们总是要吃饭的。”

阿飞笑了笑，道：“看来这伙计拉生意的法子倒真用对了。”

林仙儿掀开棉被，想坐起来，突又“嘤咛”一声，缩了回去，红着脸，咬着嘴唇，垂头道：“你坏死了……还不快把衣服拿给我。”

阿飞的脸也红了，一颗心“怦怦”地跳个不停。

林仙儿吃吃笑道：“转过去，可不准偷看。”

阿飞面对着墙壁，心似已将跳出腔子。

饭厅里已快坐满了，江湖中的事永远充满了刺激，无论谁都想听听的，每个人心里多少总有些积郁。

听着这些江湖豪杰、武林奇侠的故事，不知不觉就会将自己和故事中的人物融为一体，心头的积郁也就在不知不觉中发泄了。

靠窗的桌子上，坐着个穿着蓝布长衫的老者，白发苍苍，正闭着眼睛在那里抽着旱烟。

他身旁边有个很年轻的大姑娘，梳着两条大辫子，一双大眼睛又黑又亮，眼波一转，就仿佛可以勾去男人的魂魄。

阿飞和林仙儿一走进来，每个人的眼睛都发了直，这位辫子姑娘的大眼睛正不停地在他们身上转。

林仙儿也在盯着这大姑娘，忽然抿嘴一笑，悄悄道：“你看她那双眼睛，我倒真得小心点，莫让她把你勾了去。”

他们刚要了几样菜和两张饼，那蓝衫老人就咳嗽了几声，将旱烟袋在桌子上一敲，道：“红儿，时候到了么？”

辫子姑娘道：“是时候了。”

老人这才张开眼来，他的人虽然又老又干，但一双眼睛却很年轻，目光一转，每个人都觉得他眼睛正在瞪着自己。

林仙儿悄悄笑道：“看来这位孙老先生倒不像是跑江湖、骗饭吃的混混。”

她说话的声音虽很轻，但这孙先生似乎还是听到了，目光在她脸上一扫，嘴角仿佛露出一丝笑意。

那辫子姑娘已捧了碗茶过来，老人掀起茶碗盖子，吹着碗里的茶叶，啜了几口茶，忽然道：“梅花盗无恶不作，探花郎仗义疏财。”

他目光又一扫，道：“各位可知道我说的这两人是谁么？”

辫子姑娘自然知道他并不是真的在问人家，只不过要找个人将话头接下去而已，当下将两条大辫子甩了甩，摇头道：“这两人是谁呀？好像没有听说过。”

孙老先生笑了笑道：“那你就真是孤陋寡闻了，提起这两人，当真是大大有名，‘梅花盗’数十年只出现过两次，但两河绿林道中，千百条好汉所做的案子，加起来也没有他一个人多。”

辫子姑娘吐了吐舌头，憨笑着道：“好厉害……但那位探花郎又是谁呢？”

孙老先生道：“此人乃是位世家公子，历代缨鼎，可说是显赫已极，三代中就中过七次进士，只可惜没中过状元，到了李探花这一代，膝下的两位少爷更是天资绝顶，才气纵横，他老人家将希望全都寄托在这两位公子身上，只望他们能中个状元，来弥补自己的缺陷……”

辫子姑娘笑道：“探花就已经不错了，为何一定要中状元呢？”

孙老先生道：“谁知大李公子一考，又是个探花。父子两人都郁郁不欢，只望小李公子能争气。谁知命不由人，这位小李公子虽然惊才绝艳，但一考之下，也是个探花。老探花失望之下，没过两年就去世了。接着，大李探花也得了不治之症。这位小李探花心灰意冷，索性辞去了官职，在家里疏财结客，他的慷慨与豪爽，就算孟尝复生，信陵再世，只怕也比不上他。”

他一口气说到这里，又啜了几口茶。

阿飞早已听得血脉偾张，兴奋已极，有人在夸赞李寻欢，他听了真比夸奖自己还要高兴。

只听孙老生接着又道：“这位探花郎不但才高八斗，而且还是位文武全才，幼年就经异人传授了他一身惊世骇俗的绝顶功夫。”

辫子姑娘道：“爷爷今天要说的，就是他们两人的故事么？”

孙老先生道：“不错。”

辫子姑娘拍手笑道：“那一定好听极了，只不过……只不过堂堂的探花郎，又怎会和声名狼藉的梅花盗牵涉到一起了呢？”

孙老先生道：“这其中自有道理。”

辫子姑娘道：“什么道理？”

孙老先生道：“只因梅花盗就是探花郎，探花郎就是梅花盗。”

阿飞只觉一阵怒气上涌，忍不住就要发作，辫子姑娘却已摇头道：“这位李探花既然不惜散尽万金家财，想必是个视金钱如粪土的人，又怎会忽然变成了打家劫舍、贪财好色的梅花盗？我不信。”

孙老先生道：“莫说你不信，我也不信，所以特地去打听了很久。”

辫子姑娘笑道：“若论打听消息，谁也没有你老人家拿手，其中的详情，你老人家想必一定打听出来了。”

孙老先生也笑了笑，道：“自然打听出来了，这其中的详情，实在是曲折复杂、诡谲离奇，而且紧张刺激、精彩绝伦……”

说到这里他忽然停住，又闭上眼睛打起瞌睡来。

辫子姑娘似乎很着急，连连道：“你老人家怎么不说了呀？”

孙老先生抽了口旱烟，又将烟慢慢地从鼻孔里喷出来。

辫子姑娘撇嘴，道：“刚说到好听的地方，就不说了，岂非是吊人的胃口。”

她忽然一拍巴掌，笑道：“我明白了，你老人家原来是想喝酒。”

这下子不但她明白了，别人也都明白了，纷纷笑着掏腰包，摸银子，那店伙早已拿着个盘子在旁边等着收钱了。

孙老先生这才打了哈欠，接着说下去道：“事情开始，是发生在兴云庄。”

辫子姑娘道：“兴云庄？那莫不是龙啸云龙四爷住的地方么？听说那里气象恢宏，宅第连云，庭园林木之胜，更冠于两河，是个好地方。”

孙老先生道：“不错，但这好地方却本是李寻欢送给他的，只因这两人乃是生死八拜之交，而且龙夫人还是李探花的姑表至亲……”

这祖孙两人一搭一档，居然将前些天在兴云庄发生的事情说得八九不离十。说到李寻欢如何误伤龙小云，如何中伏被擒，大家都不禁扼腕叹息；说到林仙儿如何半夜被劫，少年阿飞的剑如何快，如何出手救了她时，孙老先生一双炯炯有光的眼睛，也不知是有意，还是无意的，竟一直望着阿飞和林仙儿，辫子姑娘的一双大眼睛，也不住往他们这边瞟。

阿飞面上虽不动声色，心里却在暗暗思疑：“他莫非早已知道我们是谁？这故事莫非就是说给我们听的？”

只听辫子姑娘道：“如此说来，梅花盗莫非已死在那位……‘飞剑客’手上么？”

孙老先生道：“但赵大爷、田七爷却认为他杀的不是梅花盗，李寻欢才是真的梅花盗。”

辫子姑娘道：“那么究竟谁才是真的梅花盗呢？”

孙老先生叹道：“谁也没有见过真的梅花盗，谁也不知道哪个是真，哪个是假。但赵大爷、田大爷身份不同，一言九鼎，他们老说李寻欢是梅花盗，那别人也只好说李寻欢是梅花盗了，于是心眉大师就要将他押回少林寺。”

他又抽了口烟，徐徐接着道：“谁知到少林寺时，却变成是李探花将心眉大师送回去的了。”

这句话说出来，连林仙儿都吃了一惊，阿飞更是大感意外，两人都猜不出路上发生了什么事！

幸好辫子姑娘已替他们问了出来。

孙老先生道：“原来押送他的心眉大师、田七和四位少林弟子都在半路上遭了苗疆极乐峒主的毒手，心眉大师中毒后才释放了李寻欢，李寻欢见他中毒已深，只有少林寺中还可能有解药，是以就将他护送回去。”

辫子姑娘一挑大拇指，赞道：“这位李探花可真是位大英雄、大豪杰，若是换了别人，在这种情况下早已不顾而去了，怎肯救他？”

孙老先生道：“话虽不错，只可惜少林僧人们非但不感激他，还要杀他。”

辫子姑娘讶然道：“为什么？”

孙老先生笑道：“因为这些话都是李探花自己说出来的，少林僧人们对他说的话，连一个字都不相信。”

辫子姑娘道：“可是……可是那心眉大师总该为他证实才是。”

孙老先生长笑道：“只可惜心眉大师一回到少林后，就已圆寂了，除了心眉大师外，世上再也没有第二个人知道这件事的真相。”

说到这里，四座都不禁发出了叹息之声。

阿飞的胸膛更似已将爆裂，忍不住问道：“那位李探花莫非已遭了少林寺的毒手？”

孙老先生瞟了他一眼，目中似有笑意，缓缓道：“少林寺虽然领袖武林，门下弟子更无一不是绝顶高手，但若想杀死李探花，却亦非易事。”

辫子姑娘也瞟了阿飞一眼，道："但双拳难对四手，好汉架不住人多，李探花就算天下无敌，又怎能挡得住少林寺的八百弟子？"

孙老先生道："少林寺纵有八百弟子，无数好手，却又有谁敢抢先出手？又有谁敢去接小李探花的第一刀？"

辫子姑娘听得眉飞色舞，拍手道："不错，小李神刀，例不虚发，少林寺纵有八百弟子，也一定伤不了他的，他现在只怕早已走了。"

孙老先生道："他也没有走。"

辫子姑娘似乎愣了愣，道："为什么？"

孙老先生笑道："少林弟子虽然无法伤他，但他也无法杀出少林弟子的包围，此刻是非未明，真相未白，他也不能走。"

辫子姑娘道："他既不能走，也不能打，那怎么办呢？"

孙老先生道："他身在八百弟子的包围之中，飞刀若一出手，就必死无疑，只因少林弟子怕的就是他手中之刀，而他的飞刀再强，却也杀不尽八百弟子。"

辫子姑娘道："但这样耗下去也不行呀！一个人总有支持不住的时候。"

这也正是阿飞心里焦虑之处，他自己若是置身在李寻欢同样的情况中，实不知该如何是好。

只听孙老先生道："当时他们说话之处就在心眉大师圆寂的禅房外，双方说僵了，李探花就乘机冲入了那禅房中。"

辫子姑娘失声道："这么一来，他岂非自己将自己困死了？"

孙老先生道："少林弟子正因为未想到他不向外面冲，反而自入绝路，所以才会被他冲入禅房去，后悔已来不及了。"

辫子姑娘道："后悔？李寻欢既已自入绝路，他们为何还要后悔？"

孙老先生接道："禅房中不但有心眉大师的遗蜕，还有一部少林寺内珍藏的经典，他们投鼠忌器，更不敢冲进去动手了。"

辫子姑娘道："但他们老在外面将这禅房围住，用不了几天，小李探花岂非就要被饿死，渴死了！"

孙老先生道："少林弟子想必也是打这个主意，怎奈他们的五师叔心树还留在那禅房，而且又被李探花制住，他们难道能将他们的五师叔也一起饿死么？”

辫子姑娘道：“当然不能。”

孙老先生道：“所以他们只有将食物和水送进去，心树饿不死，李探花自然也饿不死了。”

辫子姑娘拍手笑道：“少林寺号称武林圣地，数百年来，谁也不敢妄越雷池一步，但李探花单枪匹马一个人，就将少林寺闹得人仰马翻，少林八百弟子非但拿他无可奈何，还得每天请他吃喝，还生怕送去的东西不中他的意……”

她吃吃笑道：“这位李探花可真是位了不起的人物，这故事真好听极了。”

听到这里，阿飞已是热血沸腾，不能自主，只恨不得能跳起来告诉别人：“李寻欢是我的朋友、好朋友……”

无论谁有了李寻欢这种朋友，都值得骄傲的。

但那孙老先生却又长长叹息了一声，道：“不错，李探花的确是位了不起的英雄豪杰，可惜这位大英雄迟早还是免不了要埋骨少林寺的。”

辫子姑娘道：“为什么？”

孙老先生有意无意间又瞟了阿飞一眼，道：“除非有人能证明李寻欢不是梅花盗，能证明心眉大师的确是被五毒童子所害，否则少林弟子就绝不会放他走！”

辫子姑娘道：“有谁能为他证明呢？”

孙老先生默然半晌，长叹道：“普天之下，只怕连一个人都没有！”

第二十二章

梅花又现

午饭的时候已过，故事也说完了，人已渐渐散去，走的时候，大家都在纷纷议论，甚至在为李寻欢惋惜。

虽然离戌时还早，但天色已渐渐阴暗下来，饭堂中只剩下两桌人——孙老先生还在那里啜着酒，抽着旱烟，他的孙女在一旁低着头吃面，她吃面的法子很有趣，先将面条卷在筷子上，再送进嘴里。

林仙儿含情脉脉地凝视着阿飞，阿飞却在沉思，他们桌上的饭菜都几乎没有动过，上面已结了一层白白的油，就像是冰。

也不知过了多久，那辫子姑娘突然放下筷子，道："爷爷，你老人家看那李探花是不是被冤枉的？"

孙老先生吁出口气，道："我就算知道他是冤枉的，又有什么用？"

辫子姑娘道："但他的朋友呢？难道也没有一个人肯去救他？"

孙老先生叹息了一声，道："他若被困在别的地方，也许还有人会去救他，但他被困在少林寺，天下只怕没有一个人能救得了他……"

辫子姑娘道："那么……那么这样一位大英雄，难道就要被活活困死不成？"

孙老先生沉默了很久，缓缓道："法子倒是有一个，只不过希望很渺茫而已。"

听了这句话，阿飞的眼睛突然亮了。

辫子姑娘已问道："什么法子？"

孙老先生的目光又往阿飞那边一扫，缓缓道："除非那真的梅花盗还没有死，又忽然出现了，自然就可证明李寻欢并不是梅花盗，他若非梅花盗，自然也就没有害死心眉大师的理由了。"

辫子姑娘叹了口气道："这希望实在渺茫得很，那真的梅花盗就算没有死，也一定早就躲起来了，好教李寻欢做他的替死鬼。"

孙老先生忽然将旱烟袋在桌上一敲，道："你的面吃光了么？"

辫子姑娘道："我本来饿得很，可是听了这件事，再也吃不下了。"

孙老先生道："吃不下就走吧，反正我们就算在这里坐一辈子，也救不了李探花的。"

辫子姑娘走到门口，忽又回头瞟了阿飞一眼，嘴里似乎在说："你若一直坐在这里，又怎能救得了他？"

林仙儿目送着他们走出了门，才冷笑一声，道："你看这一老一少两个人是什么来路？"

阿飞漫应道："什么来路？"

林仙儿道："这老头子目中神光充足，显然内功不弱，那小姑娘脚步轻灵，动作灵快，轻功也绝不会在我之下。"

阿飞道："哦！"

林仙儿道："依我看，这两人绝不会是走江湖说书的，必定另有图谋。"

阿飞道："什么图谋？"

林仙儿道："他故意将这件事说给你听，说不定就是要你去送死。"

阿飞道："送死？"

林仙儿叹息了一声，幽幽道："你既知道李寻欢被困在少林，自然就会不顾一切赶去救他，但你一个人去怎会是少林寺八百弟子的对手？"

阿飞沉默着，没有开口。

林仙儿道："何况，他们说的也许全都是假话，为的就是要你去上当。"

她握住了阿飞的手，柔声道："就算他们说的不假，李寻欢现在也不会有什么危险，你若去了，反而会令他分心，少林弟子若是以你来要挟他，他也一定会不顾一切出来救你的，那么你非但不是去救他，反而是去害他了。”

阿飞沉默了很久，长叹道：“不错，你考虑得的确比我周到。”

林仙儿道：“你答应我绝不去少林寺冒险？”

阿飞道：“好！”

他居然答应得如此痛快，林仙儿反而有些怀疑了。

两人默默地走回屋子，大家都是心事重重，林仙儿刚倒了杯茶，想去送给他，突听阿飞道：“我既然不去少林寺了，你还是回去吧。”

林仙儿道：“你呢？”

阿飞道：“我……我想到别处去走走。”

林仙儿的手忽然一颤，将一杯茶全洒在身上，失声道：“你莫非想去假冒梅花盗？”

阿飞抬起头，凝视着她，良久良久，才长长叹息了一声道：“是。”

林仙儿咬着嘴唇道：“你已打定了主意？”

阿飞道：“是！”

这两个“是”字说得截钉断铁，绝无挽回的余地。

林仙儿幽幽道：“那么……你为什么还要叫我回去？”

阿飞道：“这是我自己的事。”

林仙儿垂下头道：“你的事，就是我的事。”

阿飞道：“但李寻欢并不是你的朋友。”

林仙儿道：“你的朋友，就是我的朋友。”

阿飞面上露出了感激之色，却说不出话来。

林仙儿道：“你对朋友既然如此够义气，我为什么就不能呢？我虽然没有什么用，可是，两个人在一起，遇到事至少总可以商量商量，总比一个人好。”

阿飞忽然握住她的手，虽然还是说不出话来，但他的眼睛，他的表情，已替他说出来了。

这无声的言语，比有声的更动人得多。

林仙儿嫣然一笑，忽又皱眉道：“你若要假冒梅花盗，就得先找几个对象下手才是。”

阿飞道：“嗯。”

林仙儿道："我们总不能去找无辜的人，是吗？"

阿飞道："我要找的对象，自然是那些为富不仁的恶霸、坐地分赃的强盗。"

林仙儿眼珠子一转，道："我听说，附近就有这么样的一个人。"

阿飞道："谁？"

林仙儿道："此人早年是个绿林巨盗，五十岁以后才金盆洗手，但暗中还是做些不清不白的事。"

阿飞道："你可知道他的名字？"

林仙儿想了想道："听说他本来是叫张胜奇，现在却叫张员外，张大善人了。"

阿飞皱眉道："大善人？"

林仙儿笑了笑，道："他抢了十万两银子，就用一百两去修桥铺路，晚上杀了一百个人，白天却来施粥赠药……一个强盗若是想做善人，比任何人都容易多了。"

张胜奇躺在贵妃榻上，若有所思地望着面前一盆熊熊的炉火，慢慢地啜着一碗用文火炖成的燕窝粥。

外面又下雪了，屋子里却温暖如春，屋角的一盆水仙花开得正好，一只胖胖的小花猫正躺在花架下打瞌睡。

张胜奇伸了个懒腰，喃喃道："今年春天来得好早……"

今天他曾经冒着风雪走了几里路，去替一个被骡子踢伤的佃户看病，现在他虽然觉得很疲倦，心情却好得很，刚做过好事的人心情总不会坏的，何况，就在他去为人看病的时候，他的三姨太又替他养了个胖宝宝。

瑞雪兆丰年，明年的收成也一定不错。

张胜奇拿起小丫头捧过来的水烟袋，"咕噜咕噜"吸了几口，水烟的滋味也不错，他心里满意极了。

他闭起眼睛，刚想小睡片刻，养养精神，突听那小丫头一声惊呼，"当"地，燕窝碗摔得粉碎。

他大惊之下，张开眼睛，一个黑衣人已幽灵般忽然出现在他眼前，谁也不知道他是从哪里来的。

张胜奇虽洗手多年，武功却没有搁下，厉声道："好个不开眼的小贼，竟敢来太岁头上动土！"

喝声中，他已抄起花架，向这黑衣人当头摔下。

但就在这时，突见寒光一闪。

张胜奇根本没有看出对方是如何出手的，甚至没有看清对方手里拿着的兵刃是何模样。

他只觉心口突然一凉，已多了五点血花。

梅花盗又出现了。

茶馆里，酒楼上，很多人都在窃窃私议。

难道杀死张胜奇的才是真的梅花盗？

他下一个对象会是谁？

有财有势的人，晚上又睡不着觉了。

黄昏，古刹中传出了一声清悦悠扬的钟声，严肃而冷淡的少林僧人，一个个垂首走入了庄严的佛殿。

他们的脚步似乎比平时还要轻，只因这些天以来，少林寺中每个人的心情都分外沉重。

但梵唱之声还是和往昔一样，近山的人家，听得这钟声梵唱，就知道少林弟子晚课的时候又到了。

嵩山之险，寒意更重，满山冰雪中，正有一个人急行上山，正是少林门下的俗家弟子"南阳大侠"萧静。

他和驻守后山的同门师兄弟们匆匆说了几句话，就径入后院，方丈室内静寂无声，只有一缕香烟淡淡地自窗户中飘出来，袅娜四散。

萧静的脚步也很轻，落地无声，但他刚踏入后院，方丈室内就响起了心湖大师沉重的语声，道："什么人？"

萧静在门外远远停下，躬身道："弟子萧静，特来有要事禀报。"

方丈室中只有三个人，心湖、心鉴和百晓生。

他们的脸色都很难看，显见得心情很不好。

萧静不敢多说废话，一走进去，立刻躬身道："江湖上传说梅花盗又出现了！"

心鉴、百晓生同时变色道："梅花盗？"

萧静道："三天之前，久已洗手归隐的独行盗张胜奇忽然被杀，家里的珍宝也被洗劫一空，致命的伤痕是五点血迹，状如梅花。"

心鉴、百晓生对望一眼，脸上已全无血色。

心湖大师沉默着，就仿佛大雄宝殿中的佛像，但他那只捏着佛珠的手，似乎已有些颤抖。

也不知过了多久，他才长叹了一声，道："梅花盗既然又再出现，李寻欢说的那番话也许就不是假的，也许是我们冤枉了他。"

百晓生望着心鉴，没有开口。

心鉴缓缓踱到窗口，望着窗外的积雪，缓缓道："也许这反而更证明了李寻欢就是梅花盗！"

心湖大师道："此话怎讲？"

心鉴道："我若是梅花盗，知道已有人做了我的替死鬼，一定会暂时避避风头，否则岂非反而等于救了李寻欢？"

百晓生这才点头道："不错，梅花盗此番出现，无疑是在为李寻欢洗刷冤名，我若是梅花盗，也万万不会做这事的。"

心湖大师沉吟着，缓缓道："那么，你们的意见是——"

心鉴道："杀张胜奇的人，一定是李寻欢的同党，他假冒梅花盗之名出手，为的就是要帮李寻欢脱罪。"

百晓生道："李寻欢若真的不是梅花盗，他的同党也就不必这么做了。"

心湖大师也站了起来，在方丈室中踱了几个圈子，忽然驻足道："今日在菩提院当值的是谁？"

心鉴道："是二师兄座下的一茵和一尘。"

心湖大师道："传他们进来。"

他负手站在墙角，望着铜炉中升起的香烟，似已出神，听到一茵和一尘走进来的脚步声，他也没有回头，只是问道："五师叔的晚膳你们已送去了么？"

一茵道："送去了，可是……可是……"

心湖大师道："可是怎样？"

一茵垂首道："弟子们按照前两天的规矩，还是将膳食放在门口，分量也和昨天的一样，比平时膳食加了一倍，还有一盆清水。"

一尘接着道："食盘是弟子亲自放到门口的，因为弟子想趁机看看屋子里的动静，谁知弟子刚走到门口，就听得李寻欢叫我快走，弟子也不敢停留，走出几步后，就瞧见李寻欢的手自门缝里伸出来，将食盘取去，谁知……谁知过了半晌，他又将一盘膳食全都抛了出来。"

心湖大师道："为什么？"

一尘讷讷道："他嫌菜不好，又没有酒，所以不肯吃。"

心湖大师霍然回过头，满面俱是怒容，厉声道："他当这是什么地方？饭馆吗？"

一茵和一尘剃度已有十余年，还从来没有见到他们的掌门人动过真怒，两人齐低下了头，不敢抬起。

过了很久，心湖大师的脸色才渐渐平息，又转过头去，望着炉香沉默了很久，缓缓道："他说要吃什么？"

一茵道："他……他……他居然写了张菜单，自里面抛出来，叫弟子们照着菜单子做，还说只要做错一样，他就原封退回。"

他脸色也说不出有多尴尬，显见他当时听了李寻欢这番话，看到那张菜单时，必定哭笑不得。

心湖大师道："将他的菜单拿来瞧瞧。"

只见一张素笺上，写着好一笔"灵飞经"，写的是：

红焖冬笋，
汉罗斋，
发菜花菇，
翡翠菜心，
笋尖冬菇豆腐羹。

四菜一汤之外，他居然还要三斤上好的竹叶青，堂堂的少林寺，好像真被他当成京城的素菜馆子了。

无论谁看了这张菜单都免不了要哭笑不得，勃然大怒，谁知心湖大师却只是淡淡地道："你们就照这张单子做给他吧。"

心鉴抢先一步，嗄声道："师兄你……你怎能……"

心湖大师挥手打断了他的话，黯然道："李寻欢若不肯吃，五师弟岂非也要陪着他挨饿，他身子一向单薄，近年来更是一直缠绵病榻，我们岂能让他再受折磨？”

心鉴垂下了头，道：“可是……可是我们这样做，那李寻欢岂非更得意了么？”

心湖大师目光闪动，一字字道：“我心中已有了打算，就让他多得意两天又有何妨？”

阿飞仰卧在床上，以手为枕呆呆地望着屋顶。

几乎已有两个时辰，他就这样躺着，就这样瞧着，动也没有动，他整个人似乎都已变成了一块石头。

“不动”，也是特别的本事，那一定要有超人的忍耐力，也许有很多人能不停地动两个时辰，但在两个时辰中能完全不动的人，世上只怕还没有几个，在荒野中这种本事尤其有用，也曾经不止一次救过阿飞的命。

荒野中生活的艰苦，的确不是生活在红尘中的人所能想象的，他有时接连几天都找不到食物，也找不到水。

他只有等待，只有忍耐，只有“不动”。

因为“不动”可以节省体力，有了体力才有食物，他才能活下去，和大自然的奋斗是永无休止的。

有几次甚至连最机警狡猾的野兔都认为他只不过是块石头，那时他已饿得连跳跃的力气都没有了，若不是这只野兔自己投入了他掌握中，他只怕已饿死。连狐狸都捕捉不到的时候，野兔居然会自投罗网，这在荒野中简直是神话，若有人能说给野兔听，连它们自己都不会相信。

还有一次接连半个月的暴风雪，那时他还只有十岁，又饿了两天，却在这时候遇到了一头熊。

他已全无抵抗之力，幸好熊是不吃死人的，他就躺下来装死，谁知他遇见的却是头老奸巨猾的熊，而且也快饿疯了，竟一直不走，还不住用鼻子去嗅，用脚爪去抓，甚至用牙齿去咬。

他居然全都忍耐下来了，居然一直没有动。

第二天他找到一只已冻僵了的野狗，饱餐一顿后恢复了体力，于是他就去找这头熊报仇。

当天晚上他就享受了一顿熊掌，虽然因为他不会烹调，熊掌的滋味并不如传说中那么好。

这种忍耐力并不是天生的，那得经长久的艰苦锻炼。

开始时还不到片刻工夫，他就觉得全身都痒了起来，忍住不去搔痒，以后就渐渐变得麻木。

现在他却连麻木的感觉都没有了，只要他认为没有“动”的必要，他就可以接连几个时辰不动。

林仙儿回来的时候，还以为他已睡着了。

今天林仙儿的装束很奇怪，她穿的是件宽大的粗布衣服，将她身材柔和的曲线全都掩没。

她头上戴着顶破旧的毡笠，遮盖了面目。

阿飞忽然坐起来的时候，她真吓了一跳，扑入阿飞怀里，拍着心口笑道：“原来你是在装睡，难道故意想吓我？”

看着她的娇嗔甜笑，阿飞忍不住轻轻搂住了她，她的眼帘阖起，仰起了脸，但阿飞却又松了手。

林仙儿理了理鬓发，咬着唇道：“你讨厌我？”

阿飞摇了摇头。

林仙儿幽幽道：“那么……这两天你为什么总是躲着我？”

阿飞避开她的目光，低下头，道：“我……我只是怕自己控制不住。”

林仙儿温柔地望着他，突然过去亲了亲他的脸，柔声道：“你真好。”

阿飞站起来，将她脱下来的毡笠挂到墙上，等自己的呼吸慢慢地平息了，他才回过头问道：“有消息了吗？”

林仙儿叹了口气，摇了摇头。

阿飞道：“那些和尚还不肯放他？”

林仙儿沉吟着，道：“少林寺的作风一向最稳健，无论做什么事都要先观察很久，绝不肯轻举妄动，宁可不做，也不肯做错。”

阿飞道：“但他们已等了六七天了。”

林仙儿道：“也许他们还不肯相信杀张胜奇的人是梅花盗，因为梅花盗作案一向是连着来的，绝不会一次就罢手。”

阿飞沉默了很久，缓缓道：“他们总有相信的时候，我一定要他们相信。”

林仙儿又摘下那顶毡笠戴上，道：“你随我来，我带你去个地方。”

阿飞道：“去哪里？”

林仙儿道：“去找你的第二个对象。”

黄昏过后，雪已融化，正是街上最热闹的时候，他们的装束既已改变，所以走在人群中并不引人注意。

林仙儿忽然指着一家当铺道：“你看这招牌。”

这家当铺的规模很大，黑底金字的招牌上写着：“申记当铺”。

阿飞道：“这招牌又有什么特别之处？”

林仙儿并没有回答他的话，走过七八家店面后，又指着一家酒楼外悬着的招牌道：“你再看这招牌。”

这家酒楼的生意很好，在路上就可以听到里面的刀勺声，两层楼的地方似已座无虚席，黑底金字招牌上写的是：“申记状元楼”。

这次阿飞不再问了，因为他已发现对面一家绸缎庄的招牌，也是黑底金字，上面写的是：“申记老瑞祥”。

城里较热闹的地区只有三条街，在这三条街上，每隔六七家店铺，就有一家挂的是“申记”金字招牌。

凡是挂着“申记”招牌的店铺，生意就做得特别大。

阿飞道：“这些店全都是一个人开的？”

林仙儿道：“嗯，全都是申老三开的。”

阿飞道：“现在我们还要到哪里去？”

林仙儿道：“你跟我来就知道了。”

阿飞本就不是喜欢多问的人，也不再问她，走着走着，已到了城郊，非但灯火寥落，连人声都听不到。

骤然从最热闹的地方走到最荒凉的地方，任何人都不免有种凄凉、萧索的感觉，但有时这也是种享受。

望着眼前的一片空旷，阿飞长长地呼吸了一次，心胸仿佛也开朗了起来，天地似已完全属于他。

林仙儿静静地依偎在他身旁，也没有打扰这份幽趣。

忽然间，夜空中亮起了一道流星。

林仙儿开心地笑了，欢呼道："你看，流星。"

阿飞沉默了半晌，才缓缓道："你许了愿么？"

林仙儿嘟起嘴道："流星总是一眨眼就过了，没有人能来得及许愿的，除非他早已知道会有流星出现，但又有谁能知道流星会在什么时候出现？我看这全是骗人的。"

阿飞道："就算是骗人的，但它却能使人生出许多美丽的幻想，永远带着它，一个人若能永远带着份美丽的希望，总是件好事。"

他的声音忽然变得很温柔。

林仙儿嫣然道："我想不到你也知道这传说。"

阿飞目光遥望着远方，远方的流星早已消逝，他目中却流露出一抹凄凉悲伤之意，悠悠道："这传说我很小的时候就知道了。"

林仙儿含情脉脉地瞧着他的眼睛，柔声道："你又想起了你的母亲？是不是她告诉你的？"

阿飞没有说话，忽然大步向前走了出去。

晚风中隐隐传来一阵更鼓，已是初更。

乌云卷起，露出了半轮明月。

阿飞忽然发觉前面有一片很大的庄院，走近反而瞧不见了，只因这庄院的墙很高，高得出乎寻常，隔断了他的视线。

林仙儿也在仰望着墙头，喃喃道："好高的墙，不知道有没有四丈。"

阿飞道："差不多了。"

林仙儿道："你能不能掠过去？"

阿飞道："世上没有人能掠过四丈高墙，但若一定要进去，还是有法子的。"

林仙儿沉吟着，沿着墙脚走了几步，才回头道："这就是申老三的家。"

阿飞目光闪动，道："申老三就是我第二个下手的对象？"

林仙儿道："附近几百里之内，绝没有其他更好的对象了。"

阿飞道：“但他却是个生意人。”

林仙儿道：“我知道你不愿向生意人下手，但生意人也有好多种。”

阿飞道：“他是哪一种？”

林仙儿道：“最不规矩的那一种。”

她笑了笑，接着道：“你想，规矩的生意人怎会在同一个城里，同条街上开十几家铺子？规矩的生意人家里怎会起这么高的墙？”

阿飞道：“墙起得高些并没有错，铺子开得多些也不犯法。”

林仙儿道：“墙起得高是做贼心虚，怕人报复，铺子开得多是因为他会抢。”

阿飞皱眉道：“抢？”

林仙儿道：“申家是大族，上一代已有五房，到了这一代，堂兄堂弟一共有十六个之多，十六个兄弟开了四十多家店铺。”

阿飞道：“算来每人只有三家铺子，并不多。”

林仙儿道：“但现在四十多家铺子全是申老三的了。”

阿飞道：“为什么？”

第二十三章

误入罗网

林仙儿和阿飞在晚风中来到一片很大的庄院前，指着那座高得出奇的围墙道："这就是申老三的家，他们堂兄弟十六个合开了四十多家店铺，现在全是申老三的了，因为他的十五个兄弟已全都进了棺材。"

阿飞道："那十五个人是怎么死的？"

林仙儿道："据说是病死的，但究竟是怎么死的，谁也不知道。别人只奇怪平日身体很好的十五个人，怎会在两三年之中就死得干干净净，就像是中了瘟疫似的，而申老三却连一点小毛病都没有。"

阿飞仰起了头，似乎在计算墙的高度。

他什么话都不说了，只淡淡说了句："我明天晚上就来找他。"

阿飞手足并用，壁虎般爬上了高墙。

但他用的却不是"壁虎游墙"的功夫，他甚至没听过这种功夫，他只是用钢铁般的手抓在墙上，脚一蹬，身子就灵巧地翻了上去。与其说他像只壁虎，倒不如说他像只在山壁上攀越的猿猴。

爬上墙头，就可以看到一片很大的园林和一层层房屋，这时人们多已熄灯就寝，偌大的庄院中只剩下寥寥几点灯火。

林仙儿是个很能干的女人，也是个很好的帮手，她已买通了申家一个仆人，为她画了张很详细的图，哪里是大厅，哪里是下房，哪里是申老三的寝室，这张图上都画得非常详细清楚。

所以阿飞并没有费什么事就找到了申老三。

申老三还没有睡，屋子里还亮着灯，这精明的生意人头发已花白，此刻犹在灯下拨着算盘，清算一天的账目。

他算盘打得并不快，因为他的手指很短，食指、中指、无名指，几乎都和小指差不多长。

但他的手指却很粗，每个指头都像是被人削断了似的，连指甲都没有，这养尊处优的浊世公子，怎会有这么一双挖煤工人般粗糙的手？

原来申老三小时候顽劣不堪，曾经被他父亲赶出去过，在外面混了五年，谁也不知道他混的是什么。

有人说这五年他跟大盗翻天虎做了五年不花钱的买卖；有人说他做了五年叫花子；也有人说他这五年入了少林寺，从挑水做起，虽吃了不少苦，却练成了一身武功。所以后来他兄弟死的时候，虽也有不少人暗暗觉得怀疑，却没有一个人敢说出来。

这些传说他当然全都否认，但却有件事是否认不了的，那就是他的手，明眼人一看就知道他这双手必定练过铁砂掌一类的外门掌力，而且已练得有相当火候，否则他的堂房大哥也就不会忽然呕血死了。

阿飞突然推开窗子，一掠而入。

他并没有用什么特殊的身法，只不过他身上每一环肌肉、每一条骨骼、每一根神经，甚至每一滴血，都是完全协调、完全配合的，当他的手在推窗子时，他的人已跃起，窗子一开，他已站在屋子里。

申老三并不是反应迟钝的人，但他刚发觉窗子响动，阿飞已到了他面前，他从未想到一个人的行动能有这种速度，这久闯江湖、满手血腥的武林豪客竟也吓呆了，整个人都僵在椅子上。

阿飞的眼睛冷冷地盯住他，就好像在看着一个死人，一字字道：“你就是申老三？”

申老三不停地点头，仿佛除了点头外，他什么事都不会做了，他的一身武功，此刻也似已消失得无影无踪。

阿飞道：“你可知道我是来干什么的？”

申老三还是只有不停地点头。

阿飞道：“你还有什么话说？”

这次申老三不再点头，却在摇头了。

在这生死俄顷之际，他竟连一点挣扎求生的意思都没有，非但没有反抗，也完全没有逃避。

阿飞的剑已拔出，在这刹那之间，阿飞心里突然有种不祥的警兆，这本是野兽独具的本能，就宛如一只兔子突然发觉有恶狼在暗中窥伺，虽然他并没有听到任何声音，更没有看到那只狼的影子。

阿飞不敢再犹疑，一剑刺出！

剑光如流星般刺向申老三胸膛，只听“叮”的一声，火星四溅，这一剑竟如刺在钢铁之上。

原来申老三胸前藏着块钢板，也就难怪他刺不穿了。

一剑刺出，申老三的人立刻滚到桌下，阿飞的身子却已凌空掠起，他已知遇险，但求速退。

但他毕竟还是迟了一步。

就在这时，屋顶上已有一张网撒下，这是张和整个屋子同样大小的网，只要是在这屋里的人，无论谁都无法逃避。

阿飞身子刚掠起，已被网住。

他挥剑、削网，但网却是浸过桐油的九股粗绳结成的，他的剑再快，也只能削断一根、两根……他还是无法脱网而出。

“噗”的一声，他已被网结纠缠，跌在地上。

奇怪的是，这时他的心情既非愤怒，也非惊慌，只是感觉到一种深沉的悲哀，因为他已忽然了解到一只猛兽被猎人的网捕捉时的心情。

而野兽却永远无法了解猎人为何要张网。

阿飞不再挣扎。

他知道挣扎已无用。

这时已有两条人影飞鸟般落在网上，两人手中各拿着根很长的白蜡竿子，长竿急点，阿飞已被点了八九处穴道。

这两人一个是灰袍、芒鞋、白袜的瘦长僧人，面色蜡黄，终年都带着病容，但目中却燃烧着火焰般的光芒。

另一人枯瘦矮小，隆鼻如鹰，行动也如鹰隼，两人出手都快如闪电，正是少林寺的心鉴大师和平江百晓生。

申老三已不在桌子下了，桌下显然另有地道。

这一切，根本就是个陷阱。

百晓生满面都是得意之色，笑道：“我早就算准你要到这里来的，你服气了么？”

阿飞没有说话。

虽然他穴道被点后还是可以出声，但他什么话都没有说，也没有问：“你们怎会算准我要到这里来？”

他眼睛空空洞洞的，像是已全无思想。

他是已不能想，还是不愿想，不忍想？

百晓生悠然道：“我知道你是李寻欢的朋友，只为了要救李寻欢，才冒充梅花盗……”

阿飞厉声道：“我就是梅花盗，用不着冒充，我也不认得李寻欢！”

百晓生道：“哦——心鉴师兄，他说他就是梅花盗，你可相信？”

心鉴道：“不信。”

阿飞冷笑道：“你怎知我不是梅花盗？你怎能证明？”

百晓生微笑道：“这倒的确很难证明……心鉴师兄，你可记得轰天雷是死在谁手上的么？”

心鉴道：“梅花盗。”

百晓生道：“他是怎么死的？”

心鉴道：“他尸身上虽也有梅花标志，但致命伤却在‘玄机’穴上。”

百晓生道：“如此说来，梅花盗想必也是点穴的高手了。”

心鉴道：“正是。”

百晓生笑了笑，转向阿飞，道：“只要你能说出我们方才点了你哪几处穴道，我们就承认你是梅花盗，而且立刻放了李寻欢，这样做你满意么？”

阿飞咬紧了牙齿，已咬出血来。

百晓生叹了口气，道：“你真不愧是李寻欢的好朋友，为了他，不惜牺牲自己，却不知他对你又如何？只要肯为你走出那间屋子，也就算不错了。”

杯中有酒。

李寻欢一杯在手。

角落上坐着个很纤秀、很文弱的僧人，虽然已过中年，但看上去并不显得很苍老。看来带着很浓的书卷气，就像是位中年便已退隐林下的翰苑清流，谁也想不到他就是少林寺中最内敛的心树大师。

他虽已做了李寻欢的人质，但神情间并未显得很愤怒，反而显得很沉痛，一直静静地坐在那里，没有说话。

心眉大师的遗蜕仍留在禅床上，也不知是谁已为他覆上了一床白被单，隔断了十丈软红、人间烦恼。

李寻欢忽然向心树举了举杯，微笑着道："想不到少林寺居然也有这样的好酒，喝一杯如何？"

心树摇了摇头。

李寻欢道："我在令师兄的遗蜕旁喝酒，你是否觉得我有些不敬？"

心树淡淡道："酒质最纯，更纯于水，是以祭祀祖先天地时都以酒为醴，无论在任何地方喝酒，都绝无丝毫不敬之处。"

李寻欢拊掌道："说得好，难怪一入翰苑，便简在帝心。"

心树大师平静的面色竟变了变，像是被人触及了隐痛。

李寻欢又满斟一杯，一饮而尽，笑道："我在此饮酒，正表示了我对令师兄的尊敬，令师兄若也是走犬之辈，无论他是死是活，我都不会在他身旁喝酒的。"

心树大师沉重地叹息了一声，神情显得更哀痛，却也不知是为了死者，还是为了他自己。

李寻欢凝注着杯中琥珀色的酒，突然长长叹息了一声，徐徐道："老实说，我实未想到这次救我的是你。"

心树冷冷道："我并未救你。"

李寻欢道："十四年前，我弃官归隐，虽说是为了厌倦功名，但若非为了你那一道奏章弹劾，说我身在官府，结交匪类，我也许还下不了那决心。"

心树闭上了眼睛，黯然道："昔日弹劾你的胡云翼早已死了，你何必再提他。"

李寻欢喟然道："不错，一入佛门，便如两世为人，但我自始至终都未埋怨过，你那时身为御史，自然要尽言官之责……"

心树大师的神情似乎有些激动，沉声道："你弃官之后不久，我也隐身佛门，为的就是自觉'言多必失'，却不想毕竟还是遇着你……"

李寻欢笑了笑，道："我更未想到昔日潇洒风流的铁胆御史，今日竟变作了修为精纯的得道高僧，而且会在我生死间不容发时，救了我一命。"

心树霍然张开眼睛，厉声道："我早已说过，我并未救你，而是我自己功力不够，才会被你所劫持，你万万不可对我稍存感激之心。"

李寻欢道："但若非你在屋中对我示意，我也未必会闯入这里，若非你全无抵抗之意，我更无法将你留在这里。"

心树嘴角牵动，却未说出话来。

李寻欢微笑道："出家人戒打诳语，何况，这里又只有你我两人。"

心树沉默了很久，忽然道："纵然我对你有相助之意，为的也并非昔日之情。"

李寻欢似乎并未觉得惊奇，神情却变得很严肃，正色道："那么你为的是什么？"

心树几番欲言又止，似有很大的难言之隐。

李寻欢也并没有催促他，只是慢慢地将杯中酒喝完。

就在这时，突听窗外一人喝道："李寻欢，你推开窗子来瞧瞧。"

这是心鉴大师的声音。

李寻欢的人突然间已到了窗口，从窗隙间向外望了一眼——

他的脸色立刻变了！

他再也想不到阿飞竟会落在对方手里。

百晓生负手而立，满面俱是得意之色，悠然道："李探花，你总该认得他吧，他为了保住你，不惜背负'梅花盗'之恶名，你对他又如何？"

心鉴厉声道："你若想保全他的性命，最好立刻缚手就擒。"

李寻欢磐石一般坚定的手，竟也有些颤抖起来，他看不到阿飞的脸，因为阿飞整个人都伏在地上，似已受了重伤。

心鉴忽然掀起阿飞的头来，让阿飞的脸面对着窗子，大声道："李寻欢，我给你两个时辰，日落前你若还不将我师兄好好送出来，就再也见不着你的好友了。"

百晓生悠然道："李探花，此人对你不错，你也莫要亏负了他。"

李寻欢伏在窗子上，似也麻木。

他看到阿飞被他们像狗一样拖了出去，他也看到阿飞脸上的伤痕，他知道阿飞已受了许多苦。

但这倔强的少年却绝未发出半声呻吟。

他只是向窗子这边瞧了一眼，目光中竟是说不出的平静，像是在告诉李寻欢，他对“死”并无畏惧。

李寻欢霍然站起，连尽三杯，长叹道：“好朋友，好朋友……我明白你的意思，你不愿我去救你。”

心树一直在凝视着他，此刻忽然道：“但你的意思呢？”

李寻欢又干了三杯，负手而立，微笑道：“我已准备缚手就擒，你随时都可绑我出去。”

心树道：“你可知道你一出去便必死无疑！”

李寻欢道：“我知道。”

心树目光闪动，沉声道：“你可知道你纵然死了，他们也未必会放了你的朋友。”

李寻欢道：“我知道。”

心树道：“但你还是要出去？”

李寻欢道：“我还是要出去。”他回答得简短而坚定，似乎全无考虑的余地。

心树道：“你如此做岂非太迂？”

李寻欢肃然一笑，道：“每个人这一生中都难免要做几件愚蠢之事的，若是人人都只做聪明事，人生岂非就会变得更无趣了？”

心树像是在仔细咀嚼他这几句话中的滋味，徐徐道：“大丈夫有所不为，有所必为。你纵然明知非死不可，还是要这么做，只因你非做不可！”

李寻欢微笑道：“你总算也是我的知己。”

心树喃喃道：“义气当先，生死不计，李寻欢果然不愧是李寻欢——”

李寻欢没有看他，猝然回首道：“我先出去，就此别过。”

心树忽然道：“且慢！”

他像是已下了很大的决心，目光凝视着李寻欢，道：“方才我还有句话没有说完。”

李寻欢道：“哦？”

心树道：“我方才说过，我救你别有原因。”

李寻欢道：“嗯。”

心树神情凝重，缓缓道：“这是我少林本门的秘密，而且关系重大，我不愿向你提起。”

李寻欢回转身，等着他说下去。

心树的声音更缓慢，道：“少林藏经之丰，冠绝天下，其中非但有不少佛门重典，也有许多武林中的不传之秘。”

李寻欢道：“这我也知道。”

心树道：“百年以来，江湖中也不知有多少人妄生贪念，要到少林寺来盗取藏经，但却从来未有一人能如愿以偿，全身而退的。”

他肃然接道：“出家人虽戒嗔戒杀，但藏经乃少林之根本，是以无论什么人敢生此念，少林门下都不惜与之周旋到底。”

李寻欢道：“近来我倒很少听到有人敢打这主意了。”

心树叹了口气，道：“你是外人，自然不知内情，其实这两年来，本寺藏经已有七次被窃，除了一部《耐平心经》外，其余都是久已绝传的武林秘籍。”

李寻欢也不禁耸然失色，道：“盗经的人是谁？”

心树大师叹道：“最奇怪的就是这七次失窃事件，事先既无警兆，事后毫无线索可寻，都是在神不知鬼不觉的情形下失窃，第一二次发生之后，藏经阁的戒备自然更森严，但失窃的事仍是接二连三发生，本来掌藏经阁的三师兄，也因此引咎退位，面壁思过。”

李寻欢道：“如此重大的事，江湖中怎地全无风闻？”

心树道：“就因为此事关系重大，所以掌门师兄再三嘱咐严守秘密，到现在为止，知道此事的连你也只不过九个人而已。”

李寻欢道：“除了你们首座七位外，还有谁知道此事？”

心树道：“百晓生。”

李寻欢叹了口气，苦笑道：“他参与的事倒当真不少。”

心树道：“三师兄是我师兄中最谨慎持重的人，他退位之后，藏经阁便由我与二师兄负责，至今只不过才半个月而已。”

李寻欢皱眉道："心眉大师既然负有重责，这次为何竟离寺而出？"

心树叹道："只因二师兄总怀疑失经之事与'梅花盗'有关，是以才抢着要去一查究竟，谁知他一去竟成永诀。"

说到这里，他面对着心眉遗蜕，似已泫然欲涕。

李寻欢不禁暗暗叹息，出家人虽然"四大皆空"，这"情"字一关，毕竟还是勘不破的。

我佛如来若非有情，又何必普度众生，若有人真能勘破这"情"字一关，他也就不是人了。

心树默然良久，才接着道："二师兄自己老成持重，离寺之前，已将最重要的三部藏经取出，分别藏在三个隐秘之处，除了掌门师兄和我之外，总没有第三个人知道。"

李寻欢道："其中有一部是否就在这屋子里？"

心树点了点头，道："不错。"

李寻欢苦笑道："这就难怪他们出手有如此多的顾忌了。"

心树道："就因为这几次失窃事件太过离奇，所以二师兄和我在私下猜测，也认为可能是出自内贼。"

李寻欢动容道："内贼？"

心树沉重地叹息了一声，道："我们虽有此怀疑，但却不敢说出来，因为除了我们首座七个人外，别的弟子谁也不能随意出入藏经阁。"

李寻欢目光闪动，道："如此说来，偷经的人极可能是你们七位师兄弟其中之一。"

心树沉默了很久，才长叹道："我们七人同门至少已有十年之久，无论怀疑谁都大有不该，是以我们对这件事的处理，更不能不力求慎重，只不过……"

李寻欢忍不住问道："只不过怎样？"

心树道："只不过二师兄离寺之前，曾经悄悄对我说，他已发现我们七人中有一人很可疑，极有可能就是那偷经的人。"

李寻欢立刻追问道："他说的是谁？"

心树摇了摇头，叹道："只可惜他并没有说出来，因为他生怕错怪了人，他只望盗经的人真是‘梅花盗’，他不愿看到师门蒙羞……”

说到这里，他声音已有些哽咽，几乎难以继续。

李寻欢皱眉道：“心眉大师的这番苦心，我也懂得，只不过……现在他在冥冥中眼见着那人逍遥法外，再想说也已不能说了，他岂非要抱憾终天、含恨九泉？”

心树道：“二师兄并没有想到这点，临走的时候，他也曾对我说，他此去万一有什么不测，就要我将他的《读经札记》拿出来一看，他已将他所怀疑的那个人之姓名写在札记的最后一页上。”

李寻欢攒眉道：“那本札记现在哪里？”

心树缓缓道：“本来是和藏经在一起的，现在已在我这里……”

他取出本淡黄的绢册，李寻欢立刻接过来，翻到最后一页，上面写的都是佛门要旨，并没有一句话提到失经的事。

李寻欢抬头望着心树，道：“这最后一页莫非已被人撕下了？”

心树沉声道：“非但最后一页被人撕下了，那本藏经也变作了白纸！”

李寻欢道：“如此说来，盗经的那人想必已发现心眉大师怀疑到他了。”

心树道：“不错。”

李寻欢道：“但知道他藏经之处的，却只有你和掌门心湖大师。”

心树的面色如铅，沉重地点着头道：“不错。”

李寻欢面上也不禁变了颜色，道：“难道你认为心湖大师就是……”

心树默然半晌，道：“这倒不一定，因为那人既已发觉二师兄对他有所怀疑，自然也会对二师兄的行动分外留意，可能因此而在暗中窥得二师兄的藏秘之处，只不过……”

李寻欢道：“怎样？”

心树目光凝视李寻欢，一字字道：“只不过二师兄回来时并没有死，原本就不至于死的！”

这句话说出来，李寻欢才真的为之悚然失色。

只见心树大师双拳紧握，接着道：“我虽然对下毒并没有什么很深的研究，但近年来对此中典籍倒也颇有涉猎。二师兄回来的时候，我已看出他中毒虽深，但却非无救，而且在短时间之内也绝不会有生命之危！”

李寻欢动容道：“你是说……”

心树道：“偷经的那人既知道秘密已被二师兄发现，自然要将之杀了灭口！”

李寻欢忽然觉得这屋子里闷得很，几乎令人透不过气来。

他缓缓踱了个圈子，才沉声问道：“心眉大师回来后，到过这屋子的有几个人？”

心树道：“大师兄、四师兄、六师弟和七师弟都曾进来过。”

李寻欢沉吟着道：“你的意思是说，他们都有可能下手？”

心树点了点头，叹道：“这是本门之不幸，我本不愿对你说的，但现在我已发觉你绝不是出卖朋友的人，所以我希望你……”

李寻欢道：“你要我找出那凶手？”

心树道：“是。”

李寻欢目光炯炯，盯着他的眼睛，一字字道：“凶手若是心湖呢？”

心树突然怔住了，过了半晌，满头大汗涔涔而落。

李寻欢冷冷道：“就算少林门下人人都已知道心湖是凶手，也绝无一人肯承认的，是么？”

心树没有说话，因为他无话可说，江湖中人素来将少林视为名门正宗，如今少林掌门若是杀人的凶手，少林寺数百年的声名和威望岂非要毁于一旦。

李寻欢道：“就算我能证明心湖是凶手，只怕连你也不肯为我说话，为了保全你们少林的声名，你恐怕也只有牺牲别人了。”

心树长长叹了口气，道：“不错，为了保全少林威望，我的确不惜牺牲一切。”

李寻欢淡淡一笑，道：“那么你又何苦要我找？”

心树沉声道：“我虽不愿做任何有损本门声名的事，但你只要能证明谁是杀死心眉师兄的凶手，我不惜与他同归于尽，也要他血溅阶下！”

李寻欢悠悠道：“出家人怎可妄动嗔念，看来你这和尚六根还不清净。”

心树垂下眼帘，合十道：“我佛如来也难免作狮子吼，何况和尚！”

李寻欢霍然而起，道：“好，有了你这句话，我就放心了。”

心树动容道：“莫非你已知道凶手是谁？”

李寻欢道：“我虽不知道，却有人知道。”

心树皱眉道：“凶手自己当然知道。”

李寻欢道：“除了凶手自己之外，还有一个人知道，那人就在这屋子里。”

心树耸然道：“谁？”

李寻欢指着禅床上心眉的遗蜕道：“就是他！”

心树失望地叹息了一声，道：“只可惜他已无法说话了。”

李寻欢笑了笑，道：“死人有时也会说话的。”

他忽然掀起覆在心眉尸身上的白被单，日光斜斜自窗外照进来，照在心眉枯槁干瘪的脸上。

暗黄色的脸上，还带着层诡异的灰黑色。

李寻欢道：“你可曾看过被五毒童子毒死的人？”

心树道：“没有。”

第二十四章

逆徒授首

李寻欢叹了口气道："被他毒死的人实在不好看。"

其实无论被谁毒死的人都不会好看的。

心树什么都没有说。

李寻欢闭起眼睛，缓缓道："多年前，我曾经看到过一个被他毒死的人，那人中毒才不过片刻，全身已经发黑，我出去打个转，再回去一看，那人身上的肉已全都不见了，已变成了一副骷髅——漆黑的骷髅！"

心树凝视心眉的尸身，嗄声道："但现在二师兄中毒已有好几天了……"

李寻欢霍然张开眼睛，道："不错，他中毒已有数日，却还没有发生那种可怕的变化，你可知道是为了什么？"

心树摇了摇头。

李寻欢一字字道："这只因他又中了另外一种极厉害的毒！"

心树道："你……你是说……"

李寻欢道："他虽中了五毒童子的'五毒水晶'，但中的毒并不深，再被他以内力逼住，所以他直到回来后毒性还未发作。"

心树道："正是如此。"

李寻欢道："那凶手为怕他说出秘密，一心想他快些死，生怕他中的毒还不够深，就另给他服了一种极厉害的毒药。"

心树道："杀人的法子很多，他为什么还是要用毒？"

李寻欢道："只因无论用什么法子杀人，难免还会留下痕迹，大家既然都知道心眉大师中了毒，他只有再用下毒这法子，才能避免别人疑心。"

心树道："不错，这样做，人人都认定二师兄必是被五毒童子毒死的，再也不会怀疑到他身上了。"

李寻欢冷冷道："此人行事，虽然老谋深算，只可惜还是忘了一件事。"

心树道："什么事？"

李寻欢道："他忘了毒性必相克，就因为他下的毒既烈又重，克住了'五毒水晶'之毒，所以心眉大师的遗蜕到现在还未有那种可怕的变化！"

心树沉思了半晌，才点了点头，道："你的意思我明白了，只不过那下毒的人是谁，你我还是不知道。"

李寻欢目光闪动，道："心眉大师回来之后，可曾服用过什么？"

心树道："只吃过一碗药。"

李寻欢道："是谁喂他吃药的？"

心树道："药是七师弟心鉴配的，但喂他吃药的人却是四师兄心烛和六师弟心灯。"

他长长叹了口气，黯然接着道："所以这三个人都有下毒的机会。"

李寻欢缓缓道："世上的毒药大致可分为两类，第一类毒药虽然无色无味，但却可令中毒的人死得很惨，叫别人看了害怕，只因这类毒不但要取人性命，还有要向人示威之意。"

心树道："那'五毒水晶'自然是属于这一类的毒药了。"

李寻欢道："正是。"

他接着道："第二类毒，也许并非无色无味，但却可令被毒死的人死后全无异状，甚至叫别人看不出他是被毒死的。"

心树道："你说那凶手用的就是这种毒？"

李寻欢点了点头，叹道："就因为两种毒性迥异，是以才会互相克制，那第一类毒虽可怕，这第二类毒却更阴毒，江湖中能用这类毒的人并不多。"

他目光炯炯，盯着心树，道："少林门下，善于用毒的人有几个？"

心树深深吸了口气，道："这……"

李寻欢道："少林寺领袖江湖，武林正宗，少林弟子也以此为荣，绝不会有人肯去学这种下五门的技艺，是么？"

心树断然道："少林七十二绝艺中，绝没有这'毒'字！"

李寻欢道："心烛大师和心灯大师……"

心树抢着道："四师兄九岁时便已落发，六师弟更在襁褓中便已入了佛门，他两人这一生中只怕还未见过毒药！"

李寻欢淡淡一笑，道："如此说来，下毒的人是谁呢？"

心树悚然道："你难道说的是七师弟心鉴？"

李寻欢不再说话。

心鉴大师乃是半路出家，带艺投师的，未入少林前，人称"七巧书生"，正是位下毒的大行家！

心树沉默了许久，缓缓抬起头，凝视着李寻欢。

李寻欢也正在凝视着他……

小亭中摆着一局棋。

百晓生正轻轻地敲着棋子，一片片积雪灯花般随着他的敲棋声落下，又落在无边无际的积雪中。

"夜半待客客不至，闲敲棋子落灯花。"

这境界是多么悠闲，多么潇洒，但现在，天地间都似充满肃杀之意，每个人的脸色更重于天色。

心湖大师、心烛、心灯、心鉴，也都在这里。

阿飞蜷伏在小亭的圆柱下，连头都无力抬起。

心湖大师望着他，双眉一直未展，缓缓道："你看……李寻欢会不会出来？"

百晓生笑了笑，道："毫无疑问。"

心湖大师道："他这种人难道还会为了朋友而牺牲自己？"

百晓生微笑道："这就叫盗亦有道。"

心湖大师长长叹息了一声，道："但愿如此……"

他的声音忽然中断，就像是忽然被冻结在寒风里。

他已瞧见了心树。

心树已走入了这院子，却只有一个人。

心湖抢先迎了上去，道："你可安好？"

他不问别的，先问心树可安好，毕竟不愧为少林掌门。

心树合十道："多谢师兄关切，弟子侥幸逃过了这一劫。"

心鉴也赶了过来，厉声道："李寻欢呢？"

心树淡淡道："他取经去了。"

心鉴道："取经？取什么经？"

心树道："藏经阁内失窃的经。"

心鉴嘴角一阵牵动，冷笑道："盗经的人果然是他！师兄你怎地放心让他去？"

心树道："只因盗经的人并不是他！"

他目光逼视着心鉴，沉声道："盗经的人就是谋害二师兄的凶手，因为二师兄已发现了这人的秘密，他只有将二师兄杀死灭口，但这人却并非李寻欢！"

心鉴道："不是李寻欢是谁？"

心树目中寒光暴射，厉声道："是你！"

心鉴的嘴角又一阵牵动，脸色却沉了下来，冷冷道："五师兄怎会说出这种话来，我倒真有些不懂了。"

心树冷冷道："你不懂还有谁懂？"

心鉴转向心湖大师，躬身道："这件事还是请大师兄裁夺，弟子无话可说。"

心烛、心灯、百晓生早已听得悚然动容。

心湖大师也不禁变色道："二师弟明明是遭了李寻欢之毒手，你为何要为他洗脱？"

百晓生悠悠道："若是在下记得不错，心树师兄与李寻欢好像还是同榜的进士。"

心鉴冷冷道："五师兄只怕也中了李寻欢的毒了。"

心树根本不理他们，沉声道："真正令二师兄致命的毒药，并非五毒童子的'五毒水晶'……"

心鉴抢着道："师兄你又怎会知道的？"

心树冷笑道："你以为你做的事真的人不知鬼不觉？你莫非已忘了

二师兄临死前还有这本东西留下来？”

他的手一扬，手里拿着的正是心眉大师之《读经札记》。

心湖皱眉道：“这又是什么？”

心树道：“二师兄临行之前，已发现了那盗经的叛徒，只是他宅心仁厚，未经证实前，还不愿披露这叛徒的姓名，只不过却已将之写在他这本《读经札记》上，以防万一他若有不测，也好留作证据。”

心湖大师动容道：“真有此事？”

心鉴抢着道：“这上面若真有我的名字，我就甘愿……”

心树冷笑道：“你甘愿怎样？……你虽已将最后一页撕下了，又怎知二师兄没有记在另一页上？”

心鉴身子一震，忽然伏倒在地，颤声道：“五师兄竟勾结外人，令弟子身遭不白之冤，求大师兄明鉴。”

心湖大师沉吟着，目光向百晓生望了过去。

百晓生缓缓道：“白纸上写的虽是黑字，但这字却是人人都可写的。”

心鉴道：“不错，就算二师兄这本《读经札记》上写着我的名字，但却也未必是二师兄自己写的。”

百晓生淡淡道：“据我所知，小李探花文武双全，韩苏颜柳、兰庭魏碑，名家的字，他都曾下过工夫临摹。”

心鉴道：“不错，他若要学一个人的笔迹，自然容易得很。”

心湖大师沉下了脸，瞪着心树道：“你平时素来谨慎，这次怎地也疏忽起来？”

心树神色不变，道：“师兄若认为这证据不够，还有个证据。”

心湖大师道：“你且说出来。”

心树道：“本来藏在二师兄房中的那部《达摩易筋经》，也已失窃了。”

心湖大师动容道：“哦？”

心树道：“李探花算准这部经必定还不及送走，必定还藏在心鉴房里，是以弟子已令值日的一尘和一茵监视着他一起取经去了。”

心鉴忽然跳了起来，大呼道：“师兄切莫听他的，他们是想栽赃！”

他嘴里狂呼着，人已冲了出去。

心湖大师皱了皱眉，袍袖一展，人也随之掠起，但却并没有阻止他，只是不疾不离地跟在他身后。

心鉴身形起落间，已掠回他自己的禅房。

门果然已开了。

心鉴冲了进去，一掌劈开了木柜，木柜竟有夹层。

《易筋经》果然就在那里。

心鉴厉声道："这部经本在二师兄房中，他们故意放在这里为的就是要栽赃，但这种栽赃的法子，几百年前已有人用过了，大师兄神目如电，怎会被你们这种肖小们所欺！"

直等他说完了，心湖才冷冷道："就算我们是栽赃，但你又怎知我们会将这部经放在这木柜里？你为何不到别处去找，一进来就直奔这木柜？"

心鉴骤然愣住了，满头汗出如雨。

心树长长吐出了口气，道："李探花早已算准只有用这法子，才可令他不打自招的。"

只听一人微笑道："但我这法子实在也用得很冒险，他自己若不上当，那就谁也无法令他招认了！"

笑声中，李寻欢已忽然出现。

心湖大师长长叹了口气，合十为礼。

李寻欢微微含笑，抱拳一揖。

这一揖一礼中已包含了许多话，别的已不必再说了。

心鉴一步步后退，但心烛与心灯已阻住了他的去路，两人俱是面色凝重，峙立如山岳。

心湖大师黯然道："单鹗，少林待你不薄，你为何今日做出这种事来？"

单鹗正是心鉴的俗名，心湖如此唤他，无异已将之逐出门墙，不再承认他是少林佛门弟子。

单鹗汗如浆，颤声道："弟子……弟子知错了。"

他忽然扑倒在地，道："但弟子也是受了他人指使，被他人所诱，才会一时糊涂。"

心湖大师厉声道：“你受了谁的指使？”

百晓生忽然道：“指使他的人，我倒可猜出一二。”

心湖大师道：“先生指教。”

百晓生笑了笑，道：“就是他！”

大家不由自主，一起随着他的目光望了过去，但却什么也没有瞧见。窗外竹叶簌簌，风又渐渐大了。

回过头来时，心湖大师的面色已变。

百晓生的手，已按在他背后，铁指如钩，已扣住了他“秉风”“天庭”“附分”“魄户”四处大穴！

心树的面色也变了，骇然道：“指使他的人原来是你！”

百晓生微笑道：“在下只不过想借贵寺的藏经一阅而已，谁知道各位竟如此小气？”

心湖大师长叹道：“我与你数十年相交，不想你竟如此待我？”

百晓生居然也叹了口气，道：“我本来也不想如此对你的，怎奈单鹗定要拖我下水，我若不出手救他，他怎会放过我？”

心湖大师道：“只可惜谁也救不了他了！”

单鹗早已跃起，一手抄起了那部《易筋经》，狞笑道：“不错，谁也救不了我，只有你才救得了我，现在我就要你送我们下山……你们若还要你们的掌门人活着，最好谁也莫要妄动！”

心树等人虽然气得全身发抖，但却谁也不敢出手。

心湖叱道：“你们若以少林为重，就莫要管我！还不动手拿下这叛徒！”

百晓生微笑道：“你无论怎么说，他们也不会拿你的性命来开玩笑的，少林派掌门人的一条命比别人一千条命还要值钱得多。”

“多”字出口，他脸上的笑容也冻结住了。

刀光一闪。

小李飞刀已出手。

刀已飞入他的咽喉。

没有人看到小李飞刀是如何出手的！

百晓生一直以心湖大师为盾牌，他的咽喉就在心湖的咽喉旁，他的咽喉仅仅露出了一小半。

他的咽喉随时可避在心湖的咽喉之后。

在这种情况下，没有人敢出手。

但刀光一闪，比闪电更快的一闪，小李的飞刀已在他咽喉！

心树、心烛、心灯，立刻抢过去护住了心湖。

百晓生的双眼怒凸，瞪着李寻欢，脸上的肌肉一根根抽动，充满了惊惧、怀疑和不信……

他似乎死也不相信李寻欢的飞刀会刺入他的咽喉。

他的嘴唇还在动，喉咙里咯咯作响，虽然说不出话来，可是看他的嘴唇在动已可看出他想说什么。

“我错了……我错了……”

不错，百晓生“无所不知，无所不晓”，只有一件事弄错了。

小李飞刀比他想象中还要快得多！

百晓生倒了下去。

李寻欢叹了口气，喃喃道：“百晓生作兵器谱，口评天下兵器，可称武林智者，谁知到头来还是难免死在自己所品评的兵器之下。”

心湖大师再次合十为礼，满脸愧色，道：“老僧也错了。”

他面上忽又变色，失声道：“那叛徒呢？”

单鹗竟趁着方才那一瞬息的混乱逃了出去。

像单鹗这种人，是永远不会错过机会的，他不但反应快，身法也快，两个起落，已掠出院子。

少林门下还不知道这件事，纵然看到他，也绝不会拦阻，何况这是首座大师的居座，少林弟子根本不敢随意闯入。

他掠过那小亭时，阿飞正在挣扎着爬起来——百晓生和单鹗点穴的手法虽重，但也还是有失效的时候。

单鹗瞧见了他，目中立刻露出了凶光，他竟要将满心的怨毒全发泄在阿飞身上，身形一折，“嗖”地掠过去。

阿飞已被折磨得奄奄一息，哪有力气抵挡。

要杀这么样一个人，自然用不着费什么功夫。

单鹗什么话也没有说，铁拳已击出，“少林神拳”名震天下，单鹗投入少林已十余年，功夫并没有白练。

这一拳神充气足，招重力猛，要取人性命就如探囊取物——单鹗早已算准杀了他之后再逃也来得及。

谁知就在这时，阿飞的手也突然刺出。

他的手后发却先至。

单鹗只觉自己的咽喉骤然一阵冰凉，冰凉中带着刺痛，呼吸也骤然停顿，就仿佛被一只魔手扼住。

他面上的肌肉也扭曲起来，也充满了恐惧和不信……这少年出手之快，他早已知道的。

但这少年却又是用什么刺入他咽喉的呢？

这答案他永远也无法知道了。

单鹗也倒了下去。

阿飞倚着栏杆，正在喘息。

心湖他们赶来时，也觉得很惊讶，因为谁也想不到这少年在如此衰弱中，仍可置单鹗于死地。

单鹗的咽喉仍在冒着血。

一根冰柱，剑一般刺在他咽喉里。

冰已开始融化。

栏杆下还结有无数根冰柱，这少年竟只用一根冰柱，就取了号称少林七大高手之一心鉴的性命。

心湖大师望着他苍白失血的脸，也不知该说什么。

阿飞根本没有瞧他们一眼，只是凝视着李寻欢，然后他脸上就渐渐露出一丝微笑。

李寻欢也正在微笑。

心湖大师的声音很苦涩，合十道：“两位请到老僧……”

阿飞霍然扭过头，打断了他的话，道：“李寻欢是不是梅花盗？”

心湖大师垂首道：“不是。”

阿飞道：“我是不是梅花盗？”

心湖大师叹道：“檀越也不是。”

阿飞道：“既然不是，我们可以走了么？”

心湖大师勉强笑道：“自然可以，只不过檀越……檀越行动似还有些不便，不如先请到……”

阿飞又打断了他的话，冷冷道：“这不用你费心，莫说我还可以走，就算爬，也要爬下山去！”

心烛、心灯的头也垂了下去。数百年来，天下从无一人敢对少林掌门如此无礼，他们现在又何尝不觉得悲愤填膺。

但现在他们却只有忍耐。

阿飞已拉起李寻欢的手，大步走了出去。

一走入寒风中，他的胸膛立刻又挺起——这少年的身子就像是铁打的，无论多大的折磨都无法令他弯下腰去！

李寻欢回首一笑道：“今日就此别过，他日或当再见，大师请恕我等无礼。”

心树道：“我送你们一程。”

李寻欢微笑道：“送即不送，不送即送，大师何必客气？”

心树也笑道：“既然送即不送，送又何妨，檀越又何必客气？”

直到他们身形去远，心湖大师才长长叹了口气，他虽然并没有说什么，但这“不说”，却比“说”更要难受。

心烛忽然道：“师兄也许不该让他们走的。”

心湖沉下了脸，道：“为何不该？”

心烛道：“李寻欢虽未盗经，也不是杀死二师兄的凶手，但这还是不能证明他并非梅花盗！”

心湖大师道：“你要怎样证明？”

心烛道：“除非他能将那真的梅花盗找出来。”

心湖大师又叹了口气，道：“我想他一定会找出来的，而且一定会送到这里，这都用不着我们关心，只有那六部经……”

盗经的人虽已找到，但以前的六部藏经都早已被送出去了，他们将这六部经送给了谁？

这件事幕后是否还另有主谋的人？

李寻欢不喜欢走路，尤其不喜欢在冰天雪地中走路，但现在却非走不可，寒风如刀，四下哪有车马？

阿飞却已走惯了，走路在别人是劳动，在他却是种休息，每走一段路，他精力就似乎恢复了一分。

他走得永远不太快，也不太慢，就像是在踩着一种无声的节奏，他身上每一根肌肉都已放松。

他们已将自己的遭遇全都说了出来，现在李寻欢正在沉思，他眺望着远方，缓缓道："你说你不是梅花盗，我也不是，那么梅花盗是谁呢？"

阿飞的目光也在远方，道："梅花盗已死了。"

李寻欢叹了口气，道："他真的死了？你杀死的那人真是梅花盗？"

阿飞沉默着，眸子里一片空白。

李寻欢忽然笑了笑，道："不知你有没有想到过，梅花盗也许不是男人。"

阿飞道："不是男人是什么？"

李寻欢笑道："不是男人，自然是女人。"

第二十五章

剑无情人却多情

阿飞听说梅花盗是女人，不由笑道："女人不会强奸女人。"

李寻欢道："这也许正是她在故布疑阵，让别人都想不到梅花盗是女人。"

阿飞道："女人没法子强奸女人。"

李寻欢又笑了笑，道："有法子的。"

他轻轻地咳嗽着，接着说道："那若果真是女人，她可以用一个男人做傀儡，替她做这种事，到了必要的时候，再找机会将这男人除去。"

阿飞道："你想得太多了。"

李寻欢叹了口气道："也许我的确想得太多了，但想得多些，总比不想好。"

阿飞道："也许……不想就是想。"

李寻欢失笑道："说得好。"

阿飞道："也许……好就是不好。"

李寻欢笑道："想不到你也学会了和尚打机锋……"

阿飞忽然又道："梅花盗三十年前已出现过，如今至少已该有五十岁以上了。"

李寻欢道："三十年前的梅花盗，也许并不是这次出现的梅花盗，他们也许是师徒，也许是父女。"

阿飞不再说话。

李寻欢也沉默了很久，才缓缓道："百晓生也绝不是盗经的主谋，因为他根本无法令心鉴为他冒险。"

阿飞道："哦？"

李寻欢道：“心鉴未入少林前，已横行江湖，若是要钱财，当真是易如反掌，所以财帛利诱绝对打不动他。”

阿飞道：“哦？”

李寻欢道：“百晓生武功虽高，但入了少林寺就无用武之地了，所以心鉴也绝不可能是被他威胁的。”

阿飞道：“也许他有把柄被百晓生捏在手上。”

李寻欢道：“是什么把柄呢？”

他接着道：“未入少林前，‘单鹗’的所作所为已和‘心鉴’无关了，因为出家人讲究的是‘放下屠刀，立地成佛’，百晓生绝不可能以他出家前所做的事来威胁他，他既已入了少林，也不可能再做出什么事来了。”

阿飞道：“何以见得？”

李寻欢道：“因为他若想做坏事，就不必入少林了，少林寺清规之严，天下皆知，他绝不敢冒这个险，除非……”

阿飞道：“除非怎样？”

李寻欢道：“除非又有件事能打动他，能打动他的事，绝不是名，也不是利。”

阿飞道：“名利既不能打动他，还有什么能打动他？”

李寻欢叹了口气道：“能打动他这种人的，只有绝代之红颜、倾国之美色！”

阿飞道：“梅花盗？”

李寻欢道：“不错！只有梅花盗这种女人才能令他不惜做少林的叛徒，只有梅花盗这种女人才敢盗少林的藏经！”

阿飞道：“你又怎知梅花盗必定是个绝色美人？”

李寻欢又沉默了很久，才叹息着道：“也许我猜错了……但愿我猜错了！”

阿飞忽然停下脚步，凝视着李寻欢，道：“你是不是要重回兴云庄。”

李寻欢凄然一笑，道：“我实在也想不出还有什么别的地方可去。”

夜，漆黑的夜。

只有小楼上的一盏灯还在亮着。

李寻欢痴痴地望着这鬼火般的孤灯，也不知过了多久，忽然取出块丝巾，掩住嘴不停地咳嗽起来。

鲜血溅在丝巾上，宛如被寒风摧落在雪地上的残梅，李寻欢悄悄将丝巾藏入衣，笑着道："我忽然不想进去了。"

阿飞似乎并未发觉他笑容中的辛酸，道："你既已来了，为何不进去？"

李寻欢淡淡道："我做的事有许多都没有原因的，连我自己都解释不出。"

阿飞的眸子在夜色中看来就像是刀。

他的话也像刀，道："龙啸云如此对不起你，你不想找他？"

李寻欢却只是笑了笑，道："他并没有对不起我……一个人为了自己的妻子和儿女，无论做出什么事来，都值得别人原谅的。"

阿飞瞪着他，良久，良久，慢慢地垂下头，黯然道："你是个令人无法了解的人，却也是个令人无法忘记的朋友。"

李寻欢笑道："你自然不会忘记我，因为我们以后还时常会见面的。"

阿飞道："可是……可是现在……"

李寻欢道："现在我知道你有件事要去做，你只管去吧。"

两人就这样面对面地站着，谁也没有再说话。

风吹过大地，风在呜咽。

远处传来零落的更鼓，遥远得就像是眼泪滴落在枯叶上的声音。

两人还是面对面地站着，明亮的眸子里已有了雾。

没有星光，没有月色，只有雾——

李寻欢忽又笑了笑，道："起雾了，明天一定是好天气。"

阿飞道："是。"

他只觉喉咙里像是被什么东西塞住，连声音都发不出。

他没有再说第二个字，就转身飞掠而去，只剩下李寻欢一个人，一个人动也不动地站在黑暗里。

他的人与生命都似已和黑暗融为一体。

阿飞掠过高墙，才发现“冷香小筑”那边也有灯火亮着，昏黄的窗纸上，映着一个人纤纤的身影。

阿飞的心似在收缩。

屋子的人对着孤灯，似在看书，又似在想着心事。

阿飞骤然推开了门——

他推开门，就瞧见了他旦夕不忘的人。他推开了门，就似已用尽了全身力气，木立在门口，再也移不动半步。

林仙儿霍然转身，吃了一惊，娇笑道：“原来是你。”

阿飞道：“是我。”

他发觉自己的声音似乎也很遥远，连他自己都听不清。

林仙儿拍着胸口，娇笑道：“你看你，差点把我的魂都吓飞了。”

阿飞道：“你以为我已死了，看到我才会吓一跳，是么？”

林仙儿眨着眼，道：“你在说什么呀？还不快进来，小心着凉。”

她拉着阿飞的手，将阿飞拉了进去。

她的手柔软、温暖、光滑，足可抚平任何人的创痛。

阿飞甩开了她的手。

林仙儿眼波流动，柔声道：“你在生气……是在生谁的气？告诉我，我替你出气。”

她依偎到阿飞怀里。

她的身子也是那么柔软而温暖，带着种淡淡的香气，可令任何男人都醉倒在她裙下。

阿飞反手一掌，将她掴了出去。

林仙儿踉跄后退，跌倒，愣住。

过了半晌，她眼泪慢慢流下，垂首道：“我是不是有什么地方得罪了你？你为何要这样对我？我对你有什么不好？你说出来，我被你打死也甘心。”

阿飞的手紧握，似已将自己的心捏碎。

他已发现林仙儿方才是在看书，看的是经书。

少林寺的藏经。

林仙儿流泪道：“那天你去了之后，我左等你不回来，右等你也不回来，你永远也不会知道我多为你担心，现在好容易等到你回来，你却变成这样子，我……我……”

阿飞静静地看着她，就像是从未见过她这个人似的。

等她说完了，阿飞才冷冷道：“你怎么等我？你明知我一走入申老三的屋子，就是有去无回的了。”

林仙儿道：“你……你这是什么意思？”

阿飞道：“百晓生和单鹗将少林藏经交给你时，你就要他们在申老三的屋里布下陷阱，你不但要害我，还要害李寻欢。”

林仙儿咬着嘴唇，道：“你真的以为是我害你？”

阿飞道：“当然是你，除了你之外，没有人知道我会去找申老三。”

林仙儿以手掩面，痛哭着道：“但我为什么要害你？为什么？……”

阿飞道：“因为你就是梅花盗！”

林仙儿就像是忽然被抽了一鞭子，整个人都跳了起来，道：“我是梅花盗？你竟说我是梅花盗？”

阿飞道：“不错，你就是梅花盗！”

林仙儿道：“梅花盗已被你杀死了，你……”

阿飞打断她的话，道：“我杀死的那人，只不过是你用来故布疑阵，转移他人耳目的傀儡而已。”

他接着道：“你知道金丝甲已落入李寻欢手里，知道李寻欢绝不会上你的当，就发觉自己的处境已很危险了，所以那天晚上你就故意约好李寻欢到你那里去。”

林仙儿幽幽道：“那天晚上我的确约了李寻欢，只因那时我还不认得你。”

阿飞根本不听她的话，接着道：“你要那傀儡故意将你劫走，为的就是要李寻欢救你，要李寻欢将那傀儡杀死，等到世人都认为‘梅花盗’已死了，你就可高枕无忧了，你不但要利用李寻欢，也利用了你那伙伴做替死鬼。”

林仙儿反而安静了下来，道：“你说下去。”

阿飞道：“但你却未算到李寻欢忽然有了意外，更未算到会有我这样一个人救了你……”

林仙儿道：“你莫忘了，我也救过你。”

阿飞道："不错。"

林仙儿道："我若是梅花盗，为何要救你？"

阿飞道："只因那时事情又有了变化，你还要利用我，你就将我藏在这里，居然没有人来搜查，那时我已觉得疑心了。"

林仙儿道："你认为龙啸云他们也是和我同谋的人？"

阿飞道："他们自然不知道你的阴谋，只不过也受你利用而已，何况龙啸云早已对李寻欢嫉恨在心，他这么样做为的也是自己。"

林仙儿道："这些话都是李寻欢教你说的？"

阿飞道："你以为天下的男人都是呆子，都可被你玩弄，你心里畏惧的只有李寻欢一个人，所以千方百计地想除了他。"

他自己的声音也在颤抖，咬紧牙关，接着道："你不但心狠手辣，而且贪得无厌，连少林寺的藏书你都想要，连出家人你都不肯放过，你……你……"

林仙儿的眼泪竟又流了下来，缓缓道："我的确看错了你。"

阿飞的嘴唇已咬出血，一字字道："但我却未看错你……"

林仙儿道："我若说这部经不是百晓生和单鹗给我的你一定不会相信，是么？"

阿飞道："你无论说什么，我都再也不会相信！"

林仙儿凄然一笑，道："我总算明白了你的意思……我总算明白了你的……"

她一面说着话，一面向阿飞走了过去，她走得很慢，但步子却很坚定，像是已下了很大的决心。

风在呼啸，灯火飘摇。

闪动着的灯光映着她苍白绝美的脸，映着她秋水般的眼波。她痴痴地望着阿飞，良久良久，幽幽道："我知道你是来杀我的，是不是？"

阿飞的拳紧握，嘴紧闭。

林仙儿忽然撕开了衣襟，露出白玉般的胸膛。

她指着自己的心，道："你腰畔既然有剑，为什么还不出手……我只望你能往这里刺下去。"

阿飞的手已握住了剑柄。

林仙儿阖起眼帘，颤声道："你快动手吧，能死在你手上，我死也甘心。"

她胸膛起伏，似在轻轻颤抖。

她长长的睫毛覆盖着眼帘，悬挂着两粒晶莹的泪珠。

阿飞不敢看她，垂下眼望着自己的剑。

无情的剑，冷而锋利。

阿飞咬着牙，道："你全都承认了？"

林仙儿眼帘抬起，凝视着他。

她眼中充满了凄凉，充满了幽怨，充满了爱，也充满了恨——世上绝没有任何事比她的眼色更能打动人的心。

她嘴角露出一丝凄凉的微笑，幽幽道："你是我这一生中最爱的人，若连你都不相信我，我活在这世上还有什么意思……"

阿飞的手握得更紧，指节已发白，手背已露出青筋。

林仙儿还是在凝视着他，黯然道："只要你认为我是梅花盗，只要你认为我真是那么恶毒的女人，你就杀了我吧，我……我绝不恨你。"

剑柄坚硬，冰冷。

阿飞的手却已开始发抖。

无情的剑。剑无情，但人呢？

人怎能无情？

灯灭了。

但林仙儿绝代的风姿，在黑暗中却更动人。

她没有说话，但在这绝望的黑暗中，她的呼吸声听来就宛如令人心碎的呻吟。

世上还有什么力量能比情爱的力量更大？

面对着这么样一个女人，面对着自己一生中最强烈的情感，面对着这无边无际的黑暗……

阿飞这一剑是不是还能刺得下去？

剑无情，人却多情。

《古龙代表作大全集》总书目

◆ **《小李飞刀》系列（全九册）**

《小李飞刀 1：多情剑客无情剑》（上、中、下）

《小李飞刀 2：边城浪子》（上、下）

《小李飞刀 3：九月鹰飞》（上、下）

《小李飞刀 4：天涯·明月·刀》（上、下）

◆ **《陆小凤传奇》系列（全七册）**

《陆小凤传奇 1：金鹏王朝》

《陆小凤传奇 2：绣花大盗》

《陆小凤传奇 3：决战前后》

《陆小凤传奇 4：银钩赌坊》

《陆小凤传奇 5：幽灵山庄》

《陆小凤传奇 6：凤舞九天》

《陆小凤传奇 7：剑神一笑》

◆ **《楚留香新传》系列（全四册）**

《楚留香新传 1：借尸还魂》

《楚留香新传 2：蝙蝠传奇》

《楚留香新传 3：桃花传奇》

《楚留香新传 4：新月传奇·午夜兰花》

- **《七种武器》系列（全四册）**

  《七种武器 1：长生剑 · 孔雀翎》

  《七种武器 2：碧玉刀 · 多情环》

  《七种武器 3：离别钩 · 霸王枪》

  《七种武器 4：愤怒的小马 · 七杀手》

- **《萧十一郎》系列（全二册）**

  《萧十一郎》

  《火并萧十一郎》

- **《绝代双骄》（全四册）**

- **《武林外史》（全三册）**

- **《欢乐英雄》（全二册）**

- **《流星 · 蝴蝶 · 剑》（全二册）**

- **《三少爷的剑》（全一册）**

- **《大人物》（全一册）**

图书在版编目（CIP）数据

古龙代表作大全集 / 古龙著. -- 郑州 ：河南文艺出版社，2020.5（2024.10重印）
ISBN 978-7-5559-0954-5

Ⅰ. ①古… Ⅱ. ①古… Ⅲ. ①侠义小说－小说集－中国－当代 Ⅳ. ①I247.5

中国版本图书馆CIP数据核字（2020）第036290号

豫著许可备字-2020-A-0004

著　　者	古　龙
责任编辑	李亚楠 等
特约编辑	王心怡
策　　划	读客文化
版　　权	读客文化
封面设计	刘小梅
出版发行	河南文艺出版社
印　　刷	三河市中晟雅豪印务有限公司
开　　本	890mm × 1270mm 1/32
印　　张	357.25
字　　数	10702千
版　　次	2020年5月第1版　2024年10月第11次印刷
定　　价	1199.00元